# SINTAXE DA LINGUAGEM VISUAL

# SINTAXE DA LINGUAGEM VISUAL

Donis A. Dondis

**Tradução** Jefferson Luiz Camargo

martins Fontes

Esta obra foi originalmente publicada em inglês sob o título
*A Primer of Visual Literacy*

Publisher *Evandro Mendonça Martins Fontes*
Coordenação editorial *Vanessa Faleck*
Produção gráfica *Carlos Alexandre Miranda*
Projeto gráfico da capa *Paula de Melo*
Revisão da tradução *Maria Estela Heider Cavalheiro*
Revisão *Ubiratan Bueno*
*Julio de Mattos*

**Dados Internacionais de Catalogação na Publicação (CIP)**
**(Câmara Brasileira do Livro, SP, Brasil)**

Dondis, Donis A., 1924-1984.
Sintaxe da linguagem visual / Donis A. Dondis ; tradução Jefferson Luiz Camargo. – 3. ed. – São Paulo : Martins Fontes-selo Martins, 2015. – (Coleção a)

Título original: A Primer of Visual Literacy
Bibliografia.
ISBN 978-85-8063-247-7

1. Alfabetismo visual 2. Arte – Técnica 3. Composição (Arte) 4. Comunicação visual I. Título. II. Série.

15-06995 CDD-700.14

**Índice para catálogo sistemático:**
1. Comunicação visual : Artes 700.14


***Martins Editora Livraria Ltda.***
*Av. Dr. Arnaldo, 2076*
*01255-000 São Paulo SP Brasil*
*Tel.: (11) 3116 0000*
*info@emartinsfontes.com.br*
*www.emartinsfontes.com.br*

# SUMÁRIO

Per Sorella Borsetta con Cuore

Priscilla Anne Karb

San Sopostibi, 1973
D. D. E M. C.

# PREFÁCIO

Se a invenção do tipo móvel criou o imperativo de um alfabetismo* verbal universal, sem dúvida a invenção da câmera e de todas as suas formas paralelas, que não cessam de se desenvolver, criou, por sua vez, o imperativo do alfabetismo visual universal, uma necessidade que há muito tempo se faz sentir. O cinema, a televisão e os computadores visuais são extensões modernas de um desenhar e de um fazer que têm sido, historicamente, uma capacidade natural de todo ser humano, e que agora parece ter-se apartado da experiência do homem.

A arte e o significado da arte, a forma e a função do componente visual da expressão e da comunicação, passaram por uma profunda transformação na era tecnológica, sem que se tenha verificado uma modificação correspondente na estética da arte. Enquanto o caráter das artes visuais e de suas relações com a sociedade e a educação sofreram transformações radicais, a estética da arte permaneceu inalterada, anacronicamente presa à ideia de que a influência fundamental para o entendimento e a conformação de qualquer nível da mensagem visual deve basear-se na inspiração não cerebral.

---

* *Literacy*, em inglês, quer dizer "capacidade de ler e escrever". Por extensão, significa também "educado", "conhecimento", "instrução" etc.; termos, porém, que não traduzem o verdadeiro sentido do vocábulo como ele é aqui empregado. Para evitar a introdução de um neologismo de sentido obscuro como, por exemplo, "alfabetidade", optou-se aqui por "alfabetismo", definido no dicionário Aurélio como "estado ou qualidade de alfabetizado". (N. T.)

Embora seja verdade que toda informação, tanto de *input* quanto de *output*, deva passar em ambos os extremos por uma rede de interpretação subjetiva, essa consideração isolada transformaria a inteligência visual em algo semelhante a uma árvore tombando silenciosamente numa floresta vazia. A expressão visual significa muitas coisas, em muitas circunstâncias e para muitas pessoas. É produto de uma inteligência humana de enorme complexidade, da qual temos, infelizmente, uma compreensão muito rudimentar. Para tornar acessível um conhecimento mais amplo de algumas das características essenciais dessa inteligência, o presente livro propõe-se a examinar os elementos visuais básicos, as estratégias e opções das técnicas visuais, as implicações psicológicas e fisiológicas da composição criativa e a gama de meios e formatos que podem ser adequadamente classificados sob a designação de artes e ofícios visuais. Esse processo é o começo de uma investigação racional e de uma análise que se destinam a ampliar a compreensão e o uso da expressão visual.

Embora este livro não pretenda afirmar a existência de soluções simples ou absolutas para o controle de uma linguagem visual, fica claro que a razão principal de sua exploração é sugerir uma variedade de métodos de composição e design que levem em conta a diversidade da estrutura do modo visual. Teoria e processo, definição e exercício, estarão lado a lado ao longo de todo o livro. Desvinculados um do outro, esses aspectos não podem levar ao desenvolvimento de metodologias que possibilitem um novo canal de comunicação, em última instância suscetível de expandir, como faz a escrita, os meios favoráveis à interação humana.

A linguagem é simplesmente um recurso de comunicação próprio do homem, que evoluiu desde sua forma auditiva, pura e primitiva, até a capacidade de ler e escrever. A mesma evolução deve ocorrer com todas as capacidades humanas envolvidas na pré-visualização, no planejamento, no desenho e na criação de objetos visuais, da simples fabricação de ferramentas e dos ofícios até a criação de símbolos, e, finalmente, à criação de imagens, no passado uma prerrogativa exclusiva do artista talentoso e instruído, mas hoje, graças às incríveis possibilidades da câmera, uma opção para qualquer pessoa interessada em aprender um reduzido número de regras mecânicas. Mas o que dizer do alfabetismo visual? Por si só, a reprodução mecânica do meio ambiente não constitui uma boa expressão visual. Para controlar o assombroso potencial da fotografia, se faz necessária uma sintaxe visual. O advento da câmera é um acontecimento comparável ao do livro, que originalmente beneficiou o alfabetismo. "Entre os séculos XIII e XVI, a ordenação das palavras substituiu a inflexão das palavras como princípio da sintaxe gramatical. A mesma tendência se deu com a formação das palavras. Com o surgimento da imprensa, ambas as tendências passaram por um processo de aceleração, e houve um deslocamento dos meios auditivos para os meios visuais da sintaxe[1]." Para que nos considerem verbalmente alfabetizados é preciso que aprendamos os componentes básicos da linguagem escrita: as letras, as palavras, a ortografia, a gramática e a sintaxe. Dominando a leitura e a escrita, o que se pode expressar com esses poucos elementos e princípios é realmente infinito. Uma vez senhor da técnica, qualquer indivíduo é capaz de produzir não apenas uma infinita variedade de soluções criativas para os problemas da comunicação verbal, mas também um estilo pessoal. A disciplina estrutural está na estrutura verbal básica. O alfabetismo significa que um grupo compartilha o significado atribuído a um corpo comum de informações. O alfabetismo visual deve operar, de alguma maneira, dentro desses limites. Não se pode controlá-lo mais rigidamente que a comunicação verbal; nem mais nem menos. (Seja como for, quem desejaria controlá-lo rigidamente?) Seus objetivos são os mesmos que motivaram o desenvolvimento da linguagem escrita: construir um sistema básico para a aprendizagem, a identificação, a criação e a compreensão de mensagens visuais que sejam acessíveis a todas as pessoas, e não apenas àquelas que foram especialmente treinadas, como o projetista, o artista, o artesão e o esteta. Tendo em vista esse objetivo, esta obra pretende ser um manual básico de todas as comunicações e expressões visuais, um estudo de todos os componentes visuais e um corpo comum de recursos visuais, com a consciência e o desejo de identificar as áreas de significado compartilhado.

O modo visual constitui todo um corpo de dados que, como a linguagem, podem ser usados para compor e compreender mensagens em diversos níveis de utilidade, desde o puramente funcional

---

1. Marshall McLuhan, "The Effect of the Printed Book ou Language in the 16$^{th}$ Century", in *Explorations in Communications*, Edmund Carpenter e Marshall McLuhan, editores (Boston, Massachusetts, Beacon Press, 1960).

até os mais elevados domínios da expressão artística. É um corpo de dados constituído de partes, um grupo de unidades determinadas por outras unidades, cujo significado, em conjunto, é uma função do significado das partes. Como podemos definir as unidades e o conjunto? Através de provas, definições, exercícios, observações e, finalmente, linhas mestras, que possam estabelecer relações entre todos os níveis da expressão visual e todas as características das artes visuais e de seu *significado*. De tanto buscar o significado de *arte*, as investigações acabam por centralizar-se na delimitação do papel do conteúdo na forma. Neste livro, toda a esfera do conteúdo na forma será investigada em seu nível mais simples: a importância dos elementos individuais, como a cor, o tom, a linha, a textura e a proporção; o poder expressivo das técnicas individuais, como a ousadia, a simetria, a reiteração e a ênfase; e o contexto dos meios, que atua como cenário visual para as decisões relativas ao design, como a pintura, a fotografia, a arquitetura, a televisão e as artes gráficas. É inevitável que a preocupação última do alfabetismo visual seja a forma inteira, o efeito cumulativo da combinação de elementos selecionados, a manipulação das unidades básicas através de técnicas e sua relação formal e compositiva com o significado pretendido.

A força cultural e universal do cinema, da fotografia e da televisão, na configuração da autoimagem do homem, dá a medida da urgência do ensino de alfabetismo visual, tanto para os comunicadores quanto para aqueles aos quais a comunicação se dirige. Em 1935, Moholy-Nagy, o brilhante professor da Bauhaus, disse: "Os iletrados do futuro vão ignorar tanto o uso da caneta quanto o da câmera". O futuro é agora. O fantástico potencial da comunicação universal, implícito no alfabetismo visual, está à espera de um amplo e articulado desenvolvimento. Com o presente livro, damos um modesto primeiro passo.

# 1. CARÁTER E CONTEÚDO DO ALFABETISMO VISUAL

## Quantos de nós veem?

Que amplo espectro de processos, atividades, funções, atitudes, essa simples pergunta abrange! A lista é longa: perceber, compreender, contemplar, observar, descobrir, reconhecer, visualizar, examinar, ler, olhar. As conotações são multilaterais: da identificação de objetos simples ao uso de símbolos e da linguagem para conceituar, do pensamento indutivo ao dedutivo. O número de questões levantadas por esta única pergunta: "Quantos de nós veem?" nos dá a chave da complexidade do caráter e do conteúdo da inteligência visual. Essa complexidade se reflete nas inúmeras maneiras através das quais este livro vai pesquisar a natureza da experiência visual mediante explorações, análises e definições, que lhe permitam desenvolver uma metodologia capaz de instruir todas as pessoas, aperfeiçoando ao máximo sua capacidade, não só de criadores, mas também de receptores de mensagens visuais; em outras palavras, capaz de transformá-las em indivíduos visualmente alfabetizados.

A primeira experiência pela qual uma criança passa em seu processo de aprendizagem, ocorre através da consciência tátil. Além desse conhecimento *manual*, o reconhecimento inclui o olfato, a audição e o paladar, num intenso e fecundo contato com o meio ambiente. Esses sentidos são rapidamente intensificados e superados pelo plano icônico – a capacidade de ver, reconhecer e compreender, em termos visuais, as forças ambientais e emocionais. Praticamente desde nossa primeira experiência no mundo, passamos a organizar nossas necessidades e nossos prazeres, nossas preferências e nossos temores, com base naquilo que vemos; ou naquilo que queremos ver. Essa descrição, porém, é apenas a ponta do *iceberg*, e não dá de forma alguma a exata medida do poder e da importância que o sentido visual exerce sobre nossa vida. Nós o aceitamos sem nos darmos conta de que ele pode ser aperfeiçoado no processo básico de observação, ou ampliado até converter-se num incomparável instrumento de comunicação humana. Aceitamos a capacidade de ver da mesma maneira como a vivenciamos – sem esforço.

Para os que veem, o processo requer pouca energia; os mecanismos fisiológicos são automáticos no sistema nervoso do homem. Não causa assombro o fato de que a partir desse *output* mínimo recebamos uma enorme quantidade de informações, de todas as maneiras e em muitos níveis. Tudo parece muito natural e simples, sugerindo que não há necessidade de desenvolver nossa capacidade de ver e de visualizar, e que basta aceitá-la como uma função natural. Em seu livro *Towards a Visual Culture*, Caleb Gattegno comenta, referindo-se à natureza do sentido visual: "Embora usada por nós com tanta naturalidade, a visão ainda não produziu sua civilização. A visão é veloz, de grande alcance, simultaneamente analítica e sintética. Requer tão pouca energia para funcionar como funciona à velocidade da luz, que nos permite receber e conservar um número infinito de unidades de informação numa fração de segundos". A observação de Gattegno é um testemunho da riqueza assombrosa de nossa capacidade visual, o que nos torna propensos a concordar entusiasticamente com suas conclusões: "Com a visão, o infinito nos é dado de uma só vez; a riqueza é sua descrição".

Não é difícil detectar a tendência à informação visual no comportamento humano. Buscamos um reforço visual de nosso conhecimento por muitas razões; a mais importante delas é o caráter direto da informação, a proximidade da experiência real. Quando a nave espacial norte-americana Apolo XI alunissou, e quando os primeiros e vacilantes passos dos astronautas tocaram a superfície da lua, quantos, dentre os telespectadores do mundo inteiro que acompanhavam a transmissão do acontecimento ao vivo, momento a momento, teriam preferido acompanhá-lo através de uma reportagem escrita ou falada, por mais detalhada ou eloquente que ela fosse? Essa ocasião histórica é apenas um exemplo da preferência do homem pela informação visual. Há muitos outros: o instantâneo que acompanha a carta de um amigo querido que se acha distante, o modelo tridimensional de um novo edifício. Por que procuramos esse reforço visual? Ver é uma experiência direta, e a utilização de dados visuais para transmitir informações representa a máxima aproximação que podemos obter com relação à verdadeira natureza da realidade. As redes de televisão demonstraram sua escolha. Quando ficou impossível o contato visual direto com os astronautas da Apolo XI, elas colocaram no ar uma simulação visual do que estava sendo simultaneamente descrito através de palavras. Havendo opções, a escolha é muito clara. Não só os astronautas, mas também o turista, os participantes de um piquenique ou o cientista, voltam-se, todos, para o modo icônico, seja para preservar uma lembrança visual seja para ter em mãos uma prova técnica. Nesse aspecto, parecemos todos ser do Missouri; dizemos todos: "Mostre-me".

## A falsa dicotomia: belas-artes e artes aplicadas

A experiência visual humana é fundamental no aprendizado para que possamos compreender o meio ambiente e reagir a ele; a informação visual é o mais antigo registro da história humana. As pinturas das cavernas representam o relato mais antigo que se preservou sobre o mundo tal como ele podia ser visto há cerca de trinta mil anos. Ambos os fatos demonstram a necessidade de um novo enfoque da função não somente do processo, como também daquele que visualiza a sociedade. O maior dos obstáculos com que se depara esse esforço é a classificação das artes visuais nas polaridades belas-artes e artes aplicadas. Em qualquer momento da história, a definição se desloca e modifica, embora os mais constantes fatores de diferenciação costumem ser a utilidade e a estética.

A utilidade designa o design e a fabricação de objetos. materiais e demonstrações que respondam a necessidades básicas. Das culturas primitivas à tecnologia de fabricação extremamente avançada de nossos dias, passando pelas culturas antigas e contemporâneas, as necessidades básicas do homem sofreram poucas modificações. O homem precisa comer; para fazê-lo, precisa de instrumentos para caçar e matar, lavrar e cortar; precisa de recipientes para cozinhar e de utensílios nos quais possa comer. Precisa proteger seu corpo vulnerável das mudanças climáticas e do meio ambiente traiçoeiro, e para isso necessita de ferramentas para costurar, cortar e tecer. Precisa manter-se quente e seco e proteger-se dos predadores, e para tanto é preciso que construa algum tipo de habitat. As sutilezas da preferência cultural ou da localização geográfica exercem pouca influência sobre essas necessidades; somente a interpretação e a variação distinguem o produto em termos da expressão criadora, como representante de um tempo ou lugar específicos. Na área do design e da fabricação das necessidades vitais básicas, supõe-se que todo membro da comunidade seja capaz não apenas de aprender a produzir, mas também de dar uma expressão individual e única a seu trabalho através do design e da decoração. Mas a expressão das próprias ideias é regida, primeiro, pelo processo de aprendizagem do ofício e, em segundo lugar, pelas exigências de funcionalidade. O importante é que o aprendizado seja essencial e aceito. A perspectiva de que um membro da comunidade contribua em diversos níveis da expressão visual revela um tipo de envolvimento e participação que gradualmente deixou de existir no mundo moderno, num processo que se tem acelerado por inúmeras razões, entre as quais sobressai o conceito contemporâneo de *belas-artes.*

A diferença mais citada entre o utilitário e o puramente artístico é o grau de motivação que leva à produção do belo. Esse é o domínio da estética, da indagação sobre a natureza da percepção sensorial, da experiência do belo e, talvez, da mera beleza artística. Mas são muitas as finalidades das artes visuais. Sócrates levanta a questão de "as experiências estéticas terem valor intrínseco, ou de ser necessário valorizá-las ou condená-las por seu estímulo ao que é proveitoso e bom". "A experiência do belo não comporta nenhum tipo de conhecimento, seja ele histórico, científico ou filosófico", diz Immanuel Kant. "Dela se pode dizer que é verdadeira por tornar-nos mais conscientes de nossa atividade mental." Seja qual for sua abordagem do problema, os filósofos concordam em que a arte inclui um tema, emoções, paixões e sentimentos. No vasto âmbito das diversas artes visuais, religiosas, sociais ou domésticas, o tema se modifica com a intenção, tendo em comum apenas a capacidade de comunicar algo de específico ou de abstrato. Como diz Henri Bergson: "A arte é apenas uma visão mais direta da realidade". Em outras palavras, mesmo nesse nível elevado de avaliação, as artes visuais têm alguma função ou utilidade. É fácil traçar um diagrama que situe diversos formatos visuais em alguma relação com essas polaridades. A figura 1.1 apresenta uma maneira de expressar as tendências atuais em termos de avaliação:

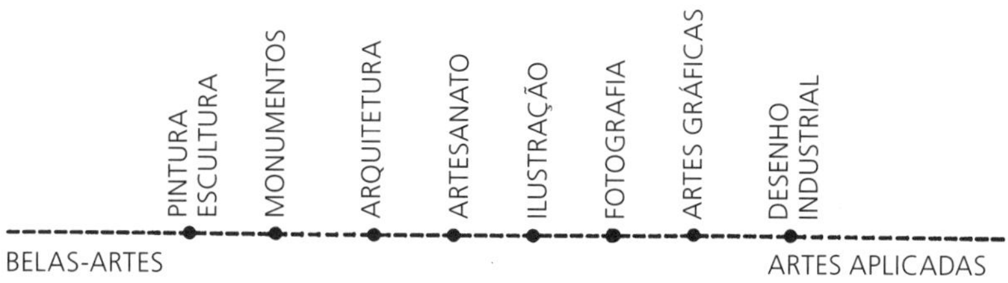


**FIGURA 1.1**

Esse diagrama ficaria muito diferente se representasse outra cultura, como, por exemplo, a pré-renascentista (fig. 1.2),

**FIGURA 1.2**

ou o ponto de vista da Bauhaus, que agruparia todas as artes, aplicadas ou belas, num ponto central do *continuum* (fig. 1.3).

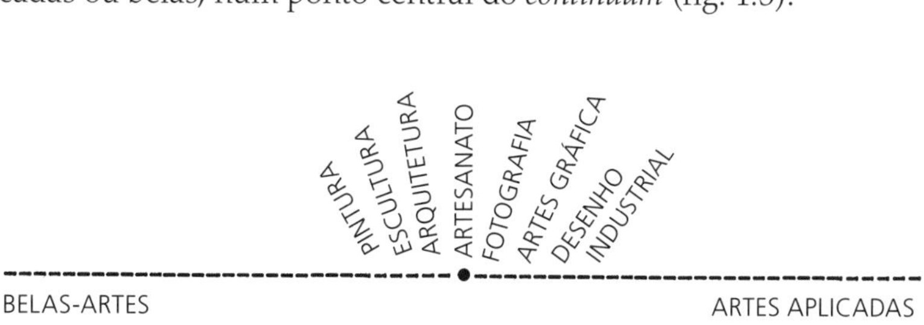


**FIGURA 1.3**

Muito antes da Bauhaus, William Morris e os pré-rafaelitas já se inclinavam na mesma direção. "A arte", dizia Ruskin, porta-voz do grupo, "é una, e qualquer separação entre belas-artes e artes aplicadas é destrutiva e artificial." Os pré-rafaelitas acrescentavam a essa tese uma distinção que os afastava totalmente da filosofia posterior da Bauhaus – rejeitavam todo trabalho mecanizado. O que é feito pela mão é belo, acreditavam, e ainda que abraçassem a causa de compartilhar a arte com tudo, o fato de voltarem as costas às possibilidades da produção em massa constituía uma negação óbvia dos objetivos que afirmavam seguir.

Em sua volta ao passado para renovar o interesse por um artesanato orgulhoso e esmerado, o que o grupo do movimento liderado por Morris, "Artes e Ofícios", na verdade afirmava era a impossibilidade de produzir arte desvinculada do artesanato – um fato facilmente esquecido na esnobe dicotomia entre as belas-artes e as artes aplicadas. Durante o Renascimento, o artista aprendia seu ofício a partir de tarefas simples, e, apesar de sua elevada posição social, compartilhava sua guilda ou sua agremiação com o verdadeiro artesão. Isso gerava um sistema de aprendizagem mais sólido, e, o que era mais importante, menor especialização. Havia livre interação entre artista e artesão, e os dois podiam participar de todas as etapas do trabalho; a única barreira a separá-los era o respectivo grau de habilidade. Com o passar do tempo, porém, modificam-se os procedimentos. O que se classifica como "arte" pode mudar com tanta rapidez quanto as pessoas que criam esse rótulo. "Um coro de aleluias", diz Carl Sandburg em seu poema "The People, Yes", "eternamente trocando de solista."

A concepção contemporânea das artes visuais avançou para além da mera polaridade entre as artes *belas* e as *aplicadas*, e passou a abordar questões relativas à expressão subjetiva e à função objetiva, tendendo, mais uma vez, à associação da interpretação individual com a expressão criadora como pertencente às *belas-artes*, e à resposta à finalidade e ao uso como pertencente ao âmbito das *artes aplicadas*. Um pintor de cavalete que trabalhe para si mesmo, sem a preocupação de vender, está basicamente exercendo uma atividade que lhe dá prazer e não o leva a preocupar-se com o mercado, sendo, assim, quase que inteiramente subjetiva. Um artesão que modela um recipiente de cerâmica pode parecer-nos também subjetivo, pois dá a sua obra a forma e o tamanho que correspondem a seu gosto pessoal. Em seu caso, porém, há uma preocupação de ordem prática: essa forma que lhe agrada poderá ser também um bom recipiente para a água? Essa modificação da utilidade impõe ao designer um certo grau de objetividade que não é tão imediatamente necessária, nem tão aparente na obra do pintor de cavalete. O aforismo do arquiteto norte-americano Sullivan, "A forma acompanha a função", encontra sua ilustração máxima no designer de aviões, que tem suas preferências limitadas pela indagação de quais formas a serem montadas, quais proporções e materiais são realmente capazes de voar. A forma do produto final depende daquilo para que ele serve. Mas no que diz respeito aos problemas mais sutis do design há muitos produtos que podem refletir as preferências subjetivas do designer e, ainda assim, funcionar perfeitamente bem. O designer não é o único a enfrentar a questão de se chegar a um meio-termo quando o que está em pauta é o gosto pessoal. É comum que um artista ou um escultor tenha de modificar uma obra pelo fato de ter recebido a encomenda de um cliente que sabe exatamente o que deseja. As intermináveis brigas de Michelangelo, por causa das encomendas que lhe foram feitas por dois papas, constituem os exemplos mais vivos e ilustrativos do problema com que se depara um artista ao ter de manter suas ideias pessoais sob controle para agradar a seus clientes. Mesmo assim, ninguém se atreveria a dizer que "O juízo final" ou o "Davi" são obras comerciais.

Os afrescos de Michelangelo para o teto da Capela Sistina demonstram claramente a fragilidade dessa falsa dicotomia. Como representante das necessidades da Igreja, o papa influenciou as ideias de Michelangelo, as quais também foram, por sua vez, modificadas pelas finalidades específicas do mural. Trata-se de uma explicação visual da "Criação" para um público em sua maior parte analfabeto e, portanto, incapaz de ler a história bíblica. Mesmo que soubesse ler, esse público não conseguiria apreender de modo tão palpável toda a dramaticidade do relato. O mural é um equilíbrio entre a abordagem subjetiva e a abordagem objetiva do artista, e um equilíbrio comparável entre a pura expressão artística e o caráter utilitário de suas finalidades. Esse delicado equilíbrio é extraordinariamente raro nas artes visuais, mas, sempre que é alcançado, tem a precisão de um tiro certeiro. Ninguém questionaria esse mural como um produto autêntico das *belas-artes* e, no entanto, ele tem um propósito e uma utilidade que contradizem a definição da suposta diferença entre belas-artes e artes aplicadas: as *aplicadas* devem ser funcionais, e as *belas* devem prescindir de utilidade. Essa atitude esnobe influencia muitos artistas de ambas as esferas, criando um clima de alienação e confusão. Por mais estranho que pareça, trata-se de um fenômeno bastante recente. A noção de *obra de arte* é moderna, sendo reforçada pelo conceito de museu como repositório definitivo do belo. Um certo público, entusiasticamente interessado em prostrar-se em atitude de reverência diante do altar da beleza, dela se aproxima sem se dar conta de um ambiente inacreditavelmente feio. Tal atitude afasta a arte do essencial, confere-lhe uma aura de algo especial e inconsequente a ser reservado apenas a uma elite e nega o fato inquestionável de quão ela é influenciada por nossa vida e nosso mundo. Se aceitarmos esse ponto de vista, estaremos renunciando a uma parte valiosa de nosso potencial humano. Não só nos transformamos em consumidores desprovidos de critérios bem definidos, como também negamos a importância fundamental da comunicação visual, tanto historicamente quanto em termos de nossa própria vida.

## O impacto da fotografia

O último baluarte da exclusividade do *artista* é aquele talento especial que o caracteriza: a capacidade de desenhar e reproduzir o ambiente tal como este lhe aparece. Em todas as suas formas, a câmera acabou com isso. Ela constitui o último elo de ligação entre a capacidade inata de ver e a capacidade extrínseca de relatar, interpretar e expressar o que vemos, prescindindo de um talento especial ou de um longo aprendizado que nos predisponha a efetuar o processo. Há poucas dúvidas de que o estilo de vida contemporâneo tenha sido crucialmente influenciado pelas transformações que nele foram instauradas pelo advento da fotografia. Em textos impressos, a palavra é o elemento fundamental, enquanto os fatores visuais, como o cenário físico, o formato e a ilustração, são secundários ou necessários apenas como apoio. Nos modernos meios de comunicação acontece exatamente o contrário. O visual predomina, o verbal tem a função de acréscimo. A impressão ainda não morreu, e com certeza não morrerá jamais; não obstante, nossa cultura dominada pela linguagem já se deslocou sensivelmente para o nível icônico. Quase tudo em que acreditamos, e a maior parte das coisas que sabemos, aprendemos e compramos, reconhecemos e desejamos, vem determinado pelo domínio que a fotografia exerce sobre nossa psique. E esse fenômeno tende a se intensificar.

O grau de influência da fotografia em todas as suas inúmeras variantes e permutações constitui um retorno à importância dos olhos em nossa vida. Em seu livro *The Act of Creation,* Arthur Koestler observa: "O pensamento através de imagens domina as manifestações do inconsciente, o sonho, o semissonho hipnagógico, as alucinações psicóticas e a visão do artista (o profeta visionário parece ter sido um visualizador, e não um verbalizador; o maior dos elogios que podemos fazer aos que se sobressaem em fluência verbal é chamá-los de 'pensadores visionários')". Ao ver, fazemos um grande número de coisas: vivenciamos o que está acontecendo de maneira direta, descobrimos algo que nunca havíamos percebido, talvez nem mesmo visto, conscientizamo-nos, através de uma série de experiências visuais, de algo que acabamos por reconhecer e saber, e percebemos o desenvolvimento de transformações através da observação paciente. Tanto a palavra quanto o processo da visão passaram a ter implicações muito mais amplas. Ver passou a significar compreender. O homem de Missouri, a quem se mostra alguma coisa, terá, provavelmente, uma compreensão muito mais profunda dessa mesma coisa do que se apenas tivesse ouvido falar dela.

Existem, aqui, implicações da máxima importância para o alfabetismo visual. Expandir nossa capacidade de ver significa expandir nossa capacidade de entender uma mensagem visual, e, o que é ainda mais importante, de criar uma mensagem visual. A visão envolve algo mais do que o mero fato de ver ou de que algo nos seja mostrado. É parte integrante do processo de comunicação, que abrange todas as considerações relativas às belas-artes, às artes aplicadas, à expressão subjetiva e à resposta a um objetivo funcional.

## Conhecimento visual e linguagem verbal

Visualizar é ser capaz de formar imagens mentais. Lembramo-nos de um caminho que, nas ruas de uma cidade, nos leva a um determinado destino, e seguimos mentalmente uma rota que vai de um lugar a outro, verificando as pistas visuais, recusando o que não nos parece certo, voltando atrás, e fazemos tudo isso antes mesmo de iniciar o caminho. Tudo mentalmente. Porém, de um modo ainda mais misterioso e mágico, criamos a visão de uma coisa que nunca vimos antes. Essa visão, ou pré-visualização, encontra-se estreitamente vinculada ao salto criativo e à síndrome de heureca, enquanto meios fundamentais para a solução de problemas. E é exatamente esse processo de dar voltas através de imagens mentais em nossa imaginação que muitas vezes nos leva a soluções e descobertas inesperadas. Em *The Act of Creation,* Koestler formula assim o processo:

> O pensamento por conceitos surgiu do pensamento por imagens através do lento desenvolvimento dos poderes de abstração e de simbolização, assim como a escritura fonética surgiu, por processos similares, dos símbolos pictóricos e dos hieróglifos.

Nessa progressão está contido um grande ensinamento de comunicação. A evolução da linguagem começou com imagens, avançou rumo aos pictogramas, cartuns autoexplicativos e unidades fonéticas, e chegou finalmente ao alfabeto, ao qual, em *The Intelligent Eye,* R. L. Gregory se refere tão acertadamente como "a matemática do significado". Cada novo passo representou, sem dúvida, um avanço rumo a uma comunicação mais eficiente. Mas há inúmeros indícios de que está em curso uma reversão desse processo, que se volta mais uma vez para a imagem, de novo inspirado pela busca de maior eficiência. A questão mais importante é o alfabetismo e o que ele representa no contexto da linguagem, bem como quais analogias dela podem ser extraídas e aplicadas à informação visual.

A linguagem ocupou uma posição única no aprendizado humano. Tem funcionado como meio de armazenar e transmitir informações, veículo para o intercâmbio de ideias e meio para que a mente humana seja capaz de conceituar. *Logos,* a palavra grega que designa linguagem, inclui também os significados paralelos de *pensamento* e *razão* na palavra inglesa que dela deriva, *logic.* As implicações são bastante óbvias; a linguagem verbal é vista como um meio de chegar a uma forma de pensamento superior ao modo visual e ao tátil. Essa hipótese, porém, precisa ser submetida a alguns questionamentos e indagações. Para começar, linguagem e alfabetismo verbal não são a mesma coisa. Ser capaz de falar uma língua é muitíssimo diferente de alcançar o alfabetismo através da leitura e da escrita, ainda que possamos aprender a entender e a usar a linguagem em ambos os níveis operativos. Mas só a linguagem falada evolui naturalmente. Os trabalhos linguísticos de Noam Chomsky indicam que a estrutura profunda da capacidade linguística é biologicamente inata. O alfabetismo verbal, o ler e o escrever, deve porém ser aprendido ao longo de um processo dividido em etapas. Primeiro aprendemos um sistema de símbolos, formas abstratas que representam determinados sons. Esses símbolos são o nosso á-bê-cê, o *alfa* e o *beta* da língua grega que deram nome a todo o grupo de símbolos sonoros ou letras, o alfabeto. Aprendemos nosso alfabeto letra por letra para depois aprendermos as combinações das letras e de seus sons, que chamamos de palavras e constituem os representantes ou substitutos das coisas, ideias e ações. Conhecer o significado das palavras equivale a conhecer as definições comuns que compartilham. O último passo para a aquisição do alfabetismo verbal envolve a aprendizagem da sintaxe comum, o que nos possibilita estabelecer os limites construtivos em consonância com os usos aceitos. São esses os rudimentos, os elementos irredutivelmente básicos da linguagem verbal. Quando são dominados, tornamo-nos capazes de ler e escrever, expressar e compreender a informação escrita. Esta é uma descrição extremamente superficial. Fica claro, porém, que mesmo em sua forma mais simplificada o alfabetismo verbal representa uma estrutura dotada de planos técnicos e definições consensuais que, comparativamente, caracterizam a comunicação visual como quase que inteiramente carente de organização. Não é bem isso o que acontece.

## Alfabetismo visual

O maior perigo que pode ameaçar o desenvolvimento de uma abordagem do alfabetismo visual é tentar envolvê-lo num excesso de definições. A existência da linguagem, um modo de comunicação que conta com uma estrutura relativamente bem organizada, sem dúvida exerce uma forte pressão sobre todos os que se ocupam da ideia mesma do alfabetismo visual. Se um meio de comunicação é tão fácil de decompor em partes componentes e estrutura, por que não o outro? Qualquer sistema de símbolos é uma invenção do homem. Os sistemas de símbolos que chamamos de linguagem são invenções ou refinamentos do que foram, em outros tempos, percepções do objeto dentro de uma mentalidade despojada de imagens. Daí a existência de tantos sistemas de símbolos e tantas línguas, algumas ligadas entre si por derivação de uma mesma raiz, outras desprovidas de quaisquer relações desse tipo. Os números, por exemplo, são substitutos de um sistema único de recuperação de informações, o mesmo acontecendo com as notas musicais. Nos dois casos, a facilidade de aprender a informação codificada baseia-se na síntese original do sistema. Os significados são atribuídos, e se dota cada sistema de regras sintáticas básicas. Existem mais de três mil línguas em uso corrente no mundo, todas elas independentes e únicas. Em termos comparativos, a linguagem visual é tão mais universal que sua complexidade não deve ser considerada impossível de superar. As linguagens são conjuntos lógicos, mas nenhuma simplicidade desse tipo pode ser atribuída à inteligência visual, e todos aqueles, dentre nós, que têm tentado estabelecer uma analogia com a linguagem estão empenhados num exercício inútil.

Existe, porém, uma enorme importância no uso da palavra *alfabetismo* em conjunção com a palavra *visual*. A visão é natural; criar e compreender mensagens visuais é natural até certo ponto, mas a eficácia, em ambos os níveis, só pode ser alcançada através do estudo. Na busca do alfabetismo visual, um problema deve ser claramente identificado e evitado. No alfabetismo verbal se espera, das pessoas educadas, que sejam capazes de ler e escrever muito antes que palavras como *criativo* possam ser aplicadas como juízo de valor. A escrita não precisa ser necessariamente brilhante; é suficiente que se produza uma prosa clara e compreensível, de grafia correta e sintaxe bem articulada. O alfabetismo verbal pode ser alcançado num nível muito simples de realização e compreensão de mensagens escritas. Podemos caracterizá-la como um instrumento. Saber ler e escrever, pela própria natureza de sua função, não implica a necessidade de expressar-se em linguagem mais elevada, ou seja, a produção de romances e poemas. Aceitamos a ideia de que o alfabetismo verbal é operativo em muitos níveis, desde as mensagens mais simples até as formas artísticas cada vez mais complexas.

Em parte devido à separação, na esfera do visual, entre arte e ofício, e em parte devido às limitações de talento para o desenho, grande parte da comunicação visual foi deixada ao sabor da intuição e do acaso. Como não se fez nenhuma tentativa de analisá-la ou defini-la em termos da estrutura do modo visual, nenhum método de aplicação pode ser obtido. Na verdade, essa é uma esfera em que o sistema educacional se move com lentidão monolítica, persistindo ainda uma ênfase no modo verbal, que exclui o restante da sensibilidade humana, e pouco ou nada se preocupando com o caráter esmagadoramente visual da experiência de aprendizagem da criança. Até mesmo a utilização de uma abordagem visual do ensino carece de rigor e objetivos bem definidos. Em muitos casos, os alunos são bombardeados com recursos visuais – diapositivos, filmes, *slides*, projeções audiovisuais –, mas trata-se de apresentações que reforçam sua experiência passiva de consumidores de televisão. Os recursos de comunicação que vêm sendo produzidos e usados com fins pedagógicos são apresentados com critérios muito deficientes para a avaliação e a compreensão dos efeitos que produzem. O consumidor da maior parte da produção dos meios de comunicação educacionais não seria capaz de identificar (para recorrermos a uma analogia com o alfabetismo verbal) um erro de grafia, uma frase incorretamente estruturada ou um tema mal formulado. O mesmo se pode quase sempre afirmar no que diz respeito à experiência dos meios *manipuláveis*. As únicas instruções para o uso de câmeras, na elaboração de mensagens inteligentes, procedem das tradições literárias, e não da estrutura e da integridade do modo visual em si. Uma das tragédias do avassalador potencial do alfabetismo visual em todos os níveis da educação é a função irracional, de depositário da recreação, que as artes visuais desempenham nos currículos escolares, e a situação parecida que se verifica no uso dos meios de comunicação, câmeras, cinema, televisão. Por que herdamos, nas artes visuais, uma devoção tácita ao não intelectualismo? O exame dos sistemas de educação revela que o desenvolvimento de métodos construtivos de aprendizagem visual é ignorado, a não ser no caso de alunos especialmente interessados e talentosos. Os juízos relativos ao que é factível, adequado e eficaz na comunicação visual foram deixados ao sabor das fantasias e de amorfas definições de gosto, quando não da avaliação subjetiva e autorreflexiva do emissor ou do receptor, sem que se tente ao menos compreender alguns dos níveis recomendados que esperamos encontrar naquilo que chamamos de alfabetismo no modo verbal. Isso talvez não se deva tanto a um preconceito como à firme convicção de que é impossível chegar a qualquer metodologia e a quaisquer meios que nos permitam alcançar o alfabetismo visual. Contudo, a exigência de estudo dos meios de comunicação já ultrapassou a capacidade de nossas escolas e faculdades. Diante do desafio do alfabetismo visual, não poderemos continuar mantendo por muito mais tempo uma postura de ignorância do assunto.

Como foi que chegamos a esse beco sem saída? Dentre todos os meios de comunicação humana, o visual é o único que não dispõe de um conjunto de normas e preceitos, de metodologia e nem de um único sistema com critérios definidos, tanto para a expressão quanto para o entendimento dos métodos visuais. Por que, exatamente quando o desejamos e dele tanto precisamos, o alfabetismo visual se torna tão esquivo? Não resta dúvida de que se torna imperativa uma nova abordagem que possa solucionar esse dilema.

## Uma abordagem do alfabetismo visual

Temos um grande conhecimento dos sentidos humanos, especialmente da visão. Não sabemos tudo, mas conhecemos bastante. Também dispomos de muitos sistemas de trabalho para o estudo e a análise dos componentes das mensagens visuais. Infelizmente, tudo isso ainda não se integrou em uma forma viável. A classificação e a análise podem ser de fato reveladoras do que sempre ali esteve, as origens de uma abordagem viável do alfabetismo visual universal.

Devemos buscar o alfabetismo visual em muitos lugares e de muitas maneiras, nos métodos de treinamento de artistas, na formação técnica de artesãos, na teoria psicológica, na natureza e no funcionamento fisiológico do próprio organismo humano.

A sintaxe visual existe. Há linhas gerais para a criação de composições. Há elementos básicos que podem ser aprendidos e compreendidos por todos os estudiosos dos meios de comunicação visual, sejam eles artistas ou não, e que podem ser usados, em conjunto com técnicas manipulativas, para a criação de mensagens visuais claras. O conhecimento de todos esses fatores pode levar a uma melhor compreensão das mensagens visuais.

Apreendemos a informação visual de muitas maneiras. A percepção e as forças cinestésicas, de natureza psicológica, são de importância fundamental para o processo visual. O modo como nos mantemos em pé, nos movimentamos, mantemos o equilíbrio e nos protegemos, reagimos à luz ou ao escuro, ou ainda a um movimento súbito, são fatores que têm uma relação importante com nossa maneira de receber e interpretar as mensagens visuais. Todas essas reações são naturais e atuam sem esforço; não precisamos estudá-las nem aprender como efetuá-las. Mas elas são influenciadas, e possivelmente modificadas, por estados psicológicos e condicionamentos culturais, e, por último, pelas expectativas ambientais. O modo como encaramos o mundo quase sempre afeta aquilo que vemos. O processo é, afinal, muito individual para cada um de nós. O controle da psique é frequentemente programado pelos costumes sociais. Assim como alguns grupos culturais comem coisas que deixariam outros enojados, temos preferências visuais arraigadas. O indivíduo que cresce no moderno mundo ocidental condiciona-se às técnicas de perspectiva que apresentam um mundo sintético e tridimensional através da pintura e da fotografia, meios que, na verdade, são planos e bidimensionais. Um aborígine precisa aprender a decodificar a representação sintética da dimensão que, numa fotografia, se dá através da perspectiva. Tem de aprender a convenção; é incapaz de vê-la naturalmente. O ambiente também exerce um profundo controle sobre nossa maneira de ver. O habitante das montanhas, por exemplo, tem de dar uma nova orientação a seu modo de ver quando se encontra numa grande planície. Em nenhum outro exemplo isso se torna mais evidente do que na arte dos esquimós. Tendo uma experiência tão intensa do branco indiferenciado da neve e do céu luminoso em seu meio ambiente, que resulta num obscurecimento do horizonte enquanto referência, a arte dos esquimós toma liberdades com os elementos verticais ascendentes e descendentes.

Apesar dessas modificações, há um sistema visual, perceptivo e básico, que é comum a todos os seres humanos; o sistema, porém, está sujeito a variações nos temas estruturais básicos. A sintaxe visual existe, e sua característica dominante é a complexidade. A complexidade, porém, não se opõe à definição.

Uma coisa é certa. O alfabetismo visual jamais poderá ser um sistema tão lógico e preciso quanto a linguagem. As linguagens são sistemas inventados pelo homem para codificar, armazenar e decodificar informações. Sua estrutura, portanto, tem uma lógica que o alfabetismo visual é incapaz de alcançar.

## Algumas características das mensagens visuais

A tendência a associar a estrutura verbal e a visual é perfeitamente compreensível. Uma das razões é natural. Os dados visuais têm três níveis distintos e individuais: o *input* visual, que consiste de miríades de sistemas de *símbolos;* o material visual *representacional,* que identificamos no meio ambiente e podemos reproduzir através do desenho, da pintura, da escultura e do cinema; e a estrutura *abstrata,* a forma de tudo aquilo que vemos, seja natural ou resultado de uma composição para efeitos intencionais.

Existe um vasto universo de *símbolos* que identificam ações ou organizações, estados de espírito, direções – símbolos que vão desde os mais pródigos em detalhes representacionais até os completamente abstratos, e tão desvinculados da informação identificável que é preciso aprendê-los da maneira como se aprende uma língua. Ao longo de seu desenvolvimento, o homem deu os passos lentos e penosos que lhe permitem colocar numa forma preservável os acontecimentos e os gestos familiares de sua experiência, e a partir desse processo desenvolveu-se a linguagem escrita. No início, as palavras são representadas por imagens, e quando isso não é possível inventa-se um símbolo. Finalmente, numa linguagem escrita altamente desenvolvida, as imagens são abandonadas e os sons passam a ser representados por símbolos. Ao contrário das imagens, a reprodução dos símbolos exige muito pouco em termos de uma habilidade especial. O alfabetismo é infinitamente mais acessível à maioria que disponha de uma linguagem de símbolos sonoros, por ser muito mais simples. A língua inglesa utiliza apenas vinte e seis símbolos em seu alfabeto. Contudo, as línguas que nunca foram além da fase pictográfica, como o chinês, onde os símbolos da palavra-imagem, ou ideogramas, contam-se aos milhares, apresentam grandes problemas para a alfabetização em massa. Em chinês, a escrita e o desenho de imagens são designados pela mesma palavra, *caligrafia.* Isso implica a exigência de algumas habilidades visuais específicas para se escrever em chinês. Os ideogramas, porém, não são imagens.

Em *The Intelligent Eye,* R. L. Gregory refere-se a eles como "cartoons of cartoons".

Porém, mesmo quando existem como componente principal do modo visual, os símbolos atuam diferentemente da linguagem, e, de fato, por mais compreensível e tentadora que possa ser, a tentativa de encontrar critérios para o alfabetismo visual na estrutura da linguagem simplesmente não funcionará. Mas os símbolos, enquanto força no âmbito do alfabetismo visual, são de importância e viabilidade enormes.

A mesma utilidade para compor materiais e mensagens visuais encontra-se nos outros dois níveis da inteligência visual. Saber como funcionam no processo da visão e de que modo são entendidos, pode contribuir enormemente para a compreensão de como podem ser aplicados à comunicação.

O nível *representacional* da inteligência visual é fortemente governado pela experiência direta que ultrapassa a percepção. Aprendemos sobre coisas das quais não podemos ter experiência direta através dos meios visuais, de demonstrações e de exemplos em forma de modelo. Ainda que uma descrição verbal possa ser uma explicação extremamente eficaz, o caráter dos meios visuais é muito diferente do da linguagem, sobretudo no que diz respeito a sua natureza direta. Não se faz necessária a intervenção de nenhum sistema de códigos para facilitar a compreensão, e de nenhuma decodificação que retarde o entendimento. Às vezes basta ver um processo para compreender como ele funciona. Em outras situações, ver um objeto já nos proporciona um conhecimento suficiente para que possamos avaliá-lo e compreendê-lo. Essa experiência da observação serve não apenas como um recurso que nos permite aprender, mas também atua como nossa mais estreita ligação com a realidade de nosso meio ambiente. Confiamos em nossos olhos, e deles dependemos.

O último nível de inteligência visual é talvez o mais difícil de descrever, e pode vir a tornar-se o mais importante para o desenvolvimento do alfabetismo visual. Trata-se da subestrutura, da composição elementar *abstrata* e, portanto, da mensagem visual pura. Anton Ehrenzweig desenvolveu uma teoria da arte com base num processo primário de desenvolvimento e visão, ou seja, o nível consciente, e, num nível secundário, o pré-consciente. Elabora essa classificação dos níveis estruturais do modo visual associando o termo de Piaget, "sincrético", para a visão infantil do mundo através da arte, com o conceito de não diferenciação. Ehrenzweig descreve a criança como sendo capaz de ver todo o conjunto numa visão "global". Esse talento, acredita ele, nunca vem a ser destruído no adulto, e pode ser utilizado como "um poderoso instrumento". Outra maneira de analisar esse sistema dúplice de visão é reconhecer que tudo o que vemos e criamos compõe-se dos elementos visuais básicos que representam a força visual estrutural, de enorme importância para o significado e poderosa no que diz respeito à resposta. É uma parte inextricável de tudo aquilo que vemos, seja qual for sua natureza, realista ou abstrata. É energia visual pura, despojada.

Várias disciplinas têm abordado a questão da procedência do significado nas artes visuais. Artistas, historiadores da arte, filósofos e especialistas de vários campos das ciências humanas e sociais já vêm há muito tempo explorando *como* e *o que* as artes visuais *comunicam.* Creio que alguns dos trabalhos mais significativos nesse campo foram realizados pelos psicólogos da *Gestalt,* cujo principal interesse têm sido os princípios da organização perceptiva, o processo da configuração de um todo a partir das partes. O ponto de vista subjacente da *Gestalt,* conforme definição de Ehrenfels, afirma que "se cada um de doze observadores ouvisse um dos doze tons de uma melodia, a soma de suas experiências não corresponderia ao que seria percebido por alguém que ouvisse a melodia toda". Rudolf Arnheim é o autor de uma obra brilhante na qual aplicou grande parte da teoria da *Gestalt* desenvolvida por Wertheimer, Kohler e Koffka à interpretação das artes visuais. Arnheim explora não apenas o funcionamento da percepção, mas também a qualidade das unidades visuais individuais e as estratégias de sua unificação em um todo final e completo. Em todos os estímulos visuais e em todos os níveis da inteligência visual, o significado pode encontrar-se não apenas nos dados representacionais, na informação ambiental e nos símbolos, inclusive a linguagem, mas também nas forças compositivas que existem ou coexistem com a expressão factual e visual. Qualquer acontecimento visual é uma forma com conteúdo, mas o conteúdo é extremamente influenciado pela importância das partes constitutivas, como a cor, o tom, a textura, a dimensão, a proporção e suas relações compositivas com o significado. Em *Symbols and Civilization,* Ralph Ross só fala de "arte" quando observa que esta "produz uma experiência do tipo que chamamos *estética,* uma experiência pela qual quase todos passamos quando nos encontramos diante do belo e que resulta numa profunda satisfação. O que há séculos vem deixando os filósofos intrigados é exatamente por que sentimos essa satisfação, mas parece claro que ela depende, de alguma forma, das qualidades e da organização de uma obra de arte com seus significados incluídos, e não apenas dos significados considerados isoladamente". Palavras como significado, experiência, estética e beleza colocam-se todas em contiguidade no mesmo ponto de interesse, isto é, aquilo que extraímos da experiência visual, e como o fazemos. Isso abrange toda a experiência visual, em qualquer nível e de qualquer maneira em que ela se dê.

Para começar a responder a essas perguntas é preciso examinar os componentes individuais do processo visual em sua forma mais simples. A caixa de ferramentas de todas as comunicações visuais são os elementos básicos, a fonte compositiva de todo tipo de materiais e mensagens visuais, além de objetos e experiências: o *ponto,* a unidade visual mínima, o indicador e marcador de espaço; a *linha,* o articulador fluido e incansável da forma, seja na soltura vacilante do esboço, seja na rigidez de um projeto técnico; a *forma,* as formas básicas, o círculo, o quadrado, o triângulo e todas as suas infinitas variações, combinações, permutações de planos e dimensões; a *direção,* o impulso de movimento que incorpora e reflete o caráter das formas básicas, circulares, diagonais, perpendiculares; o *tom,* a presença ou a ausência de luz, através da qual enxergamos; a *cor,* a contraparte do tom com o acréscimo do componente cromático, o elemento visual mais expressivo e emocional; a *textura,* óptica ou tátil, o caráter de superfície dos materiais visuais; a *escala* ou *proporção,* a medida e o tamanho relativos; a *dimensão* e o *movimento,* ambos implícitos e expressos com a mesma frequência. São esses os elementos visuais; a partir deles obtemos matéria-prima para todos os níveis de inteligência visual, e é a partir deles que se planejam e expressam todas as variedades de manifestações visuais, objetos, ambientes e experiências.

Os elementos visuais são manipulados com ênfase cambiável pelas técnicas de comunicação visual, numa resposta direta ao caráter do que está sendo concebido e ao objetivo da mensagem. A mais dinâmica das técnicas visuais é o contraste, que se manifesta numa relação de polaridade com a técnica oposta, a harmonia. Não se deve pensar que o uso de técnicas só seja operativo nos extremos; seu uso deve expandir-se, num ritmo sutil, por um *continuum* compreendido entre uma polaridade e outra, como todos os graus de cinza existentes entre o branco e o negro. São muitas as técnicas que podem ser aplicadas na busca de soluções visuais. Aqui estão algumas das mais usadas e de mais fácil identificação, dispostas de modo a demonstrar suas fontes antagónicas:

| *Contraste* | *Harmonia* |
|---|---|
| Instabilidade | Equilíbrio |
| Assimetria | Simetria |
| Irregularidade | Regularidade |
| Complexidade | Simplicidade |
| Fragmentação | Unidade |
| Profusão | Economia |
| Exagero | Minimização |
| Espontaneidade | Previsibilidade |
| Atividade | Estase |
| Ousadia | Sutileza |
| Ênfase | Neutralidade |
| Transparência | Opacidade |
| Variação | Estabilidade |
| Distorção | Exatidão |
| Profundidade | Planura |
| Justaposição | Singularidade |
| Acaso | Sequencialidade |
| Agudeza | Difusão |
| Episodicidade | Repetição |

As técnicas são os agentes no processo de comunicação visual; é através de sua energia que o caráter de uma solução visual adquire forma. As opções são vastas, e são muitos os formatos e os meios; os três níveis da estrutura visual interagem. Por mais avassalador que seja o número de opções abertas a quem pretenda solucionar um problema visual, são as técnicas que apresentarão sempre uma maior eficácia enquanto elementos de conexão entre a intenção e o resultado. Inversamente, o conhecimento da natureza das técnicas criará um público mais perspicaz para qualquer manifestação visual.

Em nossa busca de alfabetismo visual, devemos nos preocupar com cada uma das áreas de análise e definição acima mencionadas;

as forças estruturais que existem funcionalmente na relação interativa entre os estímulos visuais e o organismo humano, tanto ao nível físico quanto ao nível psicológico; o caráter dos elementos visuais; e o poder de configuração das técnicas. Além disso, as soluções visuais devem ser regidas pela postura e pelo significado pretendidos, através do estilo pessoal e cultural. Devemos, finalmente, considerar o meio em si, cujo caráter e cujas limitações irão reger os métodos de solução. A cada passo de nossos estudos serão sugeridos exercícios para ampliar o entendimento da natureza da expressão visual.

Em todos os seus inúmeros aspectos, o processo é complexo. Não obstante, não há por que transformar a complexidade num obstáculo à compreensão do modo visual. Certamente é mais fácil dispor de um conjunto de definições e limites comuns para a construção ou a composição, mas a simplicidade tem aspectos negativos. Quanto mais simples a fórmula, mais restrito será o potencial de variação e expressão criativas. Longe de ser negativa, a funcionalidade da inteligência visual em três níveis – realista, abstrato e simbólico – tem a nos oferecer uma interação harmoniosa, por mais sincrética que possa ser.

Quando vemos, fazemos muitas coisas ao mesmo tempo. Vemos, perifericamente, um vasto campo. Vemos através de um movimento de cima para baixo e da esquerda para a direita. Com relação ao que isolamos em nosso campo visual, impomos não apenas eixos implícitos que ajustem o equilíbrio, mas também um mapa estrutural que registre e meça a ação das forças compositivas, tão vitais para o conteúdo e, consequentemente, para o *input* e o *output* da mensagem. Tudo isso acontece ao mesmo tempo em que decodificamos todas as categorias de símbolos.

Trata-se de um processo multidimensional, cuja característica mais extraordinária é a simultaneidade. Cada função está ligada ao processo e à circunstância, pois a visão não só nos oferece opções metodológicas para o resgate de informações, mas também opções que coexistem e são disponíveis e interativas no mesmo momento. Os resultados são extraordinários, não importando quão condicionados estejamos a tomá-los como verdadeiros. À velocidade da luz, a inteligência visual transmite uma multiplicidade de unidades básicas de informação ou *bits* atuando simultaneamente como um dinâmico canal de comunicação e um recurso pedagógico ao qual ainda não se deu o devido reconhecimento. Será esse o motivo pelo qual aquele que é visualmente ativo parece aprender melhor? Gattegno formulou magistralmente essa questão, em *Towards a Visual Culture*:

> Há milênios o homem vem funcionando como uma criatura que vê e, assim, abarcando vastidões. Só recentemente, porém, através da televisão (e dos meios modernos, o cinema e a fotografia), ele foi capaz de passar da rudeza da fala (por mais milagrosa e abrangente que esta seja) enquanto meio de expressão, e portanto de comunicação, para os poderes infinitos da expressão visual, capacitando-se assim a compartilhar, com todos os seus semelhantes e com enorme rapidez, imensos conjuntos dinâmicos.

Não existe nenhuma maneira fácil de desenvolver o alfabetismo visual, mas este é tão vital para o ensino dos modernos meios de comunicação quanto a escrita e a leitura foram para o texto impresso. Na verdade, ele pode tornar-se o componente crucial de todos os canais de comunicação do presente e do futuro. Enquanto a informação foi basicamente armazenada e distribuída através da linguagem, e o artista foi visto pela sociedade como um ser solitário em sua capacidade exclusiva de comunicar-se visualmente, o alfabetismo verbal universal foi considerado essencial, mas a inteligência visual foi amplamente ignorada. A invenção da câmera provocou o surgimento espetacular de uma nova maneira de ver a comunicação e, por extensão, a educação. A câmera, o cinema, a televisão, o videocassete e o videoteipe, além dos meios visuais que ainda não estão em uso, modificarão não apenas nossa definição de educação, mas da própria inteligência. Em primeiro lugar, impõe-se uma revisão de nossas capacidades visuais básicas. A seguir, vem a necessidade urgente de se buscar e desenvolver um sistema estrutural e uma metodologia para o ensino e o aprendizado de como interpretar visualmente as ideias. Um campo que foi outrora considerado domínio exclusivo do artista e do designer hoje tem de ser visto como objeto da preocupação tanto dos que atuam em quaisquer dos meios visuais de comunicação quanto de seu público.

Se a arte é, como Bergson a define, uma "visão direta da realidade", então não resta dúvida de que os modernos meios de comunicação devem ser muito seriamente vistos como meios naturais de expressão artística, uma vez que apresentam e reproduzem a vida quase como um espelho. "Oh, que algum poder nos desse o dom", implora Robert Burns, "de vermos a nós próprios como os outros nos veem!" E os meios de comunicação respondem com seus vastos poderes. Não só colocaram sua magia à disposição do público como também a depuseram firmemente nas mãos de quem quer que deseje utilizá-los para expressar suas ideias. Numa infinita evolução de seus recursos técnicos, a fotografia e o cinema passam por um constante processo de simplificação para que possam servir a muitos objetivos. Mas a habilidade técnica no manuseio do equipamento não é suficiente. A natureza dos meios de comunicação enfatiza a necessidade de compreensão de seus componentes visuais. A capacidade intelectual decorrente de um treinamento para criar e compreender as mensagens visuais está se tornando uma necessidade vital para quem pretenda engajar-se nas atividades ligadas à comunicação. É bastante provável que o alfabetismo visual venha a tornar-se, no último terço de nosso século, um dos paradigmas fundamentais da educação.

A arte e o significado da arte mudaram profundamente na era tecnológica, mas a estética da arte não deu resposta às modificações. Aconteceu o contrário: enquanto o caráter das artes visuais e sua relação com a sociedade modificaram-se dramaticamente, a estética da arte tornou-se ainda mais estacionária. O resultado é a ideia difusa de que as artes visuais constituem o domínio exclusivo da intuição subjetiva, um juízo tão superficial quanto o seria a ênfase excessiva no significado literal. Na verdade, a expressão visual é o produto de uma inteligência extremamente complexa, da qual temos, infelizmente, um conhecimento muito reduzido. *O que vemos é uma parte fundamental do que sabemos,* e o alfabetismo visual pode nos ajudar a ver o que vemos e a saber o que sabemos.

## Exercícios

1. Escolha, entre seus pertences ou entre as fotos de uma revista, um exemplo de objeto que tenha valor tanto em termos de belas-artes quanto de artes aplicadas. Faça uma lista, avaliando sua funcionalidade, sua beleza estética, seu valor comunicativo (o que ele

faz para expandir o conhecimento do leitor sobre si mesmo, seu meio ambiente, o mundo, o passado e o presente) e seu valor decorativo ou de entretenimento.

2. Recorte uma foto de uma revista ou jornal e faça uma relação de respostas curtas ou de uma só palavra que você lhe aplicaria em termos da mensagem literal da foto e de seu significado compositivo subjacente, e inclua a reação a quaisquer símbolos (linguísticos ou de outro gênero) que nela estejam inclusos. Depois de analisar a foto, escreva um parágrafo que descreva completamente o efeito da foto e o que poderia ser usado em substituição à mesma.

3. Escolha um instantâneo que você tenha feito, ou qualquer outra coisa que tenha desenhado ou criado (um desenho, um bordado, um jardim, um arranjo de sala, roupas), e analise qual foi o efeito ou a mensagem que teve em mente ao criá-lo. Compare as intenções com os resultados.

# 2. COMPOSIÇÃO: FUNDAMENTOS SINTÁTICOS DO ALFABETISMO VISUAL

O processo de composição é o passo mais crucial na solução dos problemas visuais. Os resultados das decisões compositivas determinam o objetivo e o significado da manifestação visual e têm fortes implicações com relação ao que é recebido pelo espectador. É nessa etapa vital do processo criativo que o comunicador visual exerce o mais forte controle sobre seu trabalho e tem a maior oportunidade de expressar, em sua plenitude, o estado de espírito que a obra se destina a transmitir. O modo visual, porém, não oferece sistemas estruturais definitivos e absolutos. Como adquirir o controle de nossos complexos meios visuais com alguma certeza de que, no resultado final, haverá um significado compartilhado? Em termos linguísticos, sintaxe significa disposição ordenada das palavras segundo uma forma e uma ordenação adequadas. As regras são definidas: tudo o que se tem de fazer é aprendê-las e usá-las inteligentemente. Mas, no contexto do alfabetismo visual, a sintaxe só pode significar a disposição ordenada de partes, deixando-nos com o problema de como abordar o processo de composição com inteligência e conhecimento de como as decisões compositivas irão afetar o resultado final. Não há regras absolutas: o que existe é um alto grau de compreensão do que vai acontecer em termos de significado, se fizermos determinadas ordenações das partes que nos permitam organizar e orquestrar os meios visuais. Muitos dos critérios para o entendimento do significado na forma visual, o potencial sintático da estrutura no alfabetismo visual, decorrem da investigação do processo da percepção humana.

## Percepção e comunicação visual

Na criação de mensagens visuais, o significado não se encontra apenas nos efeitos cumulativos da disposição dos elementos básicos, mas também no mecanismo perceptivo universalmente compartilhado pelo organismo humano. Colocando em termos mais simples: criamos um design a partir de inúmeras cores e formas, texturas, tons e proporções relativas; relacionamos interativamente esses elementos; temos em vista um significado. O resultado é a composição, a intenção do artista, do fotógrafo ou do designer. É seu *input.* Ver é outro passo distinto da comunicação visual. É o processo de absorver informação no interior do sistema nervoso através dos olhos, do sentido da visão. Esse processo e essa capacidade são compartilhados por todas as pessoas, em maior ou menor grau, tendo sua importância medida em termos do significado compartilhado. Os dois passos distintos, ver e criar e/ou fazer são interdependentes, tanto para o significado em sentido geral quanto para a mensagem, no caso de se tentar responder a uma comunicação específica. Entre o significado geral, estado de espírito ou ambiente da informação visual e a mensagem específica e definida existe ainda um outro campo de significado visual, a funcionalidade, no caso dos objetos que são criados, confeccionados e manufaturados para servir a um propósito. Conquanto possa parecer que a mensagem de tais obras é secundária em termos de sua viabilidade, os fatos provam o contrário. Roupas, casas, edifícios públicos e até mesmo os entalhes e os objetos decorativos feitos por artesãos amadores nos revelam muitíssimo sobre as pessoas que os criaram e escolheram. E nossa compreensão de uma cultura depende de nosso estudo do mundo que seus membros construíram e das ferramentas, dos artefatos e das obras de arte que criaram.

Basicamente, o ato de ver envolve uma resposta à luz. Em outras palavras, o elemento mais importante e necessário da experiência visual é de natureza tonal. Todos os outros elementos visuais nos são revelados através da luz, mas são secundários em relação ao elemento tonal, que é, de fato, a luz ou a ausência dela. O que a luz nos revela e oferece é a substância através da qual o homem configura e imagina aquilo que reconhece e identifica no meio ambiente, isto é, todos os outros elementos visuais: *linha, cor, forma, direção, textura, escala, dimensão, movimento.* Que elementos dominam quais manifestações visuais é algo determinado pela natureza daquilo que está sendo concebido, ou, no caso da natureza, daquilo que existe. Mas quando definimos a pintura basicamente como tonal, como tendo referência de forma e, consequentemente, direção, como tendo textura e matiz, possivelmente referência de escala, e nenhuma dimensão ou movimento, a não ser indiretamente, não estamos nem começando a definir o potencial visual da pintura. As possíveis variações de uma manifestação visual que se ajuste perfeitamente a essa descrição são literalmente infinitas. Essas variações dependem da expressão subjetiva do artista, através da ênfase em determinados elementos em detrimento de outros, e da manipulação desses elementos através da opção estratégica das técnicas. É nessas opções que o artista encontra seu significado.

O resultado final é a verdadeira manifestação do artista. O significado, porém, depende da resposta do espectador, que também a modifica e interpreta através da rede de seus critérios subjetivos. Um só fator é moeda corrente entre o artista e o público e, na verdade, entre todas as pessoas: o sistema físico das percepções visuais, os componentes psicofisiológicos do sistema nervoso, o funcionamento mecânico, o aparato sensorial através do qual vemos.

A psicologia da *Gestalt* tem contribuído com valiosos estudos e experimentos no campo da percepção, recolhendo dados, buscando conhecer a importância dos padrões visuais e descobrindo como o organismo humano vê e organiza o *input* visual e articula o *output* visual. Em conjunto, o componente físico e o psicológico são relativos, nunca absolutos. Todo padrão visual tem uma qualidade dinâmica que não pode ser definida intelectual, emocional ou mecanicamente através de tamanho, direção, forma ou distância. Esses estímulos são apenas as medições estáticas, mas as forças psicofísicas que desencadeiam, como as de quaisquer outros estímulos, modificam o espaço e ordenam ou perturbam o equilíbrio. Em conjunto, criam a percepção de um design, de um ambiente ou de uma coisa. As coisas visuais não são simplesmente algo que está ali por acaso. São acontecimentos visuais, ocorrências totais, ações que incorporam a reação ao todo.

Por mais abstratos que possam ser os elementos psicofisiológicos da sintaxe visual, pode-se definir seu caráter geral. Na expressão abstrata, o significado inerente é intenso; ele coloca o intelecto em curto-circuito, estabelecendo o contato diretamente com as emoções e os sentimentos, encapsulando o significado essencial e atravessando o consciente para chegar ao inconsciente.

A informação visual também pode ter uma forma definível, seja através de significados incorporados, em forma de símbolos, ou de experiências compartilhadas no ambiente e na vida. Acima, abaixo, céu azul, árvores verticais, areia áspera e fogo vermelho-alaranjado-amarelo são apenas algumas das qualidades denotativas, possíveis de serem indicadas, que todos compartilhamos visualmente. Assim, conscientemente ou não, respondemos com alguma conformidade a seu significado.

## Equilíbrio

A mais importante influência tanto psicológica como física sobre a percepção humana é a necessidade que o homem tem de equilíbrio, de ter os pés firmemente plantados no solo e saber que vai permanecer ereto em qualquer circunstância, em qualquer atitude, com um certo grau de certeza. O equilíbrio é, então, a referência visual mais forte e firme do homem, sua base consciente e inconsciente para fazer avaliações visuais. O extraordinário é que, enquanto todos os padrões visuais têm um centro de gravidade que pode ser tecnicamente calculável, nenhum método de calcular é tão rápido, exato e automático quanto o senso intuitivo de equilíbrio inerente às percepções do homem.

Assim, o constructo horizontal-vertical constitui a relação básica do homem com seu meio ambiente. Mas além do equilíbrio simples e estático ilustrado na figura 2.1 existe o processo de ajustamento a cada variação de peso, que se dá através de uma reação de contrapeso (fig. 2.2 e 2.3). Essa consciência interiorizada da firme verticalidade em relação a uma base estável é externamente expressa pela configuração visual da figura 2.4, por uma relação horizontal-vertical do que está sendo visto (fig. 2.5) e por seu peso relativo em relação a um estado de equilíbrio (fig. 2.6). O equilíbrio é tão fundamental na natureza quanto no homem. É o estado oposto ao colapso. É possível avaliar o efeito do desequilíbrio observando-se o aspecto de alarme estampado no rosto de uma vítima que, subitamente e sem aviso prévio, leva um empurrão.

**FIGURA 2.1**

**FIGURA 2.2**

**FIGURA 2.3**

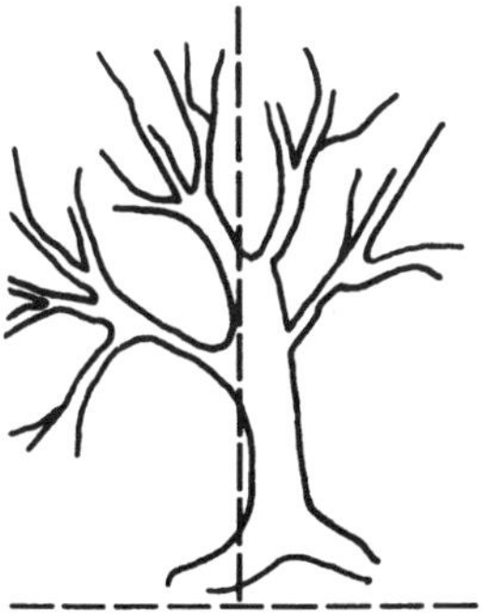

**FIGURA 2.4**

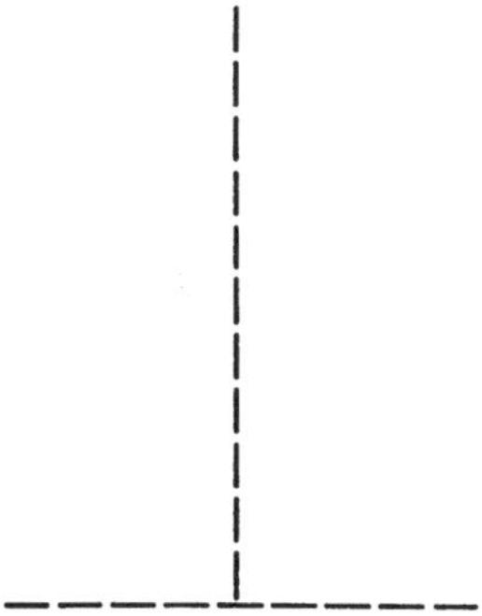

**FIGURA 2.5**

**FIGURA 2.6**

Na expressão ou interpretação visual, esse processo de estabilização impõe a todas as coisas vistas e planejadas um *eixo vertical,* com um referente *horizontal* secundário, os quais determinam, em conjunto, os fatores estruturais que medem o equilíbrio. Esse eixo visual também é chamado de *eixo sentido,* que melhor expressa a presença invisível mas preponderante do eixo no ato de ver. Trata-se de uma constante inconsciente.

## Tensão

Muitas coisas no meio ambiente parecem não ter estabilidade. O círculo é um bom exemplo. Parece o mesmo, seja como for que o olhemos (fig. 2.7); mas, no ato de ver, lhe conferimos estabilidade impondo-lhe o eixo vertical que analisa e determina seu equilíbrio enquanto forma (fig. 2.8), acrescentando em seguida (fig. 2.9) a base horizontal como referência que completa a sensação de estabilidade. Projetar os fatores estruturais ocultos (ou manifestos) sobre formas regulares, como o círculo, o quadrado ou um triângulo equilátero, é relativamente simples e fácil de compreender, mas, quando uma forma é irregular, a análise e a determinação do equilíbrio são mais difíceis e complexas (ver figura 2.10). Esse processo de estabilização pode ser demonstrado com maior clareza através de uma sequência de modificações ligeiras nos exemplos e dos efeitos da posição do eixo sentido ao estado variável de equilíbrio da figura 2.11.

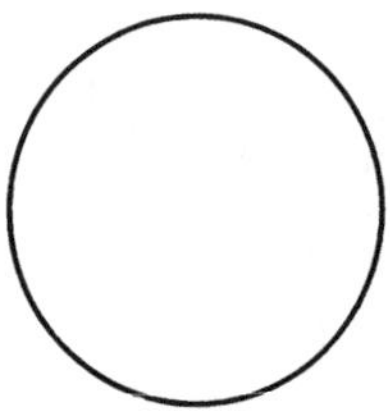

**FIGURA 2.7**

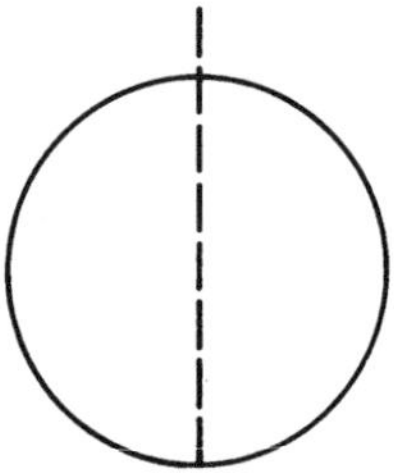

**FIGURA 2.8**

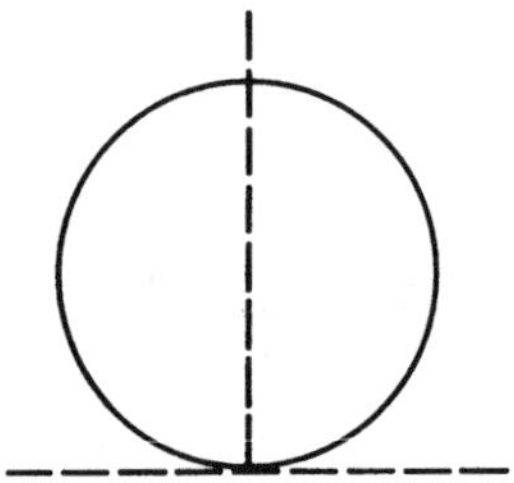

**FIGURA 2.9**

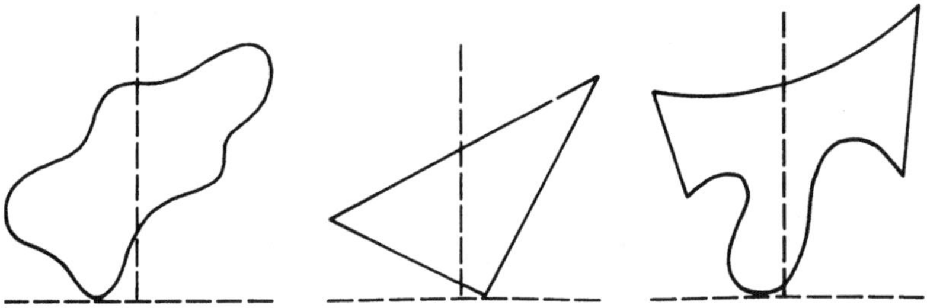

**FIGURA 2.10**

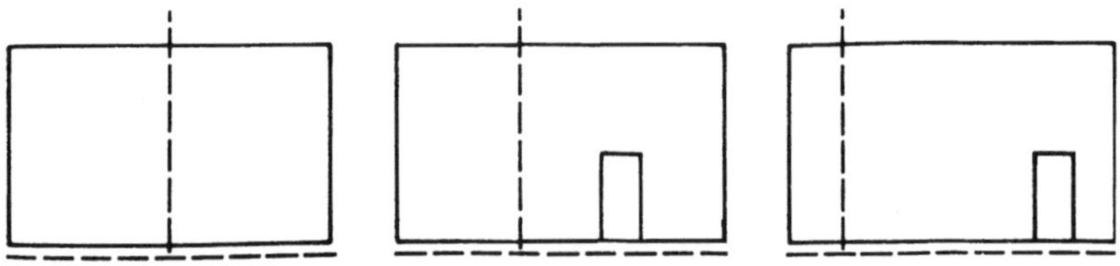

**FIGURA 2.11**

Esse processo de ordenação, de reconhecimento intuitivo da regularidade ou de sua ausência, é inconsciente e não requer explicação ou verbalização. Tanto para o emissor quanto para o receptor da informação visual, a falta de equilíbrio e regularidade é um fator de desorientação. Em outras palavras, é o meio visual mais eficaz para criar um efeito em resposta ao objetivo da mensagem, efeito que tem um potencial direto e econômico de transmitir a informação visual. As opções visuais são polaridades, tanto de regularidade quanto de simplicidade (fig. 2.12), de um lado, ou de variação complexa e inesperada (fig. 2.13), de outro. A escolha entre essas opções determina a resposta relativa do espectador, tanto em termos de repouso e relaxamento quanto de tensão.

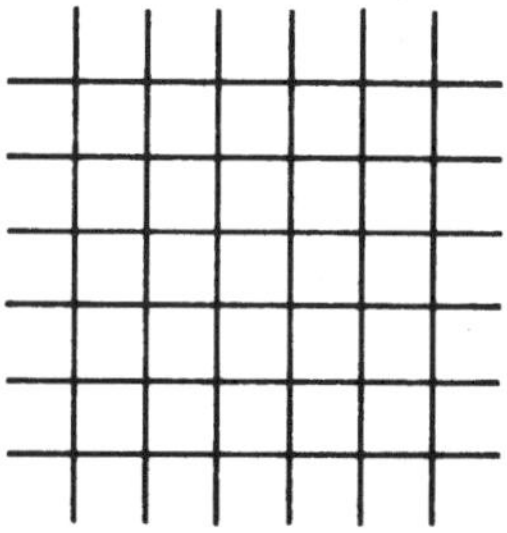

**FIGURA 2.12** (REPOUSO)

**FIGURA 2.13** (TENSÃO)

A relação entre tensão relativa e equilíbrio relativo pode ser demonstrada em qualquer forma regular. Por exemplo, um raio em ponta no interior de um círculo (fig. 2.14) provoca uma maior tensão visual porque o raio não se ajusta ao "eixo visual" invisível, perturbando, portanto, o equilíbrio. O elemento visível, o raio, é modificado pelo elemento invisível, o eixo sentido (fig. 2.15), e também por

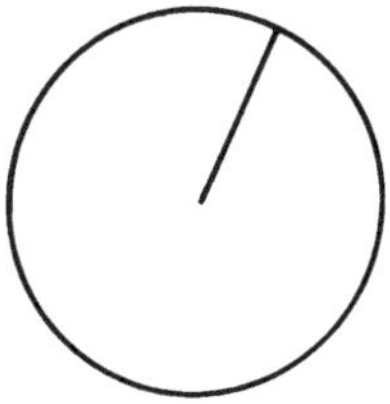

**FIGURA 2.14**

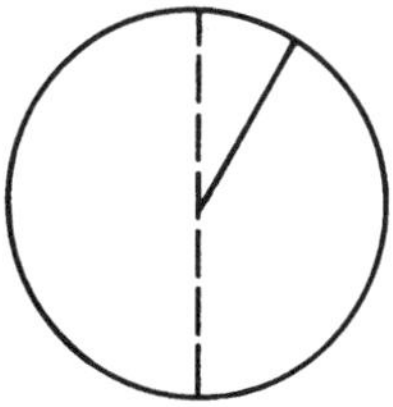

**FIGURA 2.15**

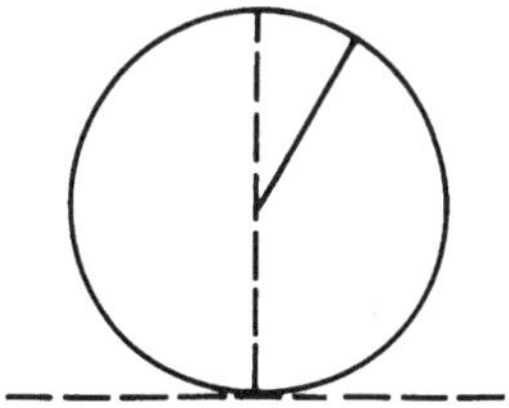

**FIGURA 2.16**

sua relação com a base horizontal e estabilizadora (fig. 2.16). Em termos de design, de plano ou propósito, podemos dizer que, se tivermos dois círculos lado a lado, o que mais atrairá a atenção do espectador será o círculo com raio em ponta, ou não concordante (fig. 2.18 mais que a 2.17).

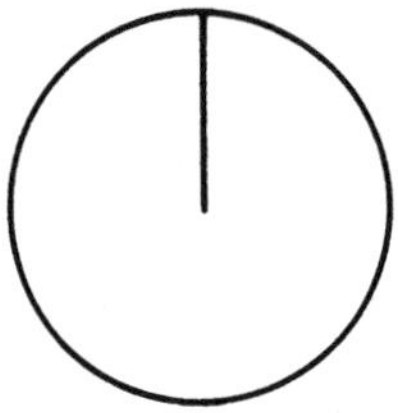

**FIGURA 2.17**

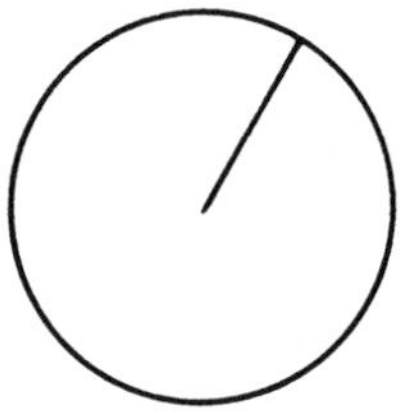

**FIGURA 2.18**

Não há por que atribuir juízo de valor a esse fenômeno. Ele não é nem bom nem mau. Na teoria da percepção, seu valor está no modo como é usado na comunicação visual, isto é, de que maneira reforça o significado, o propósito e a intenção, e, além disso, como pode ser usado como base para a interpretação e a compreensão. A tensão, ou sua ausência, é o primeiro fator compositivo que pode ser usado sintaticamente na busca do alfabetismo visual.

Há muitos aspectos da tensão que deveriam ser desenvolvidos, mas, primeiro, é preciso levar em conta que a tensão (o inesperado, o mais irregular, complexo e instável) não domina, por si só, o olho. Na sequência da visão, há outros fatores responsáveis pela atenção e pelo predomínio compositivo. O processo de estabelecer o eixo vertical e a base horizontal atrai o olho com muito maior intensidade para ambos os campos visuais, dando-lhes automaticamente uma maior importância em termos compositivos. Como já foi demonstrado, é fácil localizar esses campos quando se trata de formas regulares, a exemplo das que foram mostradas na figura 2.19. Em formas mais complexas, naturalmente é mais difícil estabelecer o eixo sentido, mas o processo ainda conserva a máxima importância compositiva. Assim, um elemento visual colocado no local onde se encontra o eixo sentido, nos exemplos da figura 2.20, vê-se automaticamente enfatizado. Trata-se de exemplos simples de um fenômeno que continua sendo verdadeiro, não só nas formas complexas,

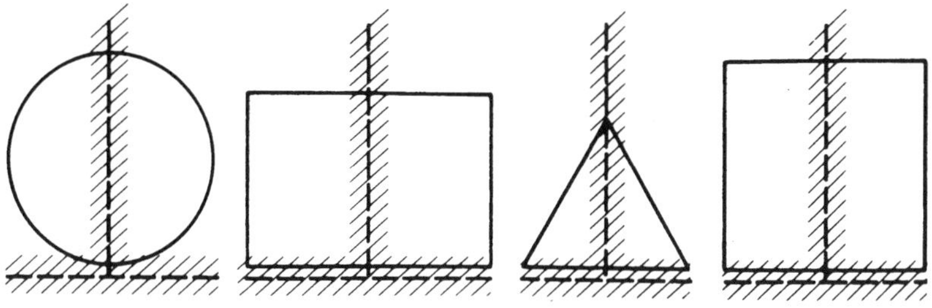

FIGURA 2.19

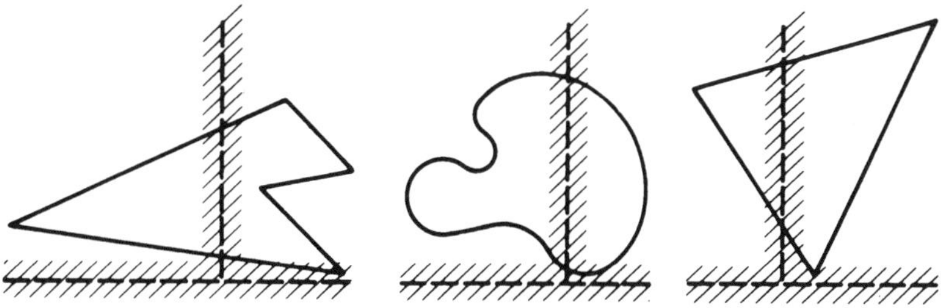

FIGURA 2.20

mas também nas composições complicadas. Contudo, por mais que os elementos se façam sentir, o olho busca o eixo sentido em qualquer fato visual, num processo interminável de estabelecimento do equilíbrio relativo. Num tríptico, a informação visual contida no painel central predomina, em termos compositivos, em relação aos painéis laterais. A área axial de qualquer campo é sempre aquilo para o que olhamos em primeiro lugar; é onde esperamos ver alguma coisa. O mesmo se aplica à informação visual da metade inferior de qualquer campo; o olho se volta para esse lugar no passo secundário de estabelecimento do equilíbrio através da referência horizontal.

## Nivelamento e aguçamento

O poder do previsível, porém, empalidece diante do poder da surpresa. A estabilidade e a harmonia são polaridades daquilo que é visualmente inesperado e daquilo que cria tensões na composição. Em psicologia, esses opostos são chamados de *nivelamento* e *aguça-*

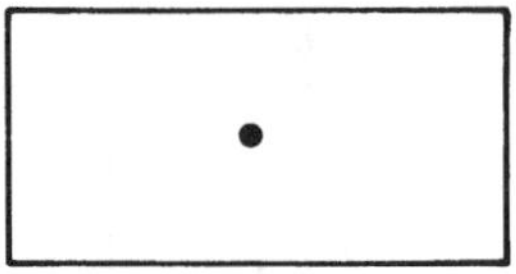

FIGURA 2.21

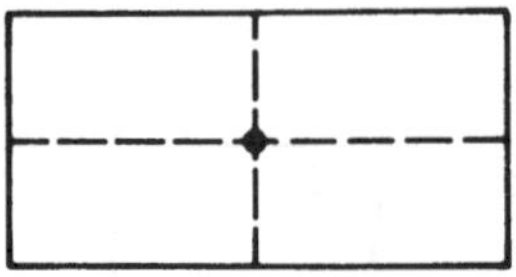

FIGURA 2.22

*mento*. Num campo visual retangular, uma demonstração simples de nivelamento seria colocar um ponto no centro geométrico de um traçado estrutural (fig. 2.21). A posição do ponto, como é mostrado na figura 2.22, não oferece nenhuma surpresa visual; é totalmente harmoniosa. A colocação do ponto no canto direito provoca um aguçamento (fig. 2.23). O ponto está fora do centro não apenas na estrutura vertical, mas também na horizontal, como é mostrado na figura 2.24. Ele nem mesmo se ajusta aos componentes diagonais do traçado estrutural (fig. 2.25). Em ambos os casos, nivelamento e aguçamento compositivos, há clareza de intenção. Através de nossa percepção automática, podemos estabelecer o equilíbrio ou uma ausência marcante do mesmo, e também reconhecer facilmente as condições visuais abstratas. Mas há um terceiro estado da composição visual que não é nem o nivelado, nem o aguçado, no qual o olho precisa esforçar-se por analisar os componentes no que diz respeito a seu equilíbrio. A esse estado dá-se o nome de ambiguidade, e embora a conotação seja a mesma que a da linguagem, a forma pode ser visualmente descrita em termos ligeiramente diferentes. Na fi-

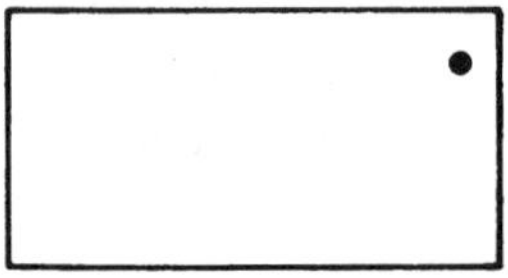

FIGURA 2.23

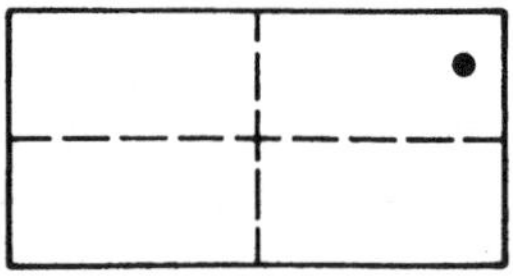

FIGURA 2.24

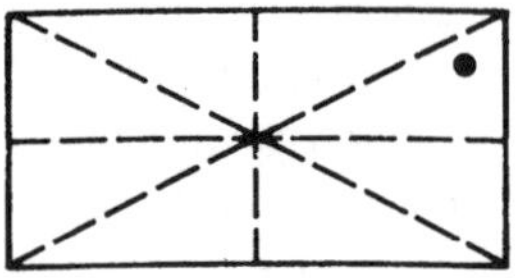

FIGURA 2.25

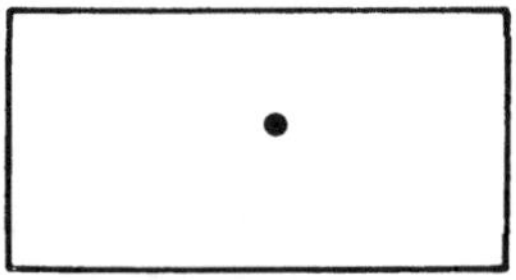

FIGURA 2.26

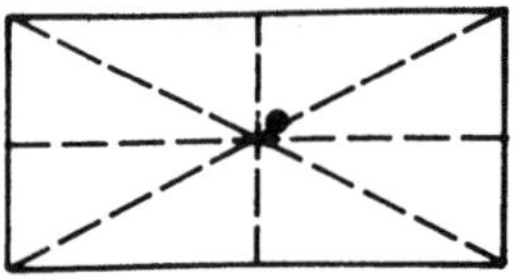

FIGURA 2.27

gura 2.26, o ponto não está claramente no centro, nem está muito distanciado do mesmo, como se mostra na figura 2.27. Em termos visuais, sua posição não é clara e poderia confundir o espectador que, inconscientemente, pretendesse estabilizar sua posição em termos de equilíbrio relativo. Como a ambiguidade verbal, a ambiguidade visual obscurece não apenas a intenção compositiva, mas também o significado. O processo de equilíbrio natural seria refreado, tornar-se-ia confuso e, o que é mais importante, não resolvido pela fraseologia espacial sem significado da figura 2.26. A lei da *Gestalt* que rege a simplicidade perceptiva vê-se extremamente transgredida por esse estado tão pouco claro em toda a composição visual. Em termos de uma perfeita sintaxe visual, a ambiguidade é totalmente indesejável. De todos os nossos sentidos, a visão é o que consome menos energia. Ela experimenta e identifica o equilíbrio, óbvio ou sutil, e as relações que atuam entre diversos dados visuais. Seria contraproducente frustrar e confundir essa função única. Em termos ideais, as formas visuais não devem ser propositalmente obscuras; devem harmonizar ou contrastar, atrair ou repelir, estabelecer relação ou entrar em conflito.

## Preferência pelo ângulo inferior esquerdo

Além de ser influenciada pelas relações elementares com o traçado estrutural, a tensão visual é maximizada de duas outras maneiras: o olho favorece a zona inferior esquerda de qualquer campo visual. Traduzido em forma de representação diagramática, isso significa que existe um padrão primário de varredura do campo que reage aos referentes verticais-horizontais (fig. 2.28), e um padrão secundário de varredura que reage ao impulso perceptivo inferior--esquerdo (fig. 2.29).

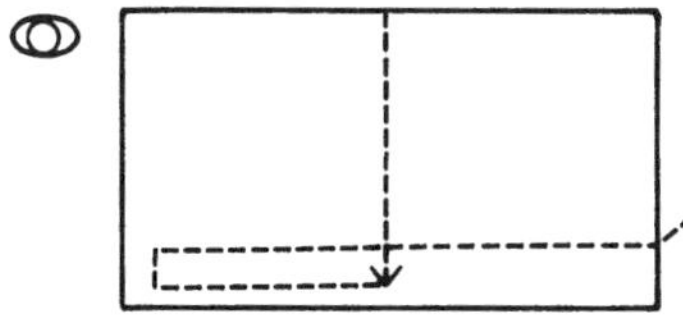

FIGURA 2.28

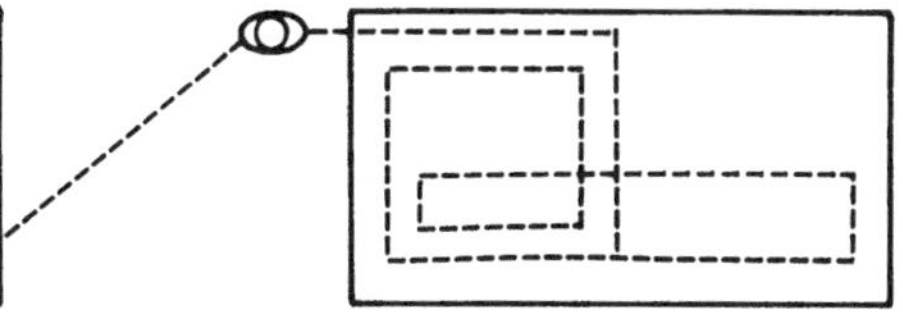

FIGURA 2.29

Há inúmeras explicações para essas preferências perceptivas secundárias e, ao contrário do que acontece com as preferências primárias, não é fácil dar-lhes uma explicação conclusiva. O favorecimento da parte esquerda do campo visual talvez seja influenciado pelo modo ocidental de imprimir, e pelo forte condicionamento decorrente do fato de aprendermos a ler da esquerda para a direita. Há poucos estudos e ainda muito a aprender sobre o porquê de sermos organismos predominantemente destros e de termos concentrado no hemisfério cerebral esquerdo nossa faculdade de ler e escrever da esquerda para a direita. Curiosamente, a destreza estende-se às culturas que escreviam de cima para baixo, e que, no presente, escrevem da direita para a esquerda. Também favorecemos o campo esquerdo de visão. Se desconhecemos as razões que nos levam a fazê-lo, já é suficiente sabermos que o fato se comprova na prática. Basta observarmos para que ângulo de um palco se voltam os olhos do público quando ainda não há ação e a cortina sobe.

## Alguns exemplos

Por mais conjetural que possa ser, a existência de diferenças de peso alto-baixo e esquerda-direita tem grande valor nas decisões compositivas. Isso pode nos proporcionar um requintado conhecimento de nossa compreensão da tensão, tal como se ilustra na figura 2.30, que mostra uma divisão linear de um retângulo numa composição nivelada; a figura 2.31 representa um aguçamento, mas nela a tensão é minimizada, ao passo que a figura 2.32 mostra um máximo de tensão. Esses fatos podem ser certamente modificados para as pessoas canhotas, ou para aquelas que, em suas respectivas línguas, não leem da esquerda para a direita.

Quando o material visual se ajusta às nossas expectativas em termos do eixo sentido, da base estabilizadora horizontal, do predo-

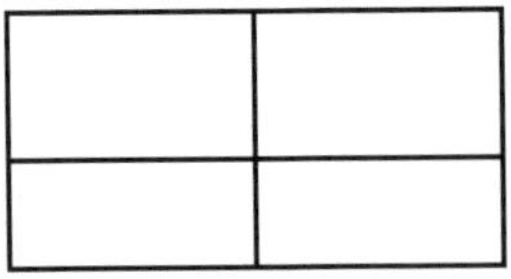

**FIGURA 2.30**

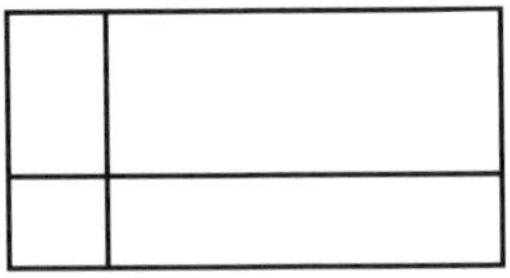

**FIGURA 2.31**

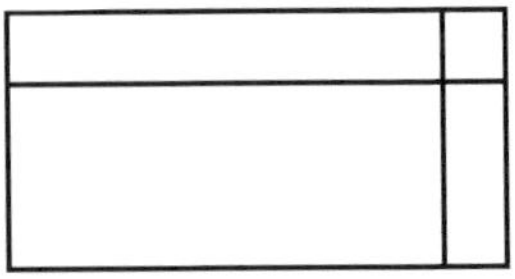

**FIGURA 2.32**

mínio da área esquerda do campo sobre a direita e da metade inferior do campo visual sobre a superior, estamos diante de uma composição nivelada, que apresenta um mínimo de tensão. Quando predominam as condições opostas, temos uma composição visual de tensão máxima. Em termos mais simples, os elementos visuais que se situam em áreas de tensão têm mais peso (fig. 2.33, 2.34, 2.35) do que os elementos nivelados. O peso, que nesse contexto significa capacidade de atrair o olho, tem aqui uma enorme importância em termos do equilíbrio compositivo.

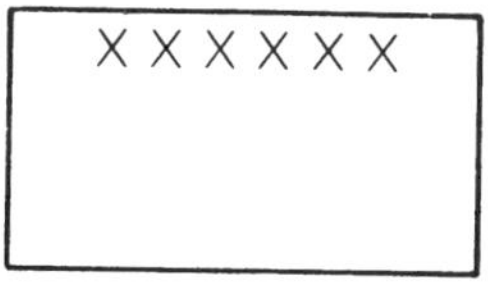


FIGURA 2.33

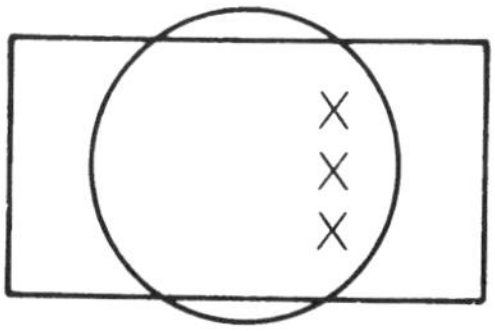


FIGURA 2.34

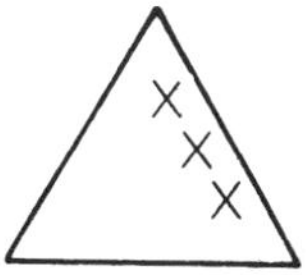


FIGURA 2.35

FIGURA 2.36

FIGURA 2.37

Uma demonstração prática da teoria demonstrada na figura 2.36 revela que, numa natureza-morta, uma maçã à direita equilibra duas maçãs à esquerda. O predomínio compositivo é intensificado ao deslocarmos a maçã da direita para uma posição mais alta que a das duas maçãs da esquerda, como se vê na figura 2.37.

Há uma relação direta entre o peso e o predomínio visual das formas e sua regularidade relativa. A complexidade, a instabilidade e a irregularidade aumentam a tensão visual e, em decorrência disso, atraem o olho, como se mostra nas formas regulares (fig. 2.38, 2.39, 2.40) e nas irregulares (fig. 2.41, 2.42, 2.43). Os dois grupos representam a opção entre duas categorias fundamentais em composição: a composição equilibrada, racional e harmoniosa, em contraposição à exagerada, distorcida e emocional.

**FIGURA 2.38**

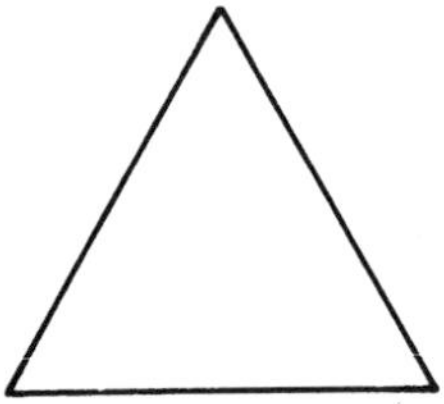

**FIGURA 2.39**

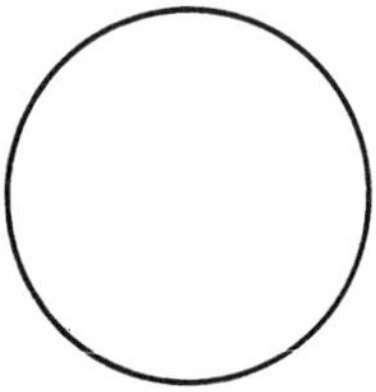

**FIGURA 2.40**

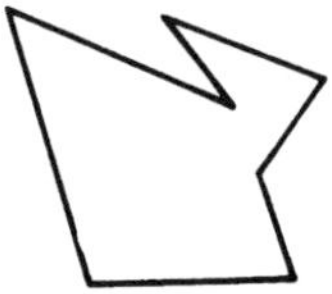

**FIGURA 2.41**

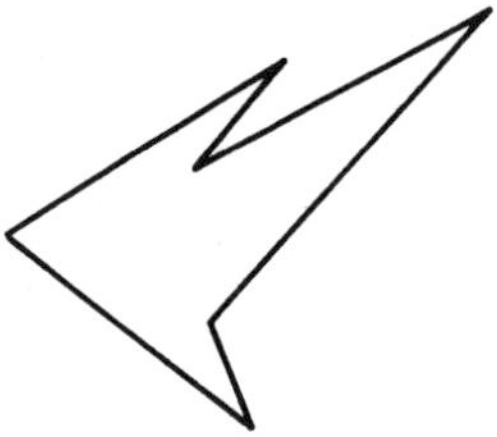

**FIGURA 2.42**

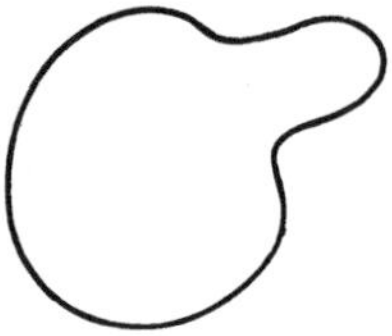

**FIGURA 2.43**

Na teoria da percepção da *Gestalt*, a lei da pregnância (Prägnanz) define a organização psicológica como sendo tão *boa* (regular, simétrica, simples) quanto o permitam as condições vigentes. Nesse caso, o adjetivo *bom* não é uma palavra desejável, e nem mesmo um termo descritivo, levando-se em conta o significado pretendido; uma definição mais precisa seria emocionalmente menos provocativa, mais simples e menos complicada, qualidades essas que descrevem o estado a que se chegou visualmente através da simetria bilateral. Os designs de equilíbrio axial não são apenas fáceis de compreender; são também fáceis de fazer, usando-se a formulação menos complicada do contrapeso. Se um ponto for firmemente colocado à esquerda do eixo vertical ou eixo sentido, provoca-se um estado de desequilíbrio, mostrado na figura 2.44, que é imediatamente anulado pelo acréscimo de outro ponto, como se vê na figura 2.45. Trata-se de uma perfeita demonstração do contrapeso, o qual, ao ser usado numa composição visual, produz o efeito mais ordenado e organizado possível. O templo grego clássico é um *tour de force* em simetria e, como seria de se esperar, uma forma visual de extrema serenidade.

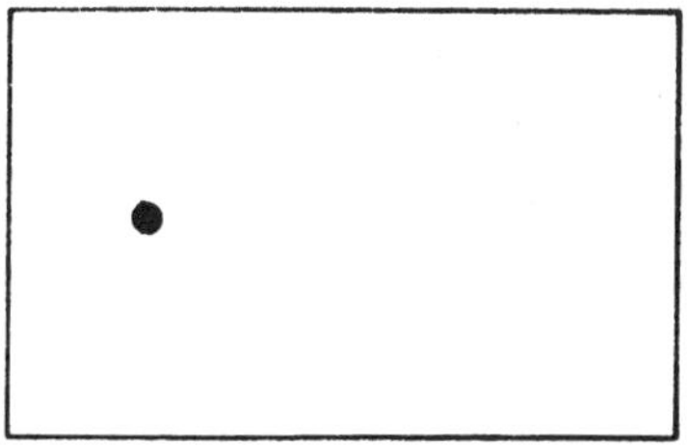

**FIGURA 2.44**

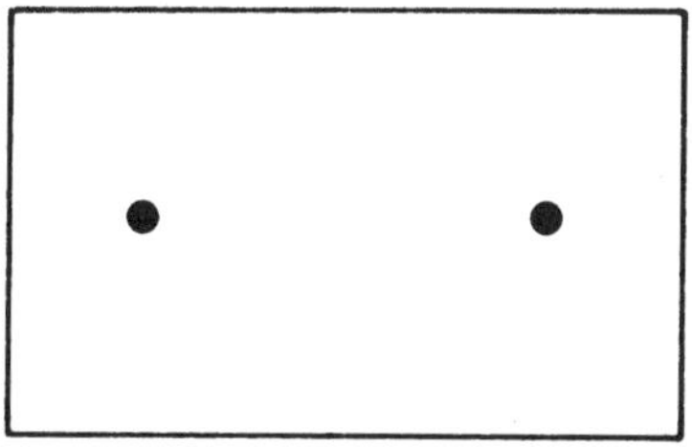

**FIGURA 2.45**

É extraordinário encontrar, tanto na natureza quanto nas obras criadas pelo homem, um grande número de exemplos capazes de atingir um estado de equilíbrio ideal. Poder-se-ia argumentar que, em termos compositivos, é mais dinâmico chegar a um equilíbrio dos elementos de uma obra visual através da técnica da assimetria. Não é tão fácil assim. As variações dos meios visuais envolvem fatores compositivos de peso, tamanho e posição. As figuras 2.46 e 2.47 demonstram a distribuição axial do peso baseada no tamanho. Também é possível equilibrar pesos dessemelhantes mudando-se sua posição, como se mostra na figura 2.48.

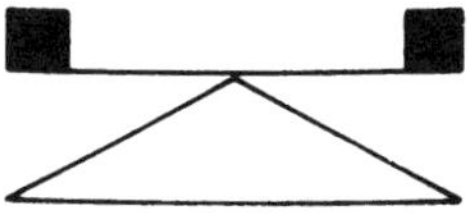

**FIGURA 2.46**

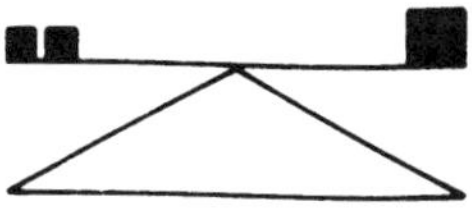

**FIGURA 2.47**

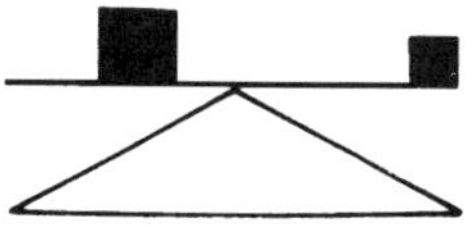

**FIGURA 2.48**

## Atração e agrupamento

A força de atração nas relações visuais constitui outro princípio da *Gestalt* de grande valor compositivo: a lei do agrupamento. Ela tem dois níveis de significação para a linguagem visual. É uma condição visual que cria uma circunstância de concessões mútuas nas relações que envolvem interação. Um ponto isolado em um campo relaciona-se com o todo, como se mostra na figura 2.49, mas ele permanece só, e a relação é um estado moderado de intermodificação entre ele e o quadrado. Na figura 2.50, os dois pontos disputam a atenção em sua interação, criando manifestações comparativamente individuais devido à distância que os separa e, em decorrência disso, dando a impressão de se repelirem mutuamente. Na figura 2.51, há uma interação imediata e mais intensa; os pontos se harmonizam e, portanto, se atraem. Quanto maior for sua proximidade, maior será sua atração.

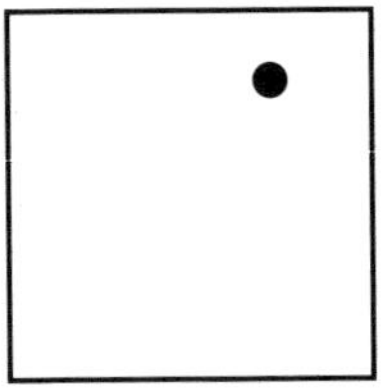

**FIGURA 2.49**

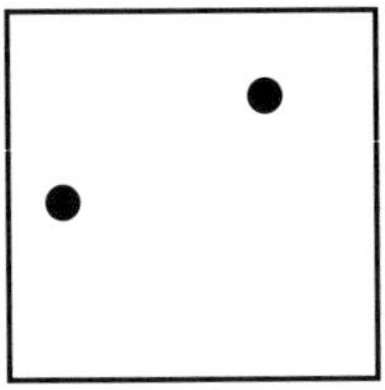

**FIGURA 2.50**

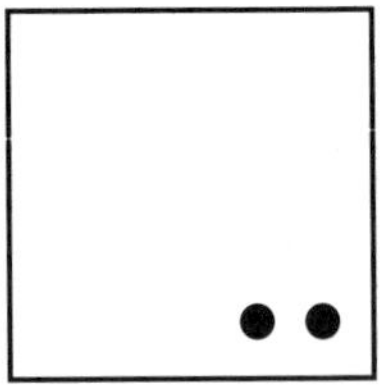

**FIGURA 2.51**

No ato espontâneo de ver, as unidades visuais individuais criam outras formas distintas. Quanto mais próximas as marcas, mais complicadas as formas que podem delinear. Em diagramas simples, como o 2.52 e o 2.53, o olho supre os elos de ligação ausentes. Através de suas percepções, o homem tem necessidade de construir

**FIGURA 2.52**

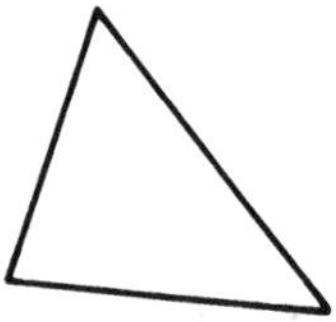

conjuntos a partir de unidades; nesse caso, a necessidade é ligar os pontos de acordo com a atração dos mesmos. Foi esse fenômeno visual que levou o homem primitivo a relacionar os pontos de luz das estrelas a formas representacionais. Ainda podemos fazer o mesmo nas noites claras e estreladas, quando olhamos para o céu e distinguimos as formas de Orion, da Ursa Maior e da Ursa Menor, já há tanto tempo identificadas. Poderíamos inclusive tentar um exercício original, descobrindo objetos delineados pelos pontos luminosos das estrelas.

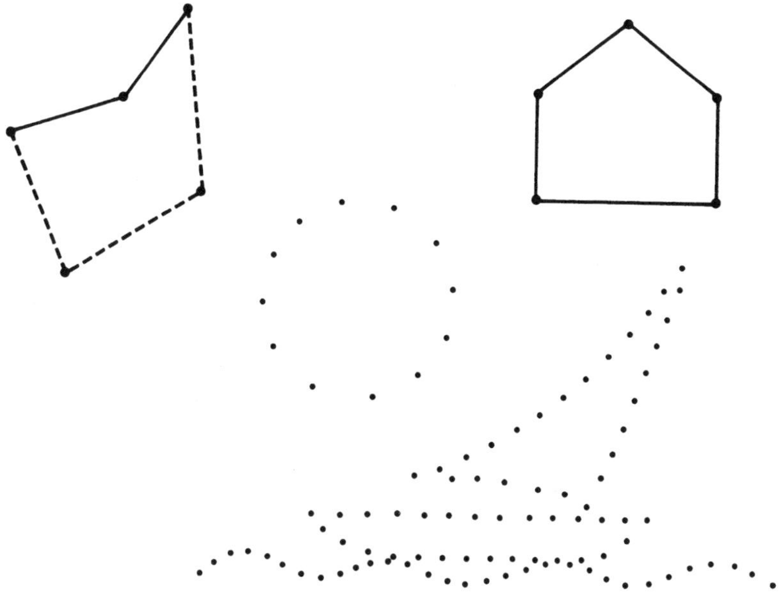

**FIGURA 2.53**

O segundo nível de importância para o alfabetismo visual, no que diz respeito à lei do agrupamento, consiste no modo como esta última é afetada pela similaridade. Na linguagem visual, os opostos se repelem, mas os semelhantes se atraem. Assim, o olho completa as conexões que faltam, mas relaciona automaticamente, e com maior força, as unidades semelhantes. O processo perceptivo é demonstrado pelas pistas visuais da figura 2.54, que formam um quadrado (fig. 2.55). Na figura 2.56, porém, as pistas foram modificadas, e sua

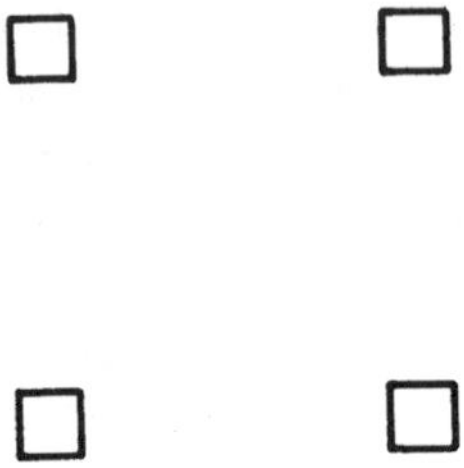

FIGURA 2.54

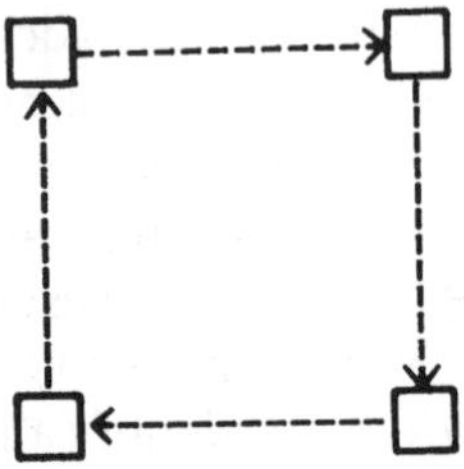

FIGURA 2.55

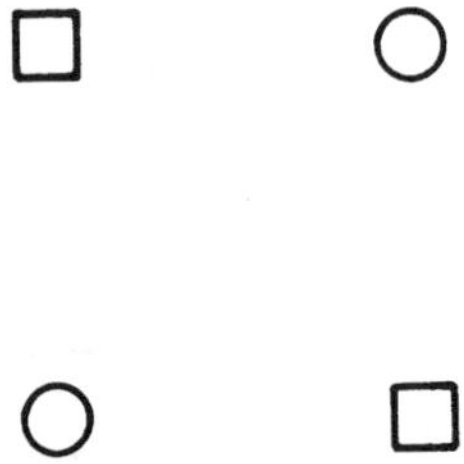

FIGURA 2.56

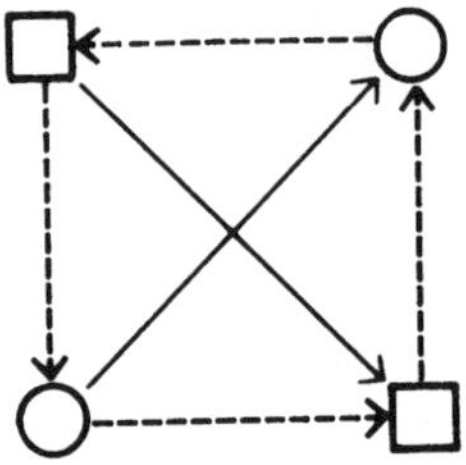

FIGURA 2.57

forma influencia os elementos que se ligam e a ordem em que se dá a ligação; a figura 2.57 mostra possíveis ligações. Em todas as quatro figuras (2.54-2.57), a similaridade demonstrada é a forma, mas muitas outras afinidades visuais regem a lei do agrupamento no ato de ver, tais como o tamanho, a textura ou o tom, como se mostra nas figuras 2.58, 2.59 e 2.60.

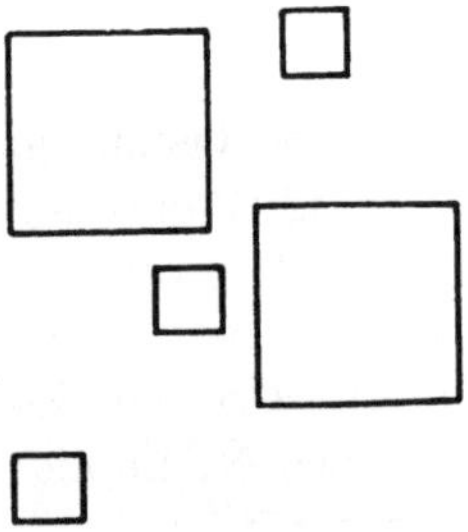

FIGURA 2.58

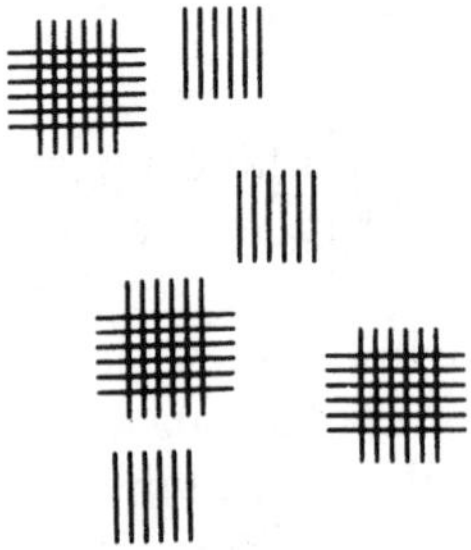

FIGURA 2.59

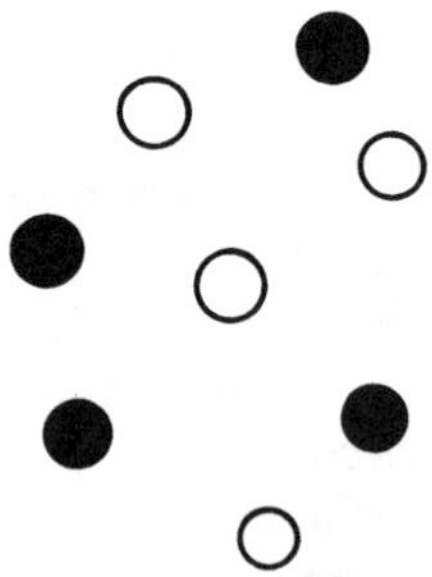

FIGURA 2.60

## Positivo e negativo

Tudo aquilo que vemos tem a qualidade gramatical de ser a afirmação principal ou o modificador principal – em terminologia verbal –, o substantivo ou o adjetivo. A relação estrutural da mensagem visual está fortemente ligada à sequência de ver e absorver informação. O quadrado é um bom exemplo de um campo que é uma afirmação visual positiva, expressando claramente sua própria definição, seu caráter e sua qualidade (fig. 2.61). Seria conveniente observar que, como no caso da maior parte desses exemplos, o quadrado é o campo mais simples possível. Embora a introdução de um ponto no quadrado ou campo (fig. 2.62) seja também um elemento visual desprovido de complexidade, ela estabelece uma tensão visual e absorve a atenção visual do espectador, desviando-a, em parte, do quadrado. Cria uma sequência de visão que é chamada de visão positiva e negativa. A importância do positivo e do negativo nesse contexto relaciona-se apenas ao fato de que, em todos os acontecimentos visuais, há elementos separados e ainda assim unificados. As figuras 2.62 e 2.63 demonstram que positivo e negativo não se referem absolutamente à obscuridade, luminosidade ou imagem especular, como acontece na descrição de filmes e reproduções fotográficas. Quer se trate de um ponto escuro num campo luminoso, como na figura 2.62, ou de um ponto branco sobre fundo escuro, como na figura 2.63, o ponto é a forma positiva, a tensão ativa, e o quadrado é a forma negativa. Em outras palavras, o que domina o olho na experiência visual seria visto como elemento positivo, e como elemento negativo consideraríamos tudo aquilo que se apresenta de maneira mais passiva. A visão positiva e negativa muitas vezes engana o olho. Olhamos para alguma coisa e, na pista visual que ela nos transmite, vemos o que na realidade ali não se encontra. Vistos a distância, dois casais

**FIGURA 2.61**

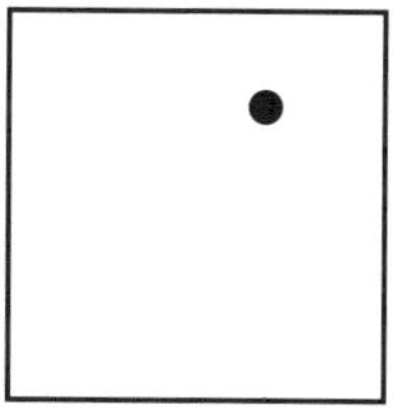

**FIGURA 2.62**

**FIGURA 2.63**

muito próximos podem assemelhar-se a um cão sentado sobre as patas traseiras. Um rosto pode parecer-nos modelado em pedra. O envolvimento com as pistas relativas e ativas da visão de um objeto pode ser às vezes tão convincente que fica quase impossível ver aquilo para o que estamos realmente olhando. Essas ilusões óticas sempre foram de grande interesse para os gestaltistas. Na figura 2.64, a sequência positivo-negativo é demonstrada por aquilo que vemos – um vaso ou dois perfis –, e por aquilo que vemos primeiro, isso no caso de vermos as duas coisas. As mesmas observações podem ser feitas com relação ao modo como vemos o 2 e o 3 justapostos na figura 2.65. Nos dois exemplos há pouco predomínio de um elemento sobre o outro, o que vem reforçar a ambiguidade da manifestação visual. O olho procura uma solução simples para aquilo que está vendo, e, embora o processo de assimilação da informação possa ser longo e complexo, a simplicidade é o fim que se busca. O símbolo chinês de *yin-yang*, mostrado na figura 2.66, é um exemplo perfeito de contraste simultâneo e design complementar. Como o "arco que nunca dorme", o *yin-yang* é dinâmico tanto em sua simplicidade quanto em sua complexidade, movendo-se incessantemente; seu estado visual negativo-positivo nunca se resolve. Encontra-se o mais próximo possível de um equilíbrio de elementos individuais que formam um todo coerente.

**FIGURA 2.64**

**FIGURA 2.65**

**FIGURA 2.66**

Há outros exemplos de fenômenos psicofísicos de visão que podem ser utilizados para a compreensão da linguagem visual. O que é maior parece mais próximo dentro do campo visual, como se mostra na figura 2.67. Contudo, a distância relativa é ainda mais claramente determinada pela superposição (fig. 2.68). Elementos

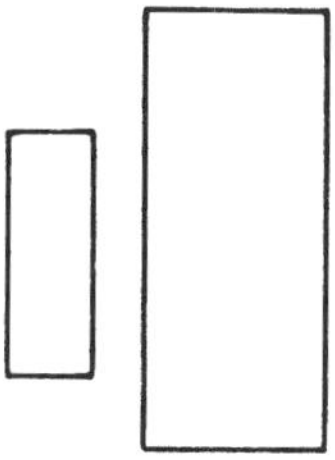

**FIGURA 2.67**

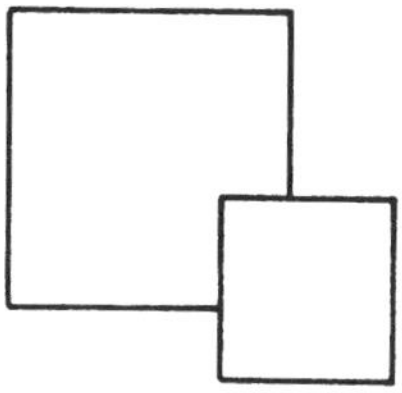

**FIGURA 2.68**

**FIGURA 2.69**

claros sobre fundo escuro parecem expandir-se, ao passo que elementos escuros sobre fundo claro parecem contrair-se (fig. 2.69).

Há um método Berlitz para a comunicação visual. Não é preciso conjugar verbos, soletrar palavras ou aprender sintaxe. O aprendizado ocorre na prática. No modo visual, pegamos um lápis ou um creiom e desenhamos; esboçamos um croqui de uma nova sala de estar; pintamos um cartaz que anuncia uma apresentação pública. Podemos especular sobre os meios visuais capazes de produzir uma mensagem, um plano ou uma interpretação, mas como o esforço se ajusta em termos das necessidades do alfabetismo visual? As principais diferenças entre a abordagem direta e intuitiva e o alfabetismo visual é o nível de confiabilidade e exatidão entre a mensagem codificada e a mensagem recebida. Na comunicação verbal, ouve-se apenas uma vez aquilo que se diz. Saber escrever oferece maiores oportunidades de controlar os efeitos, e restringe a área de interpretação. O mesmo acontece com a mensagem visual, apesar das diferenças existentes. A complexidade do modo visual não permite a estreita gama de interpretações da linguagem. Mas o conhecimento em profundidade dos processos perceptivos que regem a resposta aos estímulos visuais intensifica o controle do significado.

Os exemplos deste capítulo representam apenas uma parte da informação visual possível de se utilizar no desenvolvimento de uma linguagem visual que possa ser articulada e compreendida por todos. O conhecimento desses fatos perceptivos educa nossa estratégia compositiva e oferece critérios sintáticos a todos os que começam a se voltar para o aprendizado do alfabetismo visual. Os padrões do alfabetismo não exigem que cada criador de uma mensagem visual seja um poeta; assim, não seria justo pretender que todo designer ou criador de materiais visuais fosse um artista de grande talento. Trata-se de um primeiro passo rumo à liberação da habilidade de uma geração imersa num ambiente com intenso predomínio de meios visuais de comunicação; aqui estão as regras básicas que podem representar uma sintaxe estratégica para todos os que carecem de informação visual, que assim poderão controlar e determinar os rumos do conteúdo de seu trabalho visual.

## Exercícios

1. Fotografe ou encontre um exemplo de equilíbrio perfeito e um exemplo de desequilíbrio completo. Analise-os do ponto de vista da disposição compositiva básica e de seus efeitos, sobretudo seu significado.

2. Faça uma colagem usando duas formas diferentes como meio para identificar e associar dois grupos distintos (por exemplo: velho/novo, rico/pobre, alegre/triste).

3. Ache um exemplo de criação visual que seja de má qualidade em termos de arte gráfica e que, apesar de pretender transmitir uma mensagem, seja difícil de ler e compreender. Analise até que ponto a ambiguidade contribui para o fracasso da expressão visual. Esboce novamente o desenho, procurando: 1) *nivelar* o efeito e 2) *aguçar* o efeito.

# 3. ELEMENTOS BÁSICOS DA COMUNICAÇÃO VISUAL

Sempre que alguma coisa é projetada e feita, esboçada e pintada, desenhada, rabiscada, construída, esculpida ou gesticulada, a substância visual da obra é composta a partir de uma lista básica de elementos. Não se devem confundir os elementos visuais com os materiais ou o meio de expressão, a madeira ou a argila, a tinta ou o filme. Os elementos visuais constituem a substância básica daquilo que vemos, e seu número é reduzido: o ponto, a linha, a forma, a direção, o tom, a cor, a textura, a dimensão, a escala e o movimento. Por poucos que sejam, são a matéria-prima de toda informação visual em termos de opções e combinações seletivas. A estrutura da obra visual é a força que determina quais elementos visuais estão presentes, e com qual ênfase essa presença ocorre.

Grande parte do que sabemos sobre a interação e o efeito da percepção humana sobre o significado visual provém das pesquisas e dos experimentos da psicologia da Gestalt, mas o pensamento gestaltista tem mais a oferecer além da mera relação entre fenômenos psicofisiológicos e expressão visual. Sua base teórica é a crença em que uma abordagem da compreensão e da análise de todos os sistemas exige que se reconheça que o sistema (ou objeto, acontecimento etc.) como um todo é formado por partes interatuantes, que podem ser isoladas e vistas como inteiramente independentes e, depois, reunidas no todo. É impossível modificar qualquer unidade do sistema sem que, com isso, se modifique também o todo. Qualquer ocorrência ou obra visual constitui um exemplo incomparável dessa tese, uma vez que ela foi inicialmente concebida para existir como uma totalidade bem equilibrada e inextricavelmente ligada. São muitos os pontos de vista a partir dos quais podemos analisar qualquer obra visual; um dos mais reveladores é decompô-la em seus elementos constitutivos, para melhor compreendermos o todo. Esse processo pode proporcionar uma profunda compreensão da natureza de qualquer meio visual, e também da obra individual e da pré-visualização e criação de uma manifestação visual, sem excluir a interpretação e a resposta que a ela se dê.

A utilização dos componentes visuais básicos como meio de conhecimento e compreensão tanto de categorias completas dos meios visuais quanto de obras individuais é um método excelente para explorar o sucesso potencial e consumado de sua expressão. A dimensão, por exemplo, existe como elemento visual na arquitetura e na escultura, meios nos quais predomina em relação aos outros elementos visuais. Toda a ciência e a arte da perspectiva foram desenvolvidas durante o Renascimento para sugerir a presença da dimensão em obras visuais bidimensionais como a pintura e o desenho. Mesmo com o recurso do trompe d'oeil aplicado à perspectiva, a dimensão nessas formas visuais só pode estar implícita, sem jamais explicitar-se. Mas em nenhum outro meio é possível sintetizar tão sutil e completamente a dimensão do que no filme, parado ou em movimento. A lente vê como vê o olho, em todos os detalhes e com o apoio absoluto de todos os meios visuais. Tudo isso é outro modo de dizer que os meios visuais têm presença extraordinária em nosso ambiente natural. Não existe reprodução tão perfeita de nosso ambiente visual na gênese das ideias visuais, nos projetos e nos croquis. O que domina a pré-visualização é esse elemento simples, sóbrio e extremamente expressivo que é a linha.

É fundamental assinalar, aqui, que a escolha dos elementos visuais que serão enfatizados e a manipulação desses elementos, tendo em vista o efeito pretendido, está nas mãos do artista, artesão ou designer; ele é o visualizador. O que ele decide fazer com eles é sua arte e seu ofício, e as opções são infinitas. Os elementos visuais mais simples podem ser usados com grande complexidade de intenção: o ponto justaposto em diferentes tamanhos é o elemento essencial da impressão e da chapa a meio-tom (*clichê*), meio mecânico para a reprodução em massa de material visual de tom contínuo, especialmente em fotografia; a foto, cuja função é registrar o meio ambiente em seus mínimos detalhes visuais, pode ao mesmo tempo tornar-se um meio simplificador e abstrato nas mãos de um fotógrafo magistral como Aaron Siskind. A compreensão mais profunda da construção elementar das formas visuais oferece ao visualizador maior liberdade e diversidade de opções compositivas, as quais são fundamentais para o comunicador visual.

Para analisar e compreender a estrutura total de uma linguagem visual, é conveniente concentrar-se nos elementos visuais individuais, um por um, para um conhecimento mais aprofundado de suas qualidades específicas.

## O ponto

O ponto é a unidade de comunicação visual mais simples e irredutivelmente mínima. Na natureza, a rotundidade é a formulação mais comum, sendo que, em estado natural, a reta ou o quadrado constituem uma raridade. Quando qualquer material líquido é vertido sobre uma superfície, assume uma forma arredondada, mesmo que esta não simule um ponto perfeito. Quando fazemos uma marca, seja com tinta, com uma substância dura ou com um bastão, pensamos nesse elemento visual como um ponto de referência ou um indicador de espaço. Qualquer ponto tem grande poder de atração visual sobre o olho, exista ele naturalmente ou tenha sido colocado pelo homem em resposta a um objetivo qualquer (fig. 3.1).

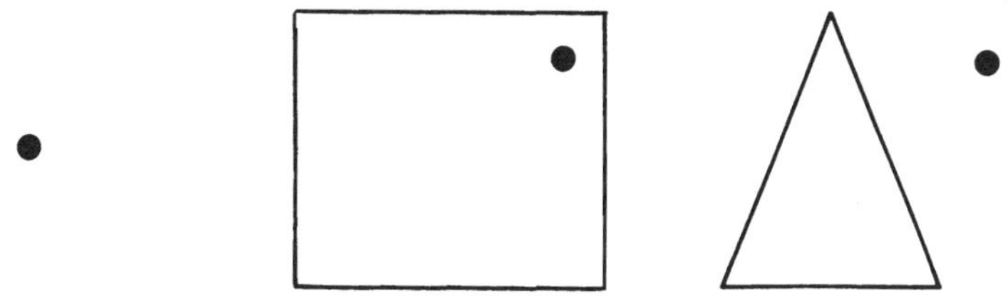

**FIGURA 3.1**

Dois pontos são instrumentos úteis para medir o espaço no meio ambiente ou no desenvolvimento de qualquer tipo de projeto visual (fig. 3.2). Aprendemos cedo a utilizar o ponto como sistema de notação ideal, junto com a régua e outros instrumentos de medição como o compasso. Quanto mais complexas forem as medidas necessárias à execução de um projeto visual, tanto maior será o número de pontos usados (fig. 3.3, 3.4).

FIGURA 3.2

FIGURA 3.3

FIGURA 3.4

Quando vistos, os pontos se ligam, sendo, portanto, capazes de dirigir o olhar (fig. 3.5). Em grande número e justapostos, os pontos criam a ilusão de tom ou de cor, o que, como já se observou aqui, é o fato visual em que se baseiam os meios mecânicos para a reprodução de qualquer tom contínuo (fig. 3.6, 3.7). O fenômeno perceptivo da fusão visual foi explorado por Seurat em seus quadros pontilhistas, de cor e tom extraordinariamente variados, ainda que ele só tenha utilizado quatro cores – amarelo, vermelho, azul e preto – e tenha aplicado a tinta com pincéis muito pequenos e pontiagudos. Todos os impressionistas exploraram os processos de fusão, contraste e organização, que se concretizavam nos olhos do espectador. Envolvente e estimulante, o processo era de alguma forma semelhante a algumas das mais recentes teorias de McLuhan, para as quais o envolvimento visual e a participação no ato de ver são parte do significado. Mas ninguém investigou essas possibilidades tão completamente quanto Seurat, que, em seus esforços, parece

FIGURA 3.5

FIGURA 3.6

FIGURA 3.7

ter antecipado o processo de quadricromia a meio-tom, pelo qual são atualmente reproduzidos, na impressão em grande escala, quase todas as fotos e os desenhos em cores de tom contínuo.

A capacidade única que uma série de pontos tem de conduzir o olhar é intensificada pela maior proximidade dos pontos (fig. 3.8).

FIGURA 3.8

## A linha

Quando os pontos estão tão próximos entre si que se torna impossível identificá-los individualmente, aumenta a sensação de direção, e a cadeia de pontos se transforma em outro elemento visual distintivo: a linha (fig. 3.9). Também poderíamos definir a linha como um ponto em movimento ou como a história do movimento de um ponto, pois, quando fazemos uma marca contínua, ou uma linha, nosso procedimento se resume a colocar um marcador de pontos sobre uma superfície e movê-lo segundo uma determinada trajetória, de tal forma que as marcas assim formadas se convertam em registro (fig. 3.10).

FIGURA 3.9

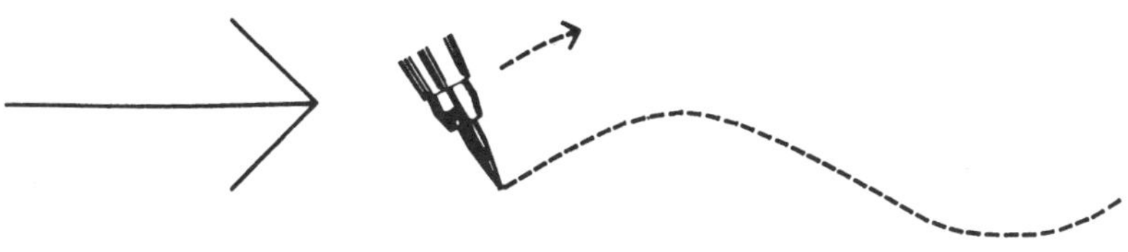

FIGURA 3.10

Nas artes visuais, a linha tem, por sua própria natureza, uma enorme energia. Nunca é estática; é o elemento visual inquieto e inquiridor do esboço. Onde quer que seja utilizada, é o instrumento fundamental da pré-visualização, o meio de apresentar, em forma palpável, aquilo que ainda não existe a não ser na imaginação. Dessa maneira, contribui enormemente para o processo visual. Sua natureza linear e fluida reforça a liberdade de experimentação. Contudo, apesar de sua flexibilidade e liberdade, a linha não é vaga: é decisiva, tem propósito e direção, vai para algum lugar, faz algo de definitivo. A linha, assim, pode ser rigorosa e técnica, servindo como elemento fundamental em projetos diagramáticos de construção mecânica e de arquitetura, além de aparecer em muitas outras representações visuais em grande escala ou de alta precisão métrica. Seja ela usada com flexibilidade e experimentalmente (fig. 3.11) ou com precisão e medidas rigorosas (fig. 3.12), a linha é o meio indispensável para tornar visível o que ainda não pode ser visto, por existir apenas na imaginação.

**FIGURA 3.11**

**FIGURA 3.12**

A linha é também um instrumento nos sistemas de notação, como, por exemplo, a escrita. A escrita, a criação de mapas, os símbolos elétricos e a música são exemplos de sistemas simbólicos nos quais a linha é o elemento mais importante. Na arte, porém, a linha é o elemento essencial do desenho, um sistema de notação que, simbolicamente, não representa outra coisa, mas captura a informação visual e a reduz a um estado em que toda informação visual supérflua é eliminada e apenas o essencial permanece. Essa sobriedade tem um efeito extraordinário em desenhos ou pontas-secas, xilogravuras, águas-fortes e litografias.

A linha pode assumir formas muito diversas para expressar uma grande variedade de estados de espírito. Pode ser muito imprecisa e indisciplinada, como nos esboços ilustrados, para tirar proveito de sua espontaneidade de expressão. Pode ser muito delicada e ondulada ou nítida e grosseira, nas mãos do mesmo artista. Pode ser hesitante, indecisa e inquiridora, quando é simplesmente uma exploração visual em busca de um desenho. Pode ser ainda tão pessoal quanto um manuscrito em forma de rabiscos nervosos, reflexo de uma atividade inconsciente sob a pressão do pensamento, ou um simples passatempo. Mesmo no formato frio e mecânico dos mapas, nos projetos para uma casa ou nas engrenagens de uma máquina, a linha reflete a intenção do artífice ou artista, seus sentimentos e emoções mais pessoais e, mais importante que tudo, sua visão.

A linha raramente existe na natureza, mas aparece no meio ambiente: na rachadura de uma calçada, nos fios telefônicos contra o céu, nos ramos secos de uma árvore no inverno, nos cabos de uma ponte. O elemento visual da linha é usado principalmente para expressar a justaposição de dois tons. A linha é muito usada para descrever essa justaposição, tratando-se, nesse caso, de um procedimento artificial.

## A forma

A linha descreve uma forma. Na linguagem das artes visuais, a linha articula a complexidade da forma. Existem três formas básicas: o quadrado, o círculo e o triângulo equilátero. Cada uma das formas básicas (fig. 3.13) tem suas características específicas, e a cada uma se atribui uma grande quantidade de significados, alguns por associação, outros por vinculação arbitrária, e outros, ainda, através de nos-

**FIGURA 3.13**

sas próprias percepções psicológicas e fisiológicas. Ao quadrado se associam enfado, honestidade, retidão e esmero; ao triângulo, ação, conflito, tensão; ao círculo, infinitude, calidez, proteção.

Todas as formas básicas são figuras planas e simples, fundamentais, que podem ser facilmente descritas e construídas, tanto visual quanto verbalmente. O quadrado é uma figura de quatro lados, com ângulos retos rigorosamente iguais nos cantos e lados que têm exa-

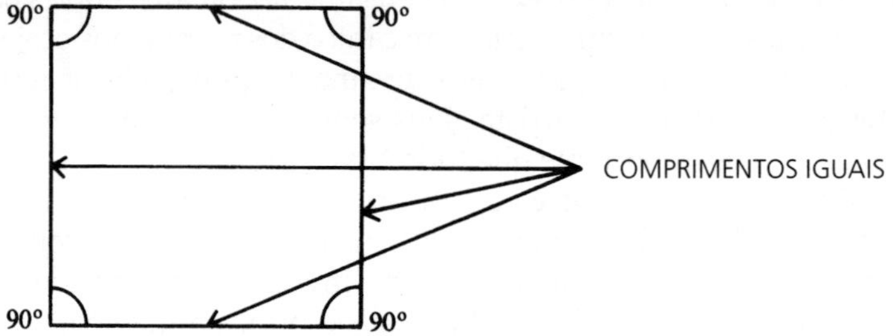


**FIGURA 3.14**

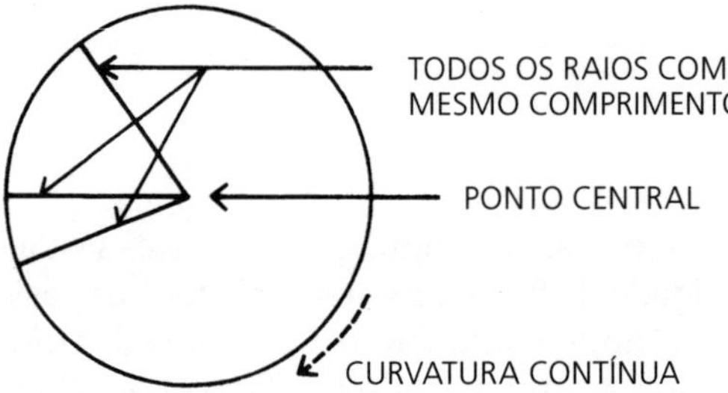


**FIGURA 3.15**

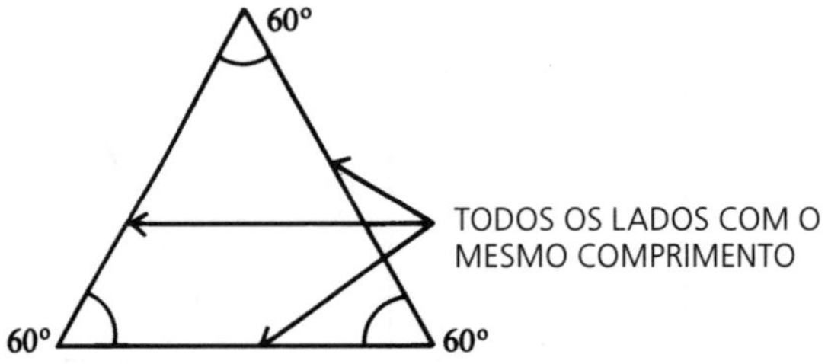


**FIGURA 3.16**

tamente o mesmo comprimento (fig. 3.14). O círculo é uma figura continuamente curva cujo contorno é, em todos os pontos, equidistante de seu ponto central (fig. 3.15). O triângulo equilátero é uma figura de três lados cujos ângulos e lados são todos iguais (fig. 3.16). A partir de combinações e variações infinitas dessas três formas básicas, derivamos todas as formas físicas da natureza e da imaginação humana (fig. 3.17).

**FIGURA 3.17**

## Direção

Todas as formas básicas expressam três direções visuais básicas e significativas: o quadrado, a horizontal e a vertical (fig. 3.18); o triângulo, a diagonal (fig. 3.19); o círculo, a curva (fig. 3.20). Cada

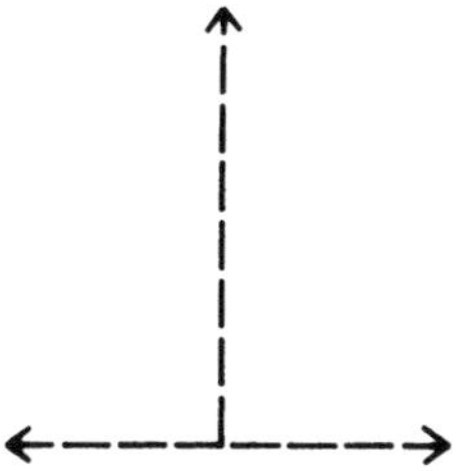

**FIGURA 3.18**

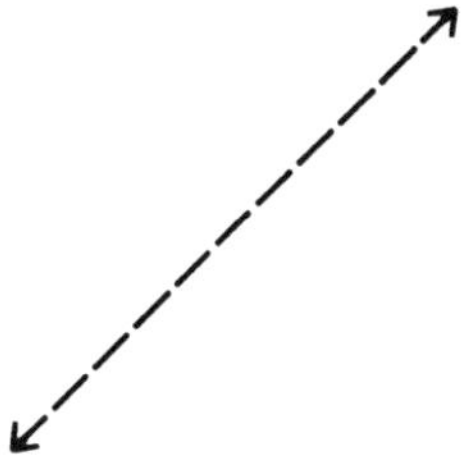

**FIGURA 3.19**

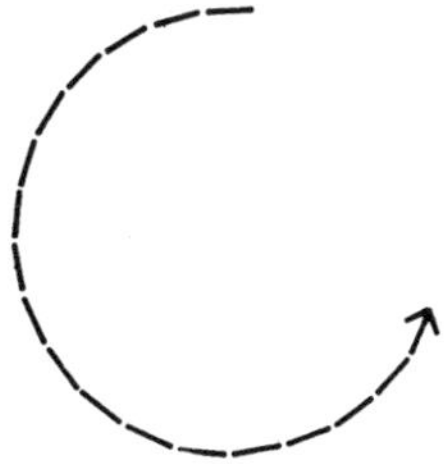

**FIGURA 3.20**

uma das direções visuais tem um forte significado associativo e é um valioso instrumento para a criação de mensagens visuais. A referência horizontal-vertical (fig. 3.21) já foi aqui comentada, mas, a título de recordação, vale dizer que constitui a referência primária do homem em termos de bem-estar e maneabilidade. Seu significado mais básico tem a ver não apenas com a relação entre o organismo humano e o meio ambiente, mas também com a estabilidade em todas as questões visuais. A necessidade de equilíbrio não é uma necessidade exclusiva do homem; dele também necessitam todas as coisas construídas e desenhadas. A direção diagonal (fig. 3.22) tem referência direta com a ideia de estabilidade. É a formulação oposta, a força direcional mais instável e, consequentemente, mais provocadora das formulações visuais. Seu significado é ameaçador e quase literalmente perturbador. As forças direcionais curvas (fig. 3.23) têm significados associados à abrangência, à repetição e à calidez. Todas as forças direcionais são de grande importância para a intenção compositiva voltada para um efeito e um significado definidos.

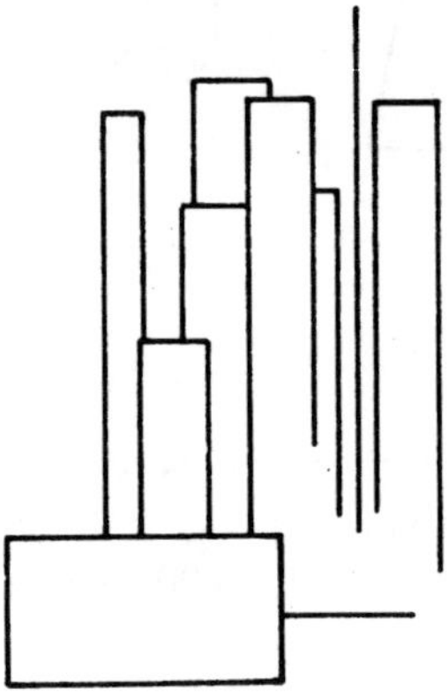

FIGURA 3.21

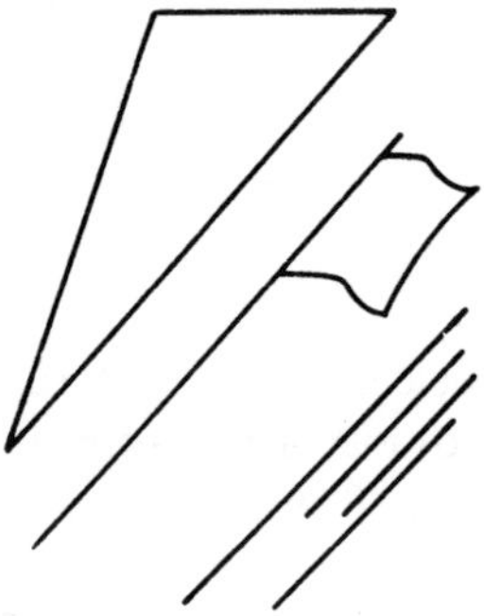

FIGURA 3.22

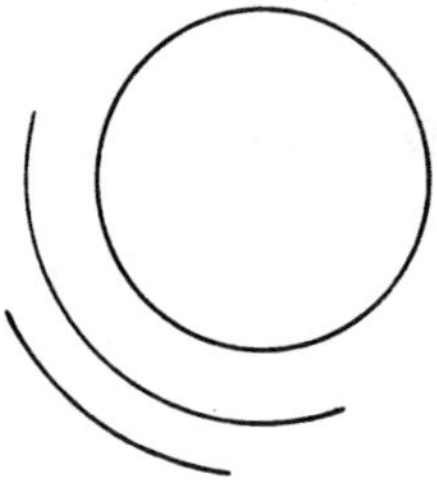

FIGURA 3.23

## Tom

As margens com que se usa a linha para representar um esboço rápido ou um minucioso projeto mecânico aparecem, na maior parte dos casos, em forma de justaposição de tons, ou seja, de intensidade da obscuridade ou claridade de qualquer coisa vista. Vemos graças à presença ou ausência relativa de luz, mas a luz não se irradia com uniformidade no meio ambiente, seja ela emitida pelo Sol, pela Lua ou por alguma fonte artificial. Se assim fosse, nos encontraríamos numa obscuridade tão absoluta quanto a que se manifesta na ausência completa de luz. A luz circunda as coisas, é refletida por superfícies brilhantes, incide sobre objetos que têm, eles próprios, claridade ou obscuridade relativa. As variações de luz ou de tom são os meios pelos quais distinguimos oticamente a complexidade da informação visual do ambiente. Em outras palavras, vemos o que é escuro porque está próximo ou se superpõe ao claro, e vice-versa (fig. 3.24, 3.25).

**FIGURA 3.24**

**FIGURA 3.25**

Na natureza, a trajetória que vai da obscuridade à luz é entremeada por múltiplas gradações sutis, que são extremamente limitadas nos meios humanos de reprodução da natureza, tanto na arte quanto no cinema. Quando observamos a tonalidade na natureza, estamos vendo a verdadeira luz. Quando falamos de tonalidade em artes gráficas, pintura, fotografia e cinema, fazemos referência a algum tipo de pigmento, tinta ou nitrato de prata que se usa para simular o tom natural. Entre a luz e a obscuridade, na natureza existem centenas de gradações tonais específicas, mas nas artes gráficas e na fotografia essas gradações são muito limitadas (fig. 3.26). Entre o pigmento branco e o preto, a escala tonal mais comumente usada tem cerca de treze gradações. Na Bauhaus e em muitas outras escolas de arte, sempre se desafiou os alunos a descobrir quantas gradações tonais distintas e identificáveis podiam representar entre o branco e o negro. Com grande sensibilidade e delicadeza, seu número pode

FIGURA 3.26

FIGURA 3.27

chegar a trinta tons de cinza, mas isso não é prático para o uso comum, por ser excessivamente sutil, em termos visuais. De que modo, então, pode o visualizador lidar com essa limitação tonal? A manipulação do tom através da justaposição diminui muito as limitações tonais inerentes ao problema de competir com a abundância de tons da natureza. Ao ser colocado numa escala tonal (fig. 3.27), um tom de cinza pode modificar-se dramaticamente. A possibilidade de uma representação tonal muito mais vasta pode ser obtida através da utilização desses meios.

O mundo em que vivemos é dimensional, e o tom é um dos melhores instrumentos de que dispõe o visualizador para indicar e expressar essa dimensão. A perspectiva é o método para a criação de muitos dos efeitos visuais especiais de nosso ambiente natural, e para a representação do modo tridimensional que vemos em uma forma gráfica bidimensional. Recorre a muitos artifícios para simular a distância, a massa, o ponto de vista, o ponto de fuga, a linha do horizonte, o nível do olho etc. (fig. 3.28). No entanto, mesmo com a ajuda da

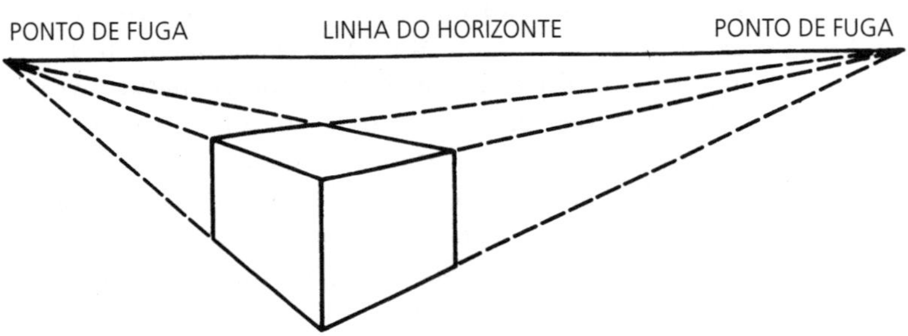


FIGURA 3.28

perspectiva, a linha não criará, por si só, uma ilusão convincente da realidade; para tanto, precisa recorrer ao tom (fig. 3.29). O acréscimo de um fundo tonal reforça a aparência de realidade através da sensação de luz refletida e sombras projetadas. Esse efeito é ainda mais extraordinário nas formas simples e básicas como o círculo, que, sem informação tonal, não pareceria ter dimensão (fig. 3.30).

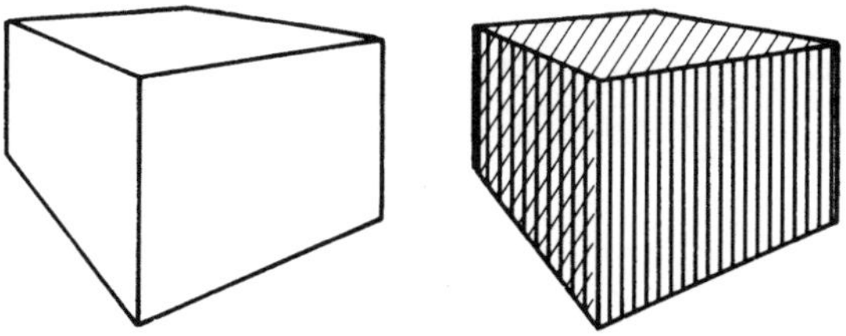

**FIGURA 3.29**

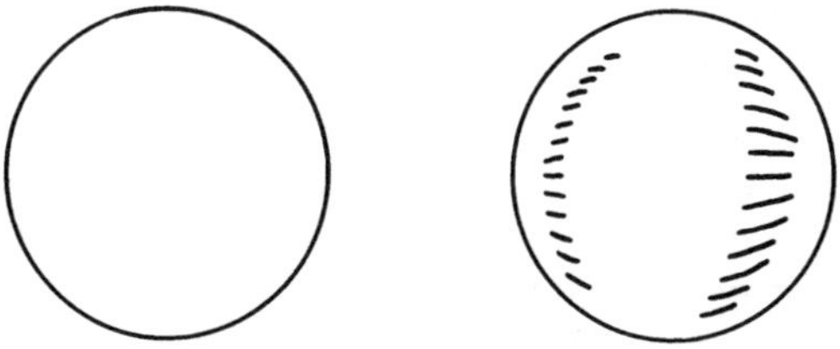

**FIGURA 3.30**

A claridade e a obscuridade são tão importantes para a percepção de nosso ambiente que aceitamos uma representação monocromática da realidade nas artes visuais, e o fazemos sem vacilar. Na verdade, os tons variáveis de cinza nas fotografias, no cinema, na televisão, nas águas-fortes, nas gravuras à maneira-negra e nos esboços tonais são substitutos monocromáticos, e representam um mundo que não existe, um mundo visual que só aceitamos devido ao predomínio dos valores tonais em nossas percepções (prancha 3.1)[1]. A facilidade com que aceitamos a representação visual monocromática dá a exata medida da importância vital que o tom tem para nós e, o que é ainda mais interessante, de como somos inconsciente-

1. As pranchas 3.1 a 3.6 estão nas páginas 67 e 68.

mente sensíveis aos valores monótonos e monocromáticos de nosso meio ambiente. Quantas pessoas se dão conta de que possuem essa sensibilidade? A razão desse surpreendente fato visual é que a sensibilidade tonal é básica para nossa sobrevivência. Só é superada pela referência vertical-horizontal enquanto pista visual do relacionamento que mantemos com o meio ambiente. Graças a ela vemos o movimento súbito, a profundidade, a distância e outras referências do ambiente. O valor tonal é outra maneira de descrever a luz. Graças a ele, e exclusivamente a ele, é que enxergamos.

## Cor

As representações monocromáticas que tão prontamente aceitamos nos meios de comunicação visual são substitutos tonais da cor, substitutos disso que na verdade é um mundo cromático, nosso universo profusamente colorido. Enquanto o tom está associado a questões de sobrevivência, sendo portanto essencial para o organismo humano, a cor tem maiores afinidades com as emoções. É possível pensar na cor como o glacê estético do bolo, saboroso e útil em muitos aspectos, mas não absolutamente necessário para a criação de mensagens visuais. Esta seria uma visão muito superficial da questão. A cor está, de fato, impregnada de informação, e é uma das mais penetrantes experiências visuais que temos todos em comum. Constitui, portanto, uma fonte de valor inestimável para os comunicadores visuais. No meio ambiente, compartilhamos os significados associativos da cor das árvores, da relva, do céu, da terra e de um número infinito de coisas nas quais vemos as cores como estímulos comuns a todos. E a tudo associamos um significado. Também conhecemos a cor em termos de uma vasta categoria de significados simbólicos. O vermelho, por exemplo, significa algo, mesmo quando não tem nenhuma ligação com o ambiente. O vermelho que associamos à raiva passou também para a *bandeira* (ou capa) *vermelha que se agita diante do touro.* O vermelho pouco significa para o touro, que não tem sensibilidade para a cor e só é sensível ao movimento da bandeira ou capa. Vermelho significa perigo, amor, calor e vida, e talvez mais uma centena de coisas. Cada uma das cores também tem inúmeros significados associativos e simbólicos. Assim, a cor oferece um vocabulário enorme e de grande utilidade para o alfabetismo visual. A variedade de significados possíveis vem expressa neste fragmento do poema "The People, Yes", de Carl Sandburg:

> Sendo vermelho o sangue de todos os homens de todas as nações
> a Internacional Comunista fez vermelho seu estandarte
> O papa Inocêncio IV deu aos cardeais seus primeiros capelos
> vermelhos dizendo que o sangue de um cardeal pertencia
> à santa madre igreja.
> O vermelho, cor de sangue, é um símbolo*.

Existem muitas teorias da cor. A cor, tanto da luz quanto do pigmento, tem um comportamento único, mas nosso conhecimento da cor na comunicação visual vai muito pouco além da coleta de observações de nossas reações a ela. Não há um sistema unificado e definitivo de como se relacionam os matizes.

A cor tem três dimensões que podem ser definidas e medidas. Matiz ou croma, é a cor em si, e existe em número superior a cem. Cada matiz tem características individuais; os grupos ou categorias de cores compartilham efeitos comuns. Existem três matizes primários ou elementares: amarelo, vermelho e azul. Cada um representa qualidades fundamentais. O amarelo é a cor que se considera mais próxima da luz e do calor; o vermelho é a mais ativa e emocional; o azul é passivo e suave. O amarelo e o vermelho tendem a expandir-se; o azul, a contrair-se. Quando são associadas através de misturas, novos significados são obtidos. O vermelho, um matiz provocador, é abrandado ao misturar-se com o azul, e intensificado ao misturar-se com o amarelo. As mesmas mudanças de efeito são obtidas com o amarelo, que se suaviza ao se misturar com o azul.

Em sua formulação mais simples, a estrutura da cor pode ser ensinada através do círculo cromático. As cores primárias (amarelo, vermelho e azul) e as cores secundárias (laranja, verde e violeta) aparecem invariavelmente nesse diagrama. Também é comum que nele se incluam as misturas adicionais de pelo menos doze matizes.

---

* The blood of all men of all nations being red/ the Communist International named red its banner color/ Pope Innocent IV gave cardinals their first red hats saying a cardinals blood belonged to the holy mother church./ The bloodcolor red is a symbol. (N.T.)

A partir do simples diagrama do círculo cromático (prancha 3.2), é possível obter múltiplas variações de matizes.

A segunda dimensão da cor é a saturação, que é a pureza relativa de uma cor, do matiz ao cinza. A cor saturada é simples, quase primitiva, e foi sempre a preferida pelos artistas populares e pelas crianças. Não apresenta complicações, e é explícita e inequívoca; compõe-se dos matizes primários e secundários. As cores menos saturadas levam a uma neutralidade cromática, e até mesmo à ausência de cor, sendo sutis e repousantes. Quanto mais intensa ou saturada for a coloração de um objeto ou acontecimento visual, mais carregado estará de expressão e emoção. Os resultados informacionais, na opção por uma cor saturada ou neutralizada, fundamentam a escolha em termos de intenção. Em termos, porém, de um efeito visual significativo, a diferença entre a saturação e a sua ausência é a mesma que existe entre o consultório de um dentista e o *Electric Circus*.

A terceira e última dimensão da cor é acromática. É o brilho relativo, do claro ao escuro, das gradações tonais ou de valor. É preciso observar e enfatizar que a presença ou ausência de cor não afeta o tom, que é constante. Um televisor em cores é um excelente mecanismo para a demonstração desse fato visual. Ao acionarmos o controle da cor até que a emissão fique em branco e preto e tenhamos uma imagem monocromática, estaremos gradualmente removendo a saturação cromática. O processo não afeta em absoluto os valores tonais da imagem. Aumentar ou diminuir a saturação vem demonstrar a constância do tom, provando que a cor e o tom coexistem na percepção, sem se modificarem entre si.

A imagem posterior é o fenômeno visual fisiológico que ocorre quando o olho humano esteve fixado ou concentrado em alguma informação visual. Quando essa informação ou objeto é substituída por um campo branco e vazio, vê-se uma imagem negativa no espaço vazio. O efeito está associado às manchas que vemos depois que nosso olho é atingido pelo clarão repentino de um flash ou por luzes muito brilhantes. Embora esse seja um exemplo extremo, qualquer material ou tom visual provocará uma imagem posterior. A imagem posterior negativa de uma cor produz a cor complementar, ou seu extremo oposto. Munsell baseou toda a estrutura de sua teoria da cor nesse fenômeno visual. Em seu círculo cromático, a cor oposta equivale à cor que teria a imagem posterior. Mas há outras

**Prancha 3.1**

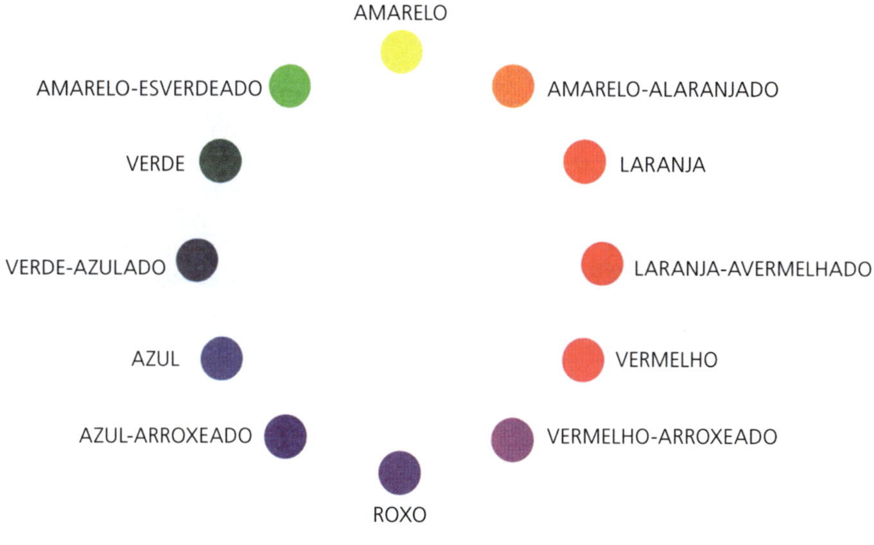


**Prancha 3.2**

**Prancha 3.3**

AMARELO CINZA MÉDIO ROXO

**Prancha 3.4**

**Prancha 3.5**

**Prancha 3.6**

implicações no ato de olharmos para uma cor pelo tempo suficiente para a produção de uma imagem posterior. Veremos primeiro a cor complementar. Se, por exemplo, estivermos olhando para o amarelo, o púrpura aparecerá na área vazia de nossa imagem posterior (prancha 3.3). O amarelo é o matiz mais próximo ao branco ou à luz; o púrpura é o mais próximo do preto ou negro. A imagem posterior na prancha 3.3 não será apenas tonalmente mais escura que o valor do amarelo, mas será o tom mediano do cinza, desde que fossem misturados ou equilibrados (prancha 3.4). Um vermelho de valor tonal médio produziria um verde complementar do mesmo tom médio. A imagem posterior, portanto, parece reagir segundo um procedimento tonal idêntico ao do pigmento. Quando misturamos duas cores complementares, vermelho e verde, amarelo e púrpura, elas não apenas neutralizam seu respectivo croma, ou matiz, que passa a cinza, mas também produzem, através de sua mistura, um tom intermediário de cinza.

Há outra maneira de demonstrar esse processo. Duas cores complementares colocadas sobre o mesmo tom médio de cinza influenciam o tom neutro. O painel cinza com um matiz laranja-avermelhado e quente parece azulado ou frio (prancha 3.5), enquanto acontece o contrário com o cinza sobre o qual se colocou um quadrado verde-azulado (prancha 3.6). O fundo cinza parece ter um tom quente e avermelhado. Essa experiência mostra que o olho vê o matiz oposto ou contrastante não só na imagem posterior, mas que, ao mesmo tempo, está vendo uma cor. O processo é chamado de contraste simultâneo, e sua importância psicofisiológica vai além de sua importância para a teoria da cor. É mais uma evidência a indicar a enorme necessidade de se atingir uma completa neutralidade e, portanto, um repouso absoluto; necessidade que, no contexto visual, o homem não cessa de demonstrar.

Como a percepção da cor é o mais emocional dos elementos específicos do processo visual, ela tem grande força e pode ser usada com muito proveito para expressar e intensificar a informação visual. A cor não apenas tem um significado universalmente compartilhado através da experiência como também um valor informativo específico, que se dá através dos significados simbólicos a ela vinculados. Além do significado cromático extremamente permutável da cor, cada um de nós tem suas preferências pessoais por cores específicas. Escolhemos a cor de nosso ambiente e de nossas manifestações. Mas são muito poucas as concepções ou preocupações analíticas com relação aos métodos ou motivações de que nos valemos para chegar a nossas opções pessoais em termos do significado e do efeito da cor. Quando um jóquei veste as cores de um determinado proprietário, um soldado enverga seu uniforme ou uma nação exibe sua bandeira, a tentativa de encontrar um significado simbólico em suas cores pode ser óbvia. Não acontece exatamente o mesmo com nossas escolhas pessoais das cores, que são menos simbólicas e, portanto, de definição menos clara. Mesmo assim, pensemos nisso ou não, tenhamos ou não consciência disso, o fato é que revelamos muitas coisas ao mundo sempre que optamos por uma determinada cor.

## Textura

A textura é o elemento visual que com frequência serve de substituto para as qualidades de outro sentido, o tato. Na verdade, porém, podemos apreciar e reconhecer a textura tanto através do tato quanto da visão, ou ainda mediante uma combinação de ambos. É possível que uma textura não apresente qualidades táteis, mas apenas óticas, como no caso das linhas de uma página impressa, dos padrões de um determinado tecido ou dos traços superpostos de um esboço. Onde há uma textura real, as qualidades táteis e óticas coexistem, não como tom e cor, que são unificados em um valor comparável e uniforme, mas de uma forma única e específica que permite à mão e ao olho uma sensação individual, ainda que projetemos sobre ambos um forte signicado associativo. O aspecto da lixa e a sensação por ela provocada têm o mesmo significado intelectual, mas não o mesmo valor. São experiências singulares, que podem ou não sugerir-se mutuamente em determinadas circunstâncias. O julgamento do olho costuma ser confirmado pela mão através da objetividade do tato. É realmente suave ou apenas parece ser? Será um entalhe ou uma imagem em realce? Não é de se admirar que sejam tantos os letreiros onde se lê "Favor não tocar"!

A textura se relaciona com a composição de uma substância através de variações mínimas na superfície do material. Ela deveria funcionar como uma experiência sensível e enriquecedora. Infelizmente, nas lojas caras, os avisos "Não tocar" coincidem, em parte, com o comportamento social, e somos fortemente condicionados a não tocar as coisas ou pessoas de nenhuma forma que se aproxime de um envolvimento sensual. O resultado é uma experiência tátil mínima, e mesmo o temor do contato tátil; o sentido do tato cego é cuidadosamente reprimido naqueles que veem. Agimos com excessiva cautela quando estamos de olhos vendados ou no escuro, avançando às apalpadelas, e, devido à limitação de nossa experiência tátil, com frequência somos incapazes de reconhecer uma textura. Na Expo Montreal de 1967, o 5 + Comingo Pavilion foi projetado para que os visitantes explorassem a qualidade de seus cinco sentidos. Era uma experiência agradável e de grande apelo popular. As pessoas cheiravam uma série de tubos, que ofereciam uma grande variedade de odores, embora suspeitassem, com razão, que alguns não seriam agradáveis. Ouviam, olhavam, degustavam, mas ficavam inibidas e inseguras diante dos buracos escancarados nos quais deviam penetrar às cegas. O que temiam? Parece que a abordagem investigadora, natural, livre e *manual* do bebê e da criança foi eliminada no adulto pela – quem saberá ao certo? – ética anglo-saxã, pela repressão puritana e pelos tabus instintivos. Seja qual for o motivo, o resultado nos priva de um de nossos mais ricos sentidos. Mas o problema não é infrequente neste mundo cada vez mais plástico e voltado para as aparências. A maior parte de nossa experiência com a textura é ótica, não tátil. A textura não só é falseada de modo bastante convincente nos plásticos, nos materiais impressos e nas peles falsas, mas, também, grande parte das coisas pintadas, fotografadas ou filmadas que vemos nos apresentam a aparência convincente de uma textura que ali não se encontra. Quando tocamos a foto de um veludo sedoso, não temos a experiência tátil convincente que nos prometem as pistas visuais. O significado se baseia naquilo que vemos. Essa falsificação é um importante fator para a sobrevivência na natureza; animais, pássaros, répteis, insetos e peixes assumem a coloração e a textura de seu meio ambiente como proteção contra os predadores. Na guerra, o homem copia esse método de camuflagem, numa resposta às mesmas necessidades de sobrevivência que o inspiram na natureza.

## Escala

Todos os elementos visuais são capazes de se modificar e se definir uns aos outros. O processo constitui, em si, o elemento daquilo que chamamos de escala. A cor é brilhante ou apagada, dependendo da justaposição, assim como os valores tonais relativos passam por enormes modificações visuais, dependendo do tom que lhes esteja ao lado ou atrás. Em outras palavras, o grande não pode existir sem o pequeno (fig. 3.31). Porém, mesmo quando se estabelece o grande através do pequeno, a escala toda pode ser modificada pela introdução de outra modificação visual (fig. 3.32). A escala pode ser estabelecida não só através do tamanho relativo das pistas visuais, mas também através das relações com o campo ou com o ambiente. Em termos de escala, os resultados visuais são fluidos e não absolutos, pois estão sujeitos a muitas variáveis modificadoras. Na figura 3.33, o quadrado pode ser considerado grande devido a sua relação de tamanho com o campo, ao passo que o quadrado da figura 3.34 pode ser visto como pequeno, em decorrência de seu tamanho relativo no campo. Tudo o que vem sendo afirmado é verdadeiro no contexto da escala e falso em termos de medida, pois o quadrado da figura 3.33 é menor que o da figura 3.34.

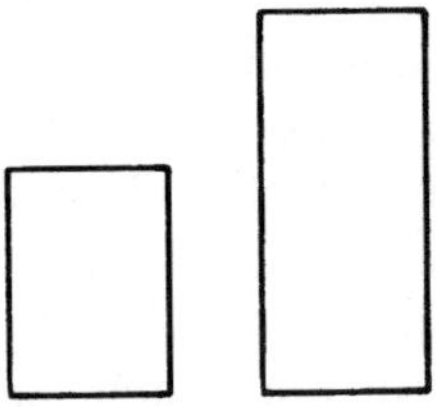

**FIGURA 3.31**

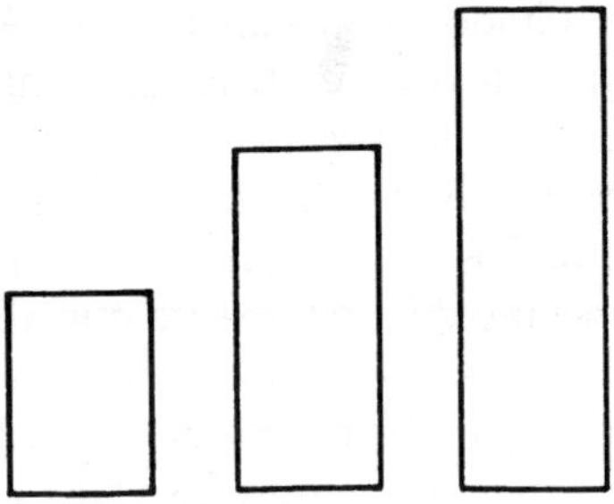

**FIGURA 3.32**

A escala é muito usada nos projetos e mapas para representar uma medida proporcional real. A escala costuma indicar, por exemplo, que 1 cm:10 km, ou 1 cm:20 km. No globo terrestre são representadas distâncias enormes através de medidas pequenas. Tudo isso requer uma certa ampliação de nosso entendimento para que

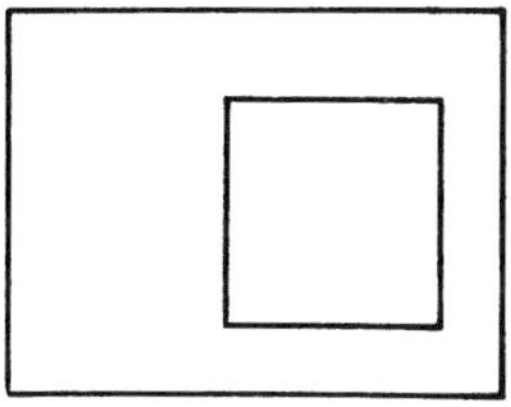

**FIGURA 3.33**

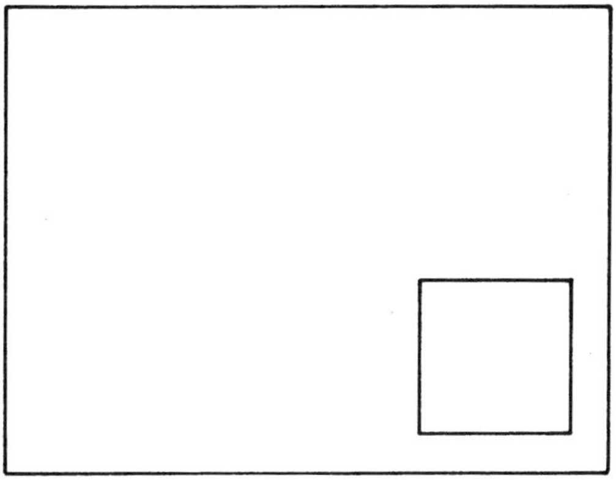

**FIGURA 3.34**

possamos visualizar, em termos da distância real, as medidas simuladas num projeto ou mapa. A medida é parte integrante da escala, mas sua importância não é crucial. Mais importante é a justaposição, o que se encontra ao lado do objeto visual, em que cenário ele se insere; esses são os fatores mais importantes.

No estabelecimento da escala, o fator fundamental é a medida do próprio homem. Nas questões de design que envolvem conforto e adequação, tudo o que se fabrica está associado ao tamanho médio das proporções humanas. Existe uma proporção ideal, um nível médio, e todas as infinitas variações que nos fazem portadores de uma natureza única. A produção em série é certamente regida pelas proporções do homem médio, e todos os objetos grandes, como carros e banheiras, são a elas adaptados. Por outro lado, as roupas produzidas em série são de tamanho muito variável, uma vez que são enormes as diferenças de tamanho das pessoas.

Existem fórmulas de proporção nas quais a escala pode basear-se; a mais famosa é a seção áurea grega, uma fórmula matemática de grande elegância visual. Para obtê-la, é preciso seccionar um quadrado e usar a diagonal de uma de suas metades como raio, para ampliar as dimensões do quadrado, de tal modo que ele se converta num retângulo áureo. Na proporção obtida, a:b = c:a. O método de construir a proporção é mostrado nas figuras 3.35 e 3.36. A seção áurea foi usada pelos gregos para conceber a maior parte das coisas

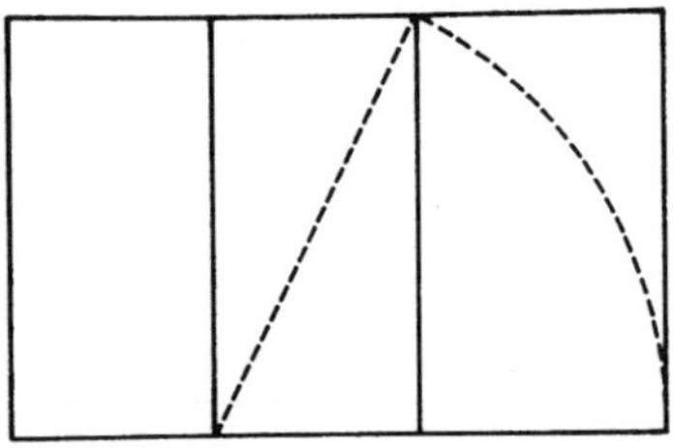

**FIGURA 3.35**

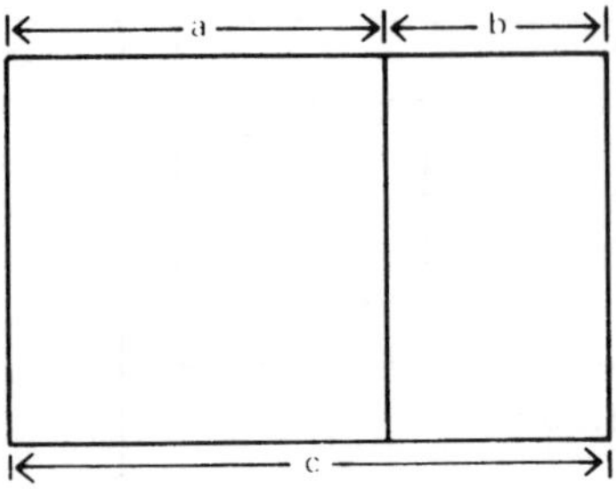


**FIGURA 3.36**

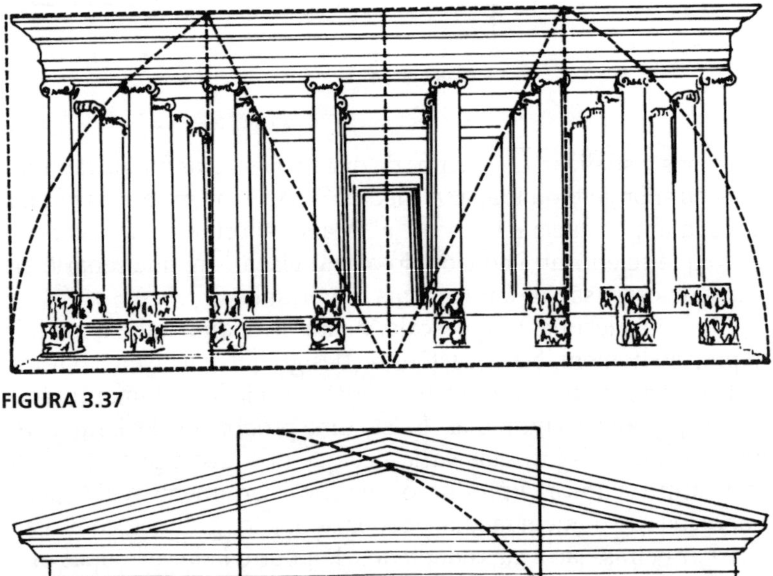

**FIGURA 3.37**

**FIGURA 3.38**

que criaram, desde as ânforas clássicas até as plantas baixas dos templos e suas projeções verticais (fig. 3.37, 3.38).

Há muitos outros sistemas de escala; a versão contemporânea mais importante é a que foi concebida pelo falecido arquiteto francês Le Corbusier. Sua unidade modular, na qual se baseia todo o sistema, é o tamanho do homem, e a partir dessa proporção ele estabelece uma altura média de teto, uma porta média, uma abertura média de janela etc. Tudo se transforma em unidade e é passível de repetição. Por mais estranho que pareça, o sistema unificado da produção em série incorpora esses efeitos, e as soluções criativas do design com frequência se veem limitadas pelos elementos de que se dispõe para trabalhar.

Aprender a relacionar o tamanho com o objetivo e o significado é essencial na estruturação da mensagem visual. O controle da escala pode fazer uma sala grande parecer pequena e aconchegante, e uma sala pequena, aberta e arejada. Esse efeito se estende a toda manipulação do espaço, por mais ilusório que possa ser.

## Dimensão

A representação da dimensão em formatos visuais bidimensionais também depende da ilusão. A dimensão existe no mundo real. Não só podemos senti-la, mas também vê-la, com o auxílio de nossa visão estereóptica e binocular. Mas em nenhuma das representações bidimensionais da realidade, como o desenho, a pintura, a fotografia, o cinema e a televisão, existe uma dimensão real; ela é apenas implícita. A ilusão pode ser reforçada de muitas maneiras, mas o principal artifício para simulá-la é a convenção técnica da perspectiva. Os efeitos produzidos pela perspectiva podem ser intensificados pela manipulação tonal através do claro-escuro, a dramática enfatização de luz e sombra.

A perspectiva tem fórmulas exatas, com regras múltiplas e complexas. Recorre à linha para criar efeitos, mas sua intenção final é produzir uma sensação de realidade. Há algumas regras e métodos bastante fáceis de demonstrar. Mostrar de que modo dois planos de um cubo aparecem aos nossos olhos depende, em primeiro lugar (como se vê na figura 3.39), de que se estabeleça o nível do olho. Só há um ponto de fuga no qual um plano desaparece. O cubo de cima

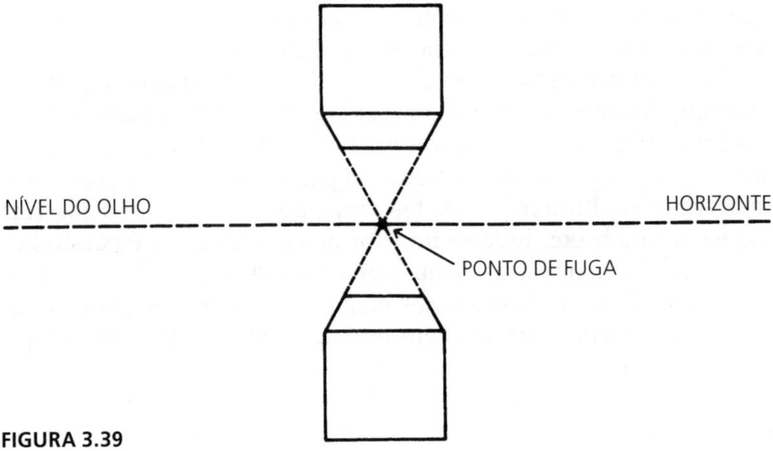


**FIGURA 3.39**

é visto do ponto de vista de uma minhoca, e o inferior, do ponto de vista do olho de um pássaro.

Na figura 3.40, dois pontos de fuga precisam ser usados para expressar a perspectiva de um cubo com três faces à mostra. Esses dois exemplos são demonstrações extremamente simples de como funciona a perspectiva. Apresentá-la adequadamente exigiria uma

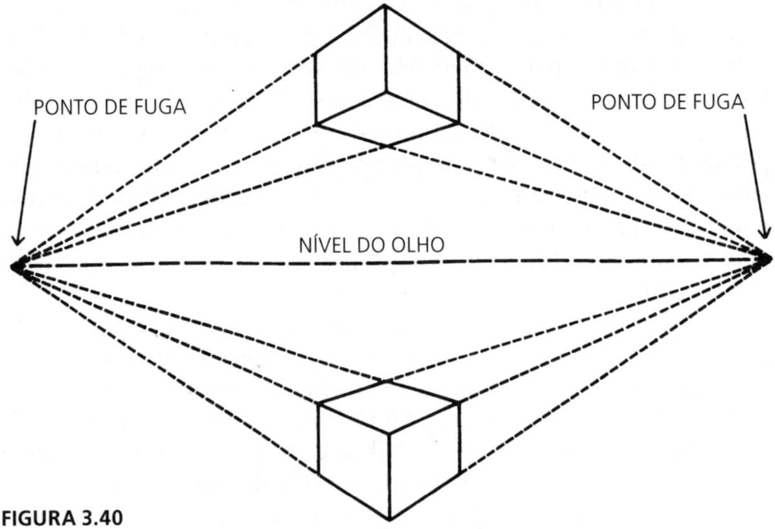


**FIGURA 3.40**

quantidade enorme de explicações. O artista por certo não usa cegamente a perspectiva; ele a usa e a conhece. Em termos ideais, os aspectos técnicos da perspectiva estão presentes em sua mente graças a um estudo cuidadoso, e podem ser usados com grande liberdade.

A perspectiva predomina na fotografia. A lente compartilha com o olho algumas das propriedades deste, e simular a dimensão é uma de suas capacidades principais. Mas existem outras diferenças cruciais. O olho tem uma ampla visão periférica (fig. 3.41), algo que a câmera é incapaz de reproduzir.

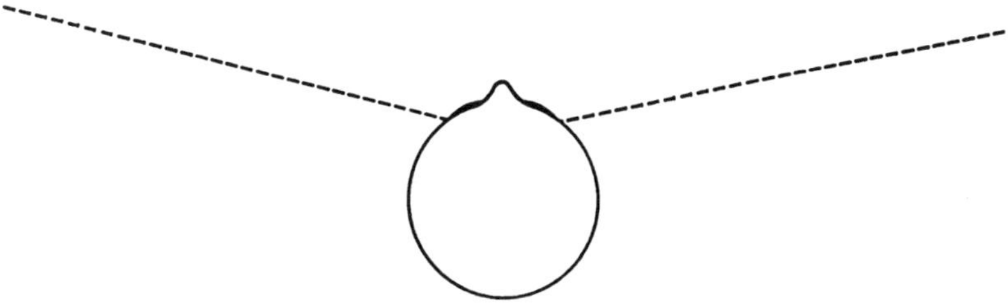

**FIGURA 3.41**

A amplitude de campo da câmera é variável, ou seja, o que ela pode ver e registrar é determinado pelo alcance focal de sua lente. Mas ela não pode competir com o olho sem a enorme distorção de uma lente olho-de-peixe. A lente normal (fig. 3.43) não tem absolutamente a amplitude de campo do olho, mas o que ela vê se aproxima

**FIGURA 3.42**

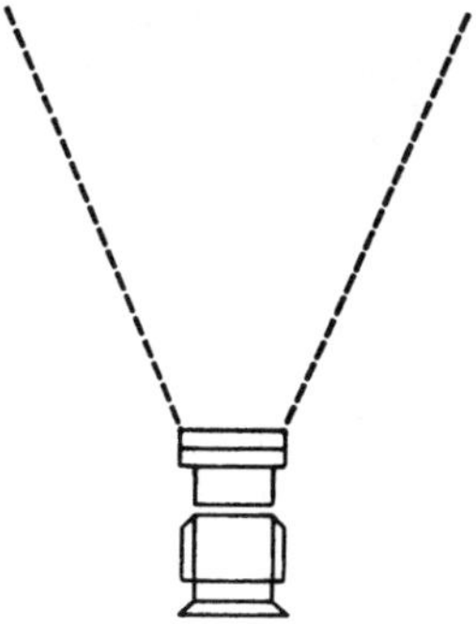

**FIGURA 3.43**

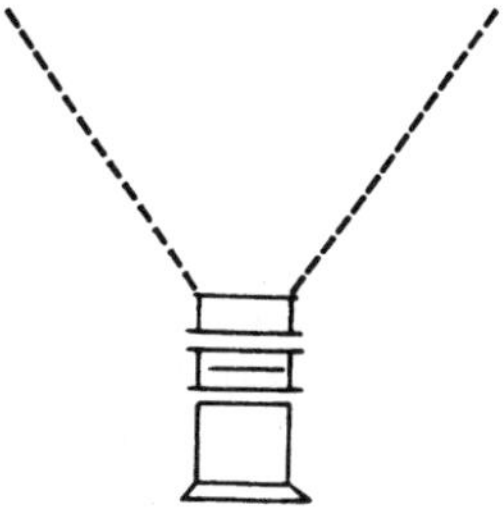

**FIGURA 3.44**

muito da perspectiva do olho. A teleobjetiva (fig. 3.42) pode registrar informações visuais de uma forma inacessível ao olho, contraindo o espaço como um acordeão. A grande angular aumenta a amplitude do campo, mas também não é de modo algum capaz de cobrir a área dos olhos (fig. 3.44). Mesmo sabendo que a câmera tem sua perspectiva específica e diferente da do olho humano, uma coisa é certa: a câmera pode reproduzir o ambiente com uma precisão extraordinária e uma grande riqueza de detalhes.

A dimensão real é o elemento dominante no desenho industrial, no artesanato, na escultura e na arquitetura, e em qualquer material visual em que se lida com o volume total e real. Esse é um problema de enorme complexidade, e requer capacidade de pré-visualizar e planejar em tamanho natural. A diferença entre o problema da representação do volume em duas dimensões e a construção de um objeto real em três dimensões pode ser bem ilustrada pela figura 3.45, onde se vê uma escultura como uma silhueta aumentada, com algum detalhamento. Na figura 3.46 temos cinco vistas (superior, frontal, posterior, direita, esquerda) de uma escultura. As cinco vistas representam apenas alguns dos milhares de silhuetas que essa escultura pode apresentar. O corte dessa escultura em pedaços da espessura de uma folha de papel resultaria em um número infinito de silhuetas.

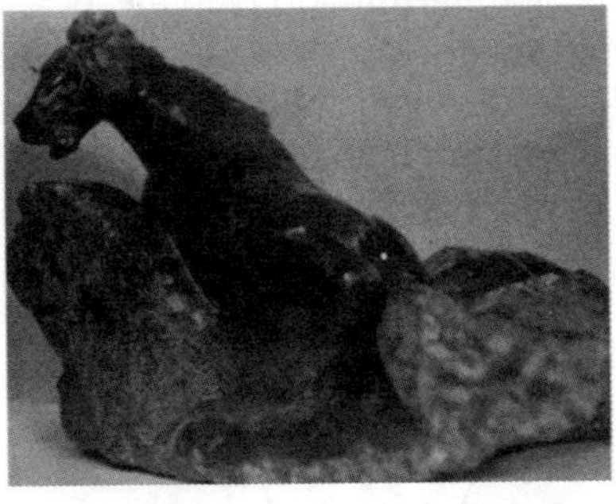

**FIGURA 3.45**

É essa enorme complexidade de visualização dimensional que exige do criador uma imensa capacidade de apreensão do conjunto. Para a boa compreensão de um problema, a concepção e o planejamento de um material visual tridimensional exige sucessivas etapas, ao longo das quais se possa refletir e encontrar as soluções possíveis.

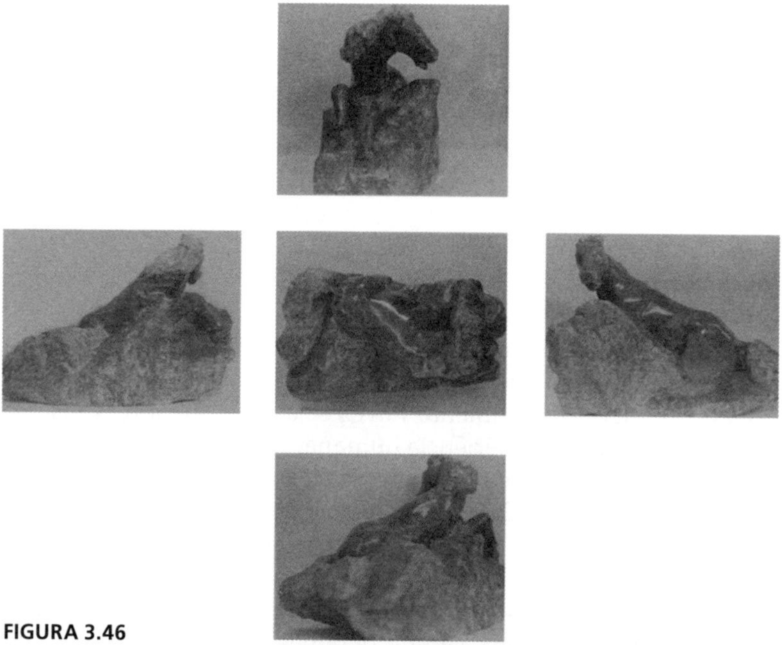

FIGURA 3.46

Primeiro vem o esboço, geralmente em perspectiva. Pode haver um número infinito de esboços, flexíveis, inquiridores e descompromissados. Depois vêm os desenhos de produção, rígidos e mecânicos. Os requisitos técnicos e de engenharia necessários à construção ou manufatura exigem que tudo seja feito com riqueza de pormenores. Por último, apesar dos altos custos que acarreta, a elaboração de uma maquete (fig. 3.47) talvez seja a única forma de fazer com que as pes-

FIGURA 3.47

soas de pouca sensibilidade para a visualização possam ver como uma determinada coisa vai ficar em sua forma definitiva.

Apesar de nossa experiência humana total estabelecer-se em um mundo dimensional, tendemos a conceber a visualização em termos de uma criação de marcas, ignorando os problemas especiais da questão visual que nos são colocados pela dimensão.

## Movimento

Como no caso da dimensão, o elemento visual do movimento se encontra mais frequentemente implícito do que explícito no modo visual. Contudo, o movimento talvez seja uma das forças visuais mais dominantes da experiência humana. Na verdade, o movimento enquanto tal só existe no cinema, na televisão, nos encantadores móbiles de Alexander Calder e onde quer que alguma coisa visualizada e criada tenha um componente de movimento, como no caso da maquinaria ou das vitrinas. As técnicas, porém, podem enganar o olho; a ilusão de textura ou dimensão parecem reais graças ao uso de uma intensa manifestação de detalhes, como acontece com a textura, e ao uso da perspectiva e luz e sombra intensificadas, como no caso da dimensão. A sugestão de movimento nas manifestações visuais estáticas é mais difícil de conseguir sem que ao mesmo tempo se distorça a realidade, mas está implícita em tudo aquilo que vemos, e deriva de nossa experiência completa de movimento na vida. Em parte, essa ação implícita se projeta, tanto psicológica quanto cinestesicamente, na informação visual estática. Afinal, a exemplo do universo tonal do cinema acromático que tão prontamente aceitamos, as formas estáticas das artes visuais não são naturais a nossa experiência. Esse universo imóvel e congelado é o melhor que fomos capazes de criar até o advento da película cinematográfica e seu milagre de representação do movimento. Observe-se porém que, mesmo nessa forma, não existe o verdadeiro movimento, como nós o conhecemos; ele não se encontra no meio de comunicação, mas no olho do espectador, através do fenômeno fisiológico da "persistência da visão". A película cinematográfica é na verdade uma série de imagens imóveis com ligeiras modificações, as quais, quando vistas pelo homem a intervalos de tempo apropriados, fundem-se mediante um fator remanescente da visão, de tal forma que o movimento parece real.

Algumas das propriedades da *persistência da visão* podem constituir a razão incorreta do uso da palavra *movimento* para descrever tensões e ritmos compositivos nos dados visuais quando, na verdade, o que está sendo visto é fixo e imóvel. Um quadro, uma foto ou a estampa de um tecido podem ser estáticos, mas a quantidade de repouso que compositivamente projetam pode implicar movimento, em resposta à ênfase e à intenção que o artista teve ao concebê-los. O processo da visão não é pródigo em repouso.

O olho explora continuamente o meio ambiente, em busca de seus inúmeros métodos de absorção das informações visuais. A convenção formalizada da leitura, por exemplo, segue uma sequência organizada (fig. 3.48). Enquanto método de visão, o esquadrinhamento parece ser desestruturado, mas, por mais que seja regido pelo acaso, as pesquisas e medições demonstram que os padrões de esquadrinhamento humano são tão individuais e únicos quanto as impressões digitais. É possível fazer essa medição projetando-se uma luz no olho e registrando-se, sobre um filme, o reflexo na pupila à medida que o olho contempla alguma coisa (fig. 3.49). O olho também se move em resposta ao processo inconsciente de medição e equilíbrio através do *eixo sentido* e das preferências esquerda-direita e alto-baixo (fig. 3.50). Uma vez que dois ou mesmo todos esses três métodos visuais podem ocorrer simultaneamente, fica claro que existe ação não apenas no que se vê, mas também no processo da visão.

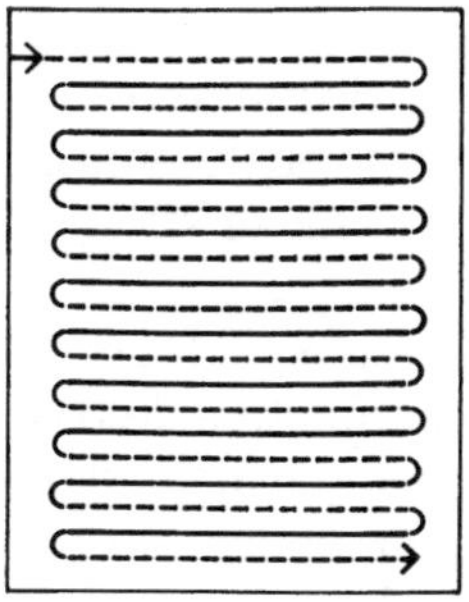

**FIGURA 3.48**

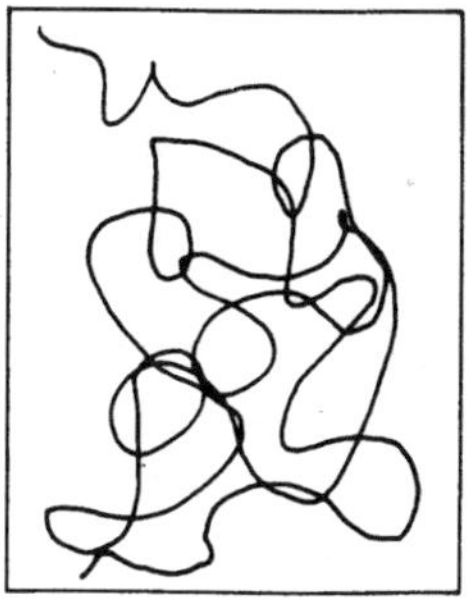

**FIGURA 3.49**

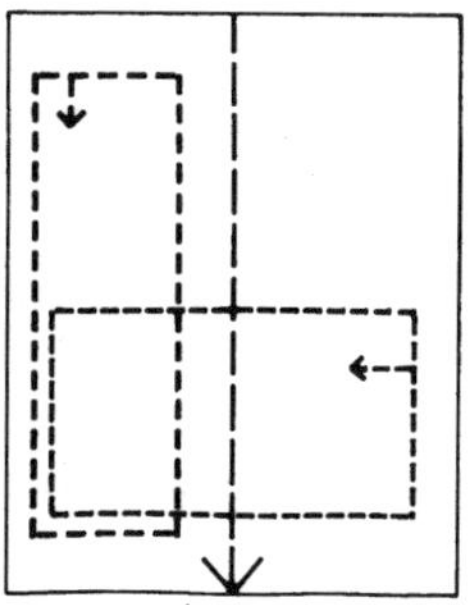

**FIGURA 3.50**

O milagre do movimento como componente visual é dinâmico. O homem tem usado a criação de imagens e de formas com múltiplos objetivos, dos quais um dos mais importantes é a objetivação de si mesmo. Nenhum meio visual pôde até hoje equiparar-se à película cinematográfica enquanto espelho completo e eficaz do homem.

Todos esses elementos, o ponto, a linha, a forma, a direção, o tom, a cor, a textura, a escala, a dimensão e o movimento são os componentes irredutíveis dos meios visuais. Constituem os ingredientes básicos com os quais contamos para o desenvolvimento do pensamento e da comunicação visuais. Apresentam o dramático potencial de transmitir informações de forma fácil e direta, mensagens que podem ser apreendidas com naturalidade por qualquer pessoa capaz de ver. Essa capacidade de transmitir um significado universal tem sido universalmente reconhecida mas não buscada com a determinação que a situação exige. A informação instantânea da televisão transformará o mundo numa aldeia global, diz McLuhan. Mesmo assim, a linguagem continua dominando os meios de comunicação. A linguagem separa, nacionaliza; o visual unifica. A linguagem é complexa e difícil; o visual tem a velocidade da luz, e pode expressar instantaneamente um grande número de ideias. Esses elementos básicos são os meios visuais essenciais. A compreensão adequada de sua natureza e de seu funcionamento constitui a base de uma linguagem que não conhecerá nem fronteiras nem barreiras.

## Exercícios

1. Num quadrado de dez centímetros, faça uma colagem com alguns ou todos os seguintes elementos visuais específicos: ponto, linha, textura. Cada colagem deve ser constituída de muitos exemplos do elemento, tal como ele é encontrado impresso ou desenhado, e organizada de modo a demonstrar algumas das características essenciais desse elemento.

2. Num quadrado de dez centímetros, num círculo de dez centímetros de diâmetro ou num triângulo de dez centímetros de base, componha uma colagem com os objetos ou as ações que mais comumente se associem a essa forma básica. Os exemplos podem ser buscados numa revista ou em qualquer outro material impresso ou desenhado. A composição deve enfatizar a natureza da forma escolhida.

3. Pegue uma folha de papel colorido e faça um desenho ou uma colagem que expresse o(s) significado(s) que essa cor tem para você. Tente encontrar um significado universal para essa cor.

4. Fotografe ou faça uma colagem onde deliberadamente se encontre um objeto conhecido, de pequeno tamanho, mas que torne menor um outro objeto que sabemos ser grande. A surpresa tornará manifesto o sentido fortemente predeterminado que todos temos da escala.

5. Escolha uma foto ou pintura de qualquer tema e relacione os elementos básicos que você nela identificar.

# 4. ANATOMIA DA MENSAGEM VISUAL

Expressamos e recebemos mensagens visuais em três níveis: o *representacional* – aquilo que vemos e identificamos com base no meio ambiente e na experiência; o *abstrato* – a qualidade cinestésica de um fato visual reduzido a seus componentes visuais básicos e elementares, enfatizando os meios mais diretos, emocionais e mesmo primitivos da criação de mensagens; e o *simbólico* – o vasto universo de sistemas de símbolos codificados que o homem criou arbitrariamente e ao qual atribuiu significados. Todos esses níveis de resgate de informações são interligados e se sobrepõem, mas é possível estabelecer distinções suficientes entre eles, de tal modo que possam ser analisados tanto em termos de seu valor como tática potencial para a criação de mensagens quanto em termos de sua qualidade no processo da visão.

A visão define o ato de ver em todas as suas ramificações. Vemos com precisão de detalhes, e aprendemos e identificamos todo material visual elementar de nossas vidas para mantermos uma relação mais competente com o mundo. Esse é o mundo no qual compartilhamos céu e mar, árvores, relva, areia, terra, noite e dia; esse é o mundo da natureza. Vemos o mundo que criamos, um mundo de cidades, aviões, casas e máquinas; é o mundo da manufatura e da complexidade da tecnologia moderna. Aprendemos instintivamente a compreender e a atuar psicofisiologicamente no meio ambiente e, intelectualmente, a conviver e a operar com esses objetos mecânicos que são necessários a nossa sobrevivência. Tanto instintiva quanto intelectualmente, grande parte do processo de aprendizagem é visual. A visão é o único elemento necessário à compreensão visual. Para falar ou entender uma língua, não é preciso ser alfabetizado; não precisamos ser visualmente alfabetizados para fazer ou compreender mensagens. Essas faculdades são intrínsecas ao homem e, até certo ponto, acabam por manifestar-se com ou sem o auxílio da aprendizagem e de modelos. Assim como se desenvolvem na história, também o fazem na criança. O input visual é de profunda importância para a compreensão e a sobrevivência. No entanto, toda a área da visão tem sido compartimentada e vem sofrendo um processo de perda de importância enquanto meio fundamental de comunicação. Uma explicação para essa abordagem bastante negativa é que o talento e a competência visuais não eram vistos como acessíveis a todos, ao contrário do que ocorria com a aquisição e o domínio da linguagem verbal. Isso não é mais verdadeiro, se é que alguma vez o foi. Parte do presente e a maior parte do futuro vão estar nas mãos de uma geração condicionada pela fotografia, pelo cinema e pela televisão, e que terá na câmera e no computador visual um importante complemento intelectual. Um meio de comunicação não nega o outro. Se a linguagem pode ser comparada ao modo visual, deve-se compreender que não existe uma competição entre ambos, mas que é preciso simplesmente avaliar suas respectivas possibilidades em termos de eficácia e viabilidade. O alfabetismo visual tem sido e sempre será uma extensão da capacidade exclusiva que o homem tem de criar mensagens.

A reprodução da informação visual natural deve ser acessível a todos. Deve ser ensinada e pode ser aprendida, mas é preciso observar que nela não há um sistema estrutural arbitrário e externo, semelhante ao da linguagem. A informação complexa que existe diz respeito ao âmbito da importância sintática do funcionamento das percepções do organismo humano. Vemos, e compreendemos aquilo que vemos. A solução de problemas está estreitamente ligada ao modo visual. Podemos até mesmo reproduzir a informação visual que nos cerca, através da câmera, e, mais ainda, preservá-la e expandi-la com a mesma simplicidade de que somos capazes através da escrita e da leitura, e, o que é mais importante, através da impressão e da produção em série da linguagem. O difícil é como fazê-lo. De que maneira a comunicação visual pode ser entendida, aprendida e expressa? Até a invenção da câmera, esse campo pertencia exclusivamente ao artista, excetuando-se as crianças e os povos primitivos que desconheciam o fato de possuir essa competência. Por exemplo, todos somos capazes de ver e reconhecer um pássaro. Podemos ampliar esse conhecimento até a generalização de toda uma espécie e seus atributos. Para alguns observadores, a informação visual não vai além do nível primário de informação. Para Leonardo da Vinci, um pássaro significava voar, e seu estudo desse fato levou-o a tentar a invenção de máquinas voadoras. Vemos um pássaro, talvez um tipo específico de pássaro, digamos, uma pomba, e isso tem um significado ampliado de paz ou amor. O visionário não se detém diante do óbvio; através da superfície dos fatos visuais, vê mais além, e chega a esferas muito mais amplas de significado.

## Representação

A realidade é a experiência visual básica e predominante. A categoria geral total do pássaro é definida em termos visuais elementares. Um pássaro pode ser identificado através de uma forma geral, e de características lineares e detalhadas. Todos os pássaros compartilham referentes visuais comuns dentro dessa categoria mais ampla. Em termos predominantemente representacionais, porém, os pássaros se inserem em classificações individuais, e o conhecimento de detalhes mais sutis de cor, proporção, tamanho, movimento e sinais específicos é necessário para que possamos distinguir uma gaivota de uma cegonha, ou um pombo de um gaio. Existe ainda um outro nível na identificação individual de pássaros. Um determinado tipo de canário pode ter traços individuais específicos que o excluam de toda a categoria dos canários. A ideia geral de um pássaro com características comuns avança até o pássaro específico através de fatores de identificação cada vez mais detalhados. Toda essa informação visual é facilmente obtida através dos diversos níveis da experiência direta do ato de ver. Todos nós somos a câmera original; todos podemos armazenar e recordar, para nossa utilização e com grande eficiência visual, toda essa gama de informações visuais. As diferenças entre a câmera e o cérebro humano remetem à fidelidade da observação e à capacidade de reproduzir a informação visual. Não há dúvida de que, em ambas as áreas, o artista e a câmera são detentores de uma destreza especial.

Além de um modelo tridimensional realista, a coisa mais próxima da visão concreta de um pássaro, na experiência direta, seria uma foto cuidadosamente exposta e focada do mesmo, em suas cores plenas e naturais. A foto se equipara à habilidade do olho e do cérebro, reproduzindo o pássaro real em seu meio ambiente real. Costumamos dizer que se trata de um efeito realista. É preciso notar, porém, que na experiência direta, ou em qualquer nível da escala de expressão visual, da foto ao esboço impressionista, toda experiência visual está fortemente sujeita à interpretação individual. Da resposta "Vejo um pássaro" a "Vejo o voo" e aos múltiplos níveis e graus de significado e intenção que as medeiam e ultrapassam, a mensagem está sempre aberta à modificação subjetiva. Somos todos únicos. Qualquer inibição no estudo (e até mesmo na estruturação) do potencial visual humano que provenha do medo de que tal avanço possa levar à destruição do espírito criativo, ou à conformidade, é absolutamente injustificável. Na verdade, a mística que passou a envolver os visualizadores, de pintores a arquitetos, deixa implícito o fato de que fazem uma abordagem não cerebral de seu trabalho. O desenvolvimento de material visual não deve ser mais dominado pela inspiração e ameaçado pelo método do que o seu contrário. Fazer um filme, produzir um livro e pintar um quadro constituem sempre uma aventura complexa, que deve recorrer tanto à inspiração quanto ao método. As regras não ameaçam o pensamento criativo em matemática; a gramática e a ortografia não representam um obstáculo à escrita criativa. A coerência não é antiestética, e uma concepção visual bem expressa deve ter a mesma elegância e beleza que encontramos num teorema matemático ou num soneto bem elaborado.

A fotografia é o meio de representação da realidade visual que mais depende da técnica. A invenção da "câmara escura", no Renascimento, como um brinquedo para ver o ambiente reproduzido na parede ou no assoalho foi só a primeira etapa de uma árvore muito frondosa que nos permitiu chegar, através do cinema e da fotografia, ao enorme e poderoso efeito que a magia da lente veio instaurar em nossa sociedade. Da câmara escura aos meios de comunicação de massa, como o cinema e a fotografia impressa, tem-se verificado uma lenta mas firme progressão de meios técnicos mais aperfeiçoados de fixar e conservar a imagem, e de mostrá-la a milhões de pessoas em todo o mundo. A fotografia já é um fato consumado há mais de cem anos. Os inúmeros passos que separam o "daguerreótipo" único, não reproduzível, inclusive, da calotipia negativa e de impressão múltipla, da película Kodak flexível, da película cinematográfica de 35 mm, dos métodos lentamente aperfeiçoados de reprodução da fotografia de tom contínuo através de chapas fotográficas de meio-tom para impressão em série e dos papéis especiais para uma impressão mais sofisticada, levaram, todos, à onipresença da fotografia, tanto fixa quanto em movimento, na sociedade moderna. Através da fotografia, um registro visual e quase incomparavelmente real de um acontecimento na imprensa diária, semanal ou mensal, a sociedade fica ombro a ombro com a história. Essa capacidade única de registrar os fatos atinge seu ponto culminante no cinema, que reproduz a realidade com uma precisão ainda maior, e no milagre eletrônico da televisão, que permitiu ao mundo inteiro acompanhar o primeiro passo dado pelo homem na Lua simultaneamente ao acontecimento. O conceito de tempo foi modificado pela imprensa; o conceito de espaço foi para sempre modificado pela capacidade da câmera de produzir imagens.

Através da fotografia é possível, então, fixar um pássaro no tempo e no espaço (fig. 4.1). Uma pintura ou um desenho de forte realismo podem produzir um efeito semelhante, um tipo de forma que não pode prescindir do artista. Os desenhos de Audubon, por

**FIGURA 4.1**

exemplo, destinavam-se a ser usados como referência técnica, e por esse motivo são bastante realistas. Audubon estudou e registrou as inúmeras variedades de pássaros de seu país com esmero e pormenores surpreendentes (fig. 4.2). Com relação a seus desenhos, podemos dizer que refletem a própria realidade. Com isso queremos dizer que o artista tinha por objetivo fazer com que o pássaro (ou qualquer outra coisa que estivesse sendo visualmente registrada) se assemelhasse ao máximo a seu modelo natural. Audubon não estava apenas criando uma imagem, mas também registrando e oferecendo, aos alunos, dados que pudessem ser identificados com segurança, ou seja, ele colocava no papel informações visuais que pudessem ter o valor de referências. De certo modo, a fotografia poderia ser considerada mais semelhante ao modelo natural, mas argumenta-se também que o trabalho do artista é mais limpo e claro, uma vez que ele pode controlá-lo e manipulá-lo. É o começo de um processo de abstração, que vai deixar de lado os detalhes irrelevantes e enfatizar os traços distintivos.

**FIGURA 4.2**

O processo de abstração é também um processo de destilação, ou seja, de redução dos fatores visuais múltiplos aos traços mais essenciais e característicos daquilo que está sendo representado. Porém, se o que se pretende enfatizar é o movimento de um pássaro, os detalhes estáticos e o acabamento mais rigoroso são ignorados, como se vê no esboço da figura 4.3. Em ambos os casos de licença visual, a forma final segue as necessidades da comunicação. Em ambos os casos, na informação visual estão presentes detalhes do aspecto natural do pássaro suficientes para que a pessoa capaz de reconhecer um pássaro possa identificá-lo nos esboços. A eliminação ulterior dos detalhes, até se atingir a abstração total, pode seguir dois caminhos: a abstração voltada para o simbolismo, às vezes com um significado identificável, outras vezes com um significado arbitrariamente atribuído, e a abstração pura ou redução da manifestação visual aos elementos básicos, que não conservam relação alguma com qualquer representação representacional extraída da experiência do meio ambiente.

**FIGURA 4.3**

## Simbolismo

A abstração voltada para o simbolismo requer uma simplificação radical, ou seja, a redução do detalhe visual a seu mínimo irredutível. Para ser eficaz, um símbolo não deve apenas ser visto e reconhecido; deve também ser lembrado, e mesmo reproduzido. Não pode, por definição, conter grande quantidade de informação por-

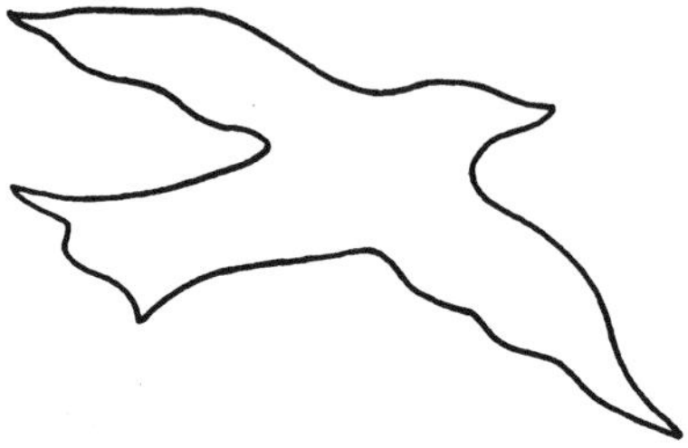

FIGURA 4.4

FIGURA 4.5

menorizada. Mesmo assim, pode conservar algumas das qualidades reais de um pássaro, como se vê na figura 4.4. Na figura 4.5, a mesma informação visual básica da forma do pássaro, acrescida apenas de um ramo de oliveira, transformou-se no símbolo facilmente identificável da paz. Nesse caso, alguma educação por parte do público se faz necessária para que a mensagem seja clara. Porém, quanto mais abstrato for o símbolo, mais intensa deverá ser sua penetração na mente do público para educá-la quanto ao seu significado. Como gesto simbólico da Segunda Guerra Mundial, a figura 4.6 foi outrora o signo da vitória tão intensamente desejada sobre os alemães. O gesto era muito usado por Winston Churchill, e dele se apropriaram os ingleses, seguindo seu líder. O gesto não era desconhecido nos Estados Unidos, e era comum vê-lo em fotos de soldados norte-americanos, que o utilizavam para externar sua esperança de vitória nos navios que transportavam as tropas, no campo de batalha e em leitos de hospitais. É extremamente irônico que tal

FIGURA 4.6

FIGURA 4.7

gesto tenha sido adotado, nos Estados Unidos, pelo movimento de oposição à guerra do Vietnã. Para esse movimento, o gesto se transformou num símbolo de paz. Outro símbolo pacifista foi pela primeira vez concebido e utilizado pelo movimento de Desarmamento Nuclear, na Inglaterra (fig. 4.7). Sua derivação visual foi explicada como a combinação, em uma única figura, dos símbolos semafóricos do N e do D.

Enquanto meio de comunicação visual impregnado de informação de significado universal, o símbolo não existe apenas na linguagem. Seu uso é muito mais abrangente. O símbolo deve ser simples (fig. 4.8) e referir-se a um grupo, ideia, atividade comercial, instituição ou partido político. Às vezes é extraído da natureza. Para a transmissão de informações, será ainda mais eficiente quando for uma figura totalmente abstrata (fig. 4.9). Nessa forma, converte-se em um código que serve como auxiliar da linguagem escrita. O sistema codificado dos números nos dá exemplos de figuras que também são conceitos abstratos:

1 2 3 4 5 6 7 8 9 0

Existem muitos tipos de informação codificada especial usados por engenheiros, arquitetos, construtores e eletricistas. Um deles é o sistema de símbolos musicais, que muitas pessoas aprendem e

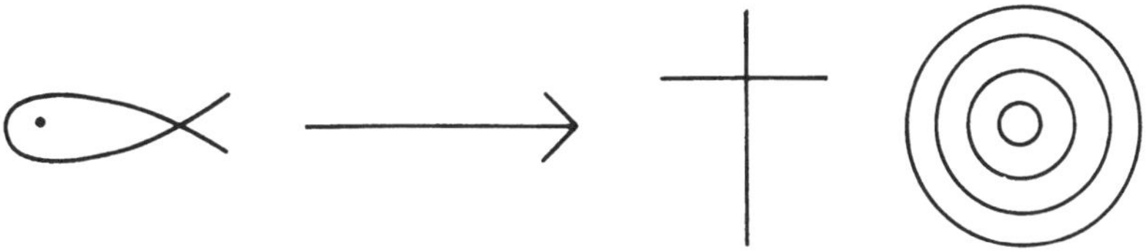

**FIGURA 4.8**

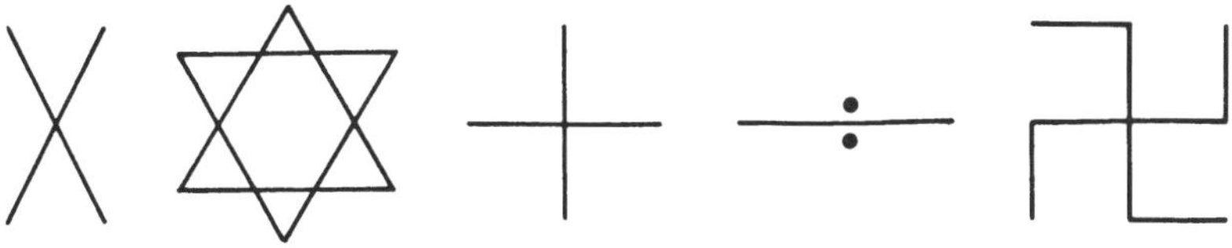

**FIGURA 4.9**

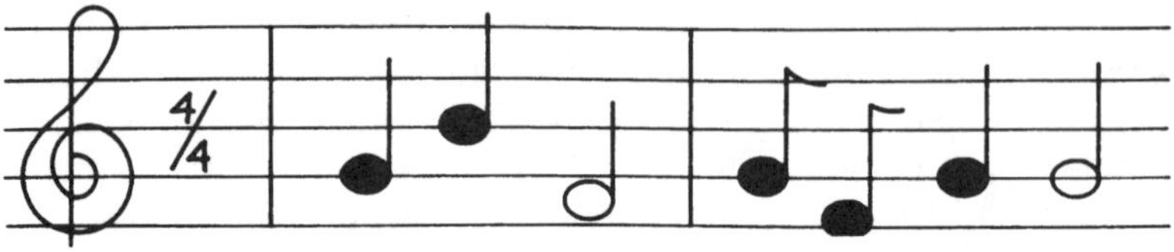


FIGURA 4.10

através do qual conseguem comunicar-se (fig. 4.10). Todos os sistemas foram desenvolvidos para condensar a informação, de tal modo que ela possa ser registrada e comunicada ao grande público.

A religião e o folclore são pródigos em simbolismo. As sandálias aladas de Mercúrio, Atlas sustentando o mundo nos ombros e a vassoura das bruxas são apenas alguns exemplos. Mais conhecido de nós como uma linguagem visual que todos utilizamos é o simbolismo das datas festivas (fig. 4.11). Antes que nossa educação visual, como de fato acontecia, parasse tão abruptamente depois da escola primária, todos nós desenhávamos e coloríamos esses símbolos conhecidos para decorar a sala de aula ou levá-los conosco para casa. Sensíveis a seu enorme efeito publicitário, as empresas de grande porte passaram em peso a sintetizar suas identidades e objetivos através de símbolos visuais. Trata-se de uma prática extremamente eficaz em termos de comunicação, pois, se, como dizem os chineses, "uma imagem vale mil palavras", um símbolo vale mil imagens.

FIGURA 4.11

## Abstração

A abstração, contudo, não precisa ter nenhuma relação com a criação de símbolos quando os símbolos têm significado apenas porque este lhes é imposto. A redução de tudo aquilo que vemos aos elementos visuais básicos também é um processo de abstração, que, na verdade, é muito mais importante para o entendimento e a estruturação das mensagens visuais. Quanto mais representacional for a informação visual, mais específica será sua referência; quanto mais abstrata, mais geral e abrangente. Em termos visuais, a abstração é uma simplificação que busca um significado mais intenso e condensado. Como já foi aqui demonstrado, a percepção humana elimina os detalhes superficiais, numa reação à necessidade de estabelecer o equilíbrio e outras racionalizações visuais. Sua importância para o significado, porém, não termina aqui. Nas questões visuais, a abstração pode existir não apenas na pureza de uma manifestação visual reduzida à mínima informação representacional, mas também como abstração pura e desvinculada de qualquer relação com dados visuais conhecidos, sejam eles ambientais ou vivenciais. A escola de pintura abstrata está associada ao século XX, e dela faz parte a obra de Picasso, cujo estilo caminhou do expressionismo ao clássico, do semiabstrato ao abstrato (fig. 4.12). Por um lado, modificou os fatos visuais para enfatizar a cor e a luz, embora tenha conservado a informação realista e identificável. Em outra

**FIGURA 4.12** *(continua na página seguinte)*

**FIGURA 4.12** *(continuação)*

FIGURA 4.13

abordagem, numa devoção quase purista à informação visual representacional, fez eco à qualidade divina do homem, no realismo ligeiramente exagerado de seu estilo clássico. As grandes liberdades que tomou com a realidade resultaram, primeiro, em efeitos extremamente manipulados, e, por fim, no completo abandono do conhecido em favor do espaço e do tom, da cor e da textura. Assim, este último estilo visual estava apenas preocupado com questões de composição e com a essência do design. Nesse avanço que o levou da preocupação com a observação e do registro do mundo circundante a experimentos com a essência mesma da criação de mensagens visuais elementares, o desenvolvimento da obra de Picasso seguiu por um caminho não necessariamente sequencial, mas que percorreu etapas diferentes do mesmo processo. O caminho por ele seguido pode ser ainda mais claramente discernível na obra de J. M. W. Turner, que, quando jovem, praticou sua arte quase como se fosse um repórter, usando sua pintura para o detalhamento e a preservação de sua própria época. O interesse de Turner, porém, voltou-se para o método que usou para desenvolver sua pintura, principalmente quando esta ainda se encontrava no estágio de esboço. Aos poucos, sua obra evoluiu de uma técnica de representação magistral para uma sugestão indefinida e indagadora da realidade, para finalmente chegar a uma pintura quase inteiramente abstrata e caracterizada pela ausência quase absoluta de pistas visuais sobre aquilo que estava sendo pintado (fig. 4.13).

Os múltiplos níveis de expressão visual, que incluem a representacionalidade, a abstração e o simbolismo, oferecem opções tanto de estilo quanto de meios para a solução de problemas visuais. A abstração tem sido particularmente associada à pintura e à escultura como a expressão pictórica que caracteriza o século XX. Mas um grande número de formatos visuais são abstratos por sua própria natureza. Uma casa, uma moradia, o abrigo mais simples ou mais complexo não se parecem com nada que exista na natureza. Em outras palavras, uma casa não segue a configuração de uma árvore, que em algumas circunstâncias poderia ser descrita como um abrigo; seu aspecto é determinado pelo objetivo que levou o homem a criá-la; sua forma segue sua função. Em seu nível elementar, trata-se de um volume abstrato e dimensional. Mas as soluções possíveis para a necessidade que o homem tem de abrigo e proteção são infinitas. Podem ser inspiradas pela utilidade (fig. 4.14), pelo orgulho (fig. 4.15), pela expressão (fig. 4.16) e pela comunicação e proteção (fig. 4.17). Assim, o uso a que se destina um edifício é um dos mais fortes fatores que determinam seu tamanho, sua forma, suas proporções, seu tom, sua cor e textura. Nesse caso, como em outros contextos visuais, a forma segue a função. Mas o onde e o quando são também questões profundamente importantes para as decisões estilísticas e estruturais que envolvem o projeto e a construção de uma casa. O onde é significativo em função do clima, tendo em vista que as necessidades, em

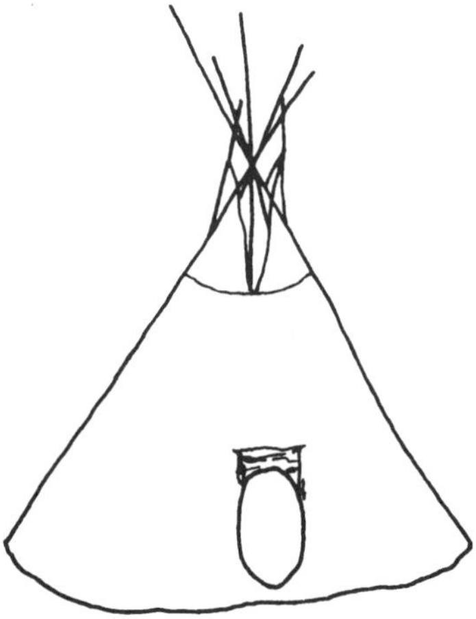

**FIGURA 4.14**

**FIGURA 4.15**

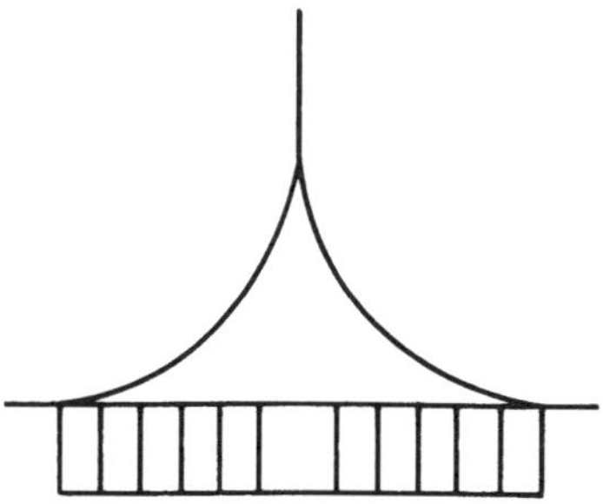

**FIGURA 4.16**

**FIGURA 4.17**

FIGURA 4.18

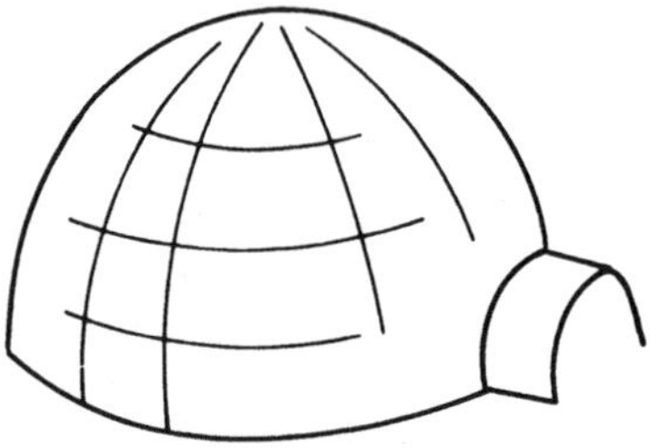

FIGURA 4.19

termos de abrigo, variam drasticamente da linha do Equador (fig. 4.18) para o Polo Norte (fig. 4.19). O lugar onde se constrói alguma coisa também influencia a disponibilidade de materiais. Nos confins gelados do Ártico é simplesmente impossível encontrar os ramos e folhas existentes nos trópicos. Antes que a forma possa seguir a função, é preciso que ela possa moldar-se a partir do material ou dos materiais facilmente encontráveis no meio ambiente. Não apenas a localização geográfica, mas também os limites históricos, ou seja, o quando se projeta e constrói alguma coisa, é um fator que normalmente controla as decisões estilísticas e culturais. Por muitas das razões acima mencionadas, uma solução específica de design é obtida e repetida com muito poucas modificações até tornar-se identificável com um determinado período de tempo e uma determinada localização geográfica (fig. 4.18, 4.19). O último fator determinante desse processo é o julgamento e a preferência do indivíduo. Não é verdade que todos que influenciam o projeto e a construção de uma casa sentem que ela de alguma forma os representa? Até mesmo o ato da escolha na compra de uma casa é visto como uma manifestação do gosto de quem a compra e, portanto, da própria pessoa. Há uma enorme quantidade de informação visual em tudo isso, mas não percamos de vista que estamos examinando o projeto e a construção de edifícios, que são todos abstratos e talvez, até certo ponto, simbólicos, mas em hipótese alguma representacionais. O significado se encontra na subestrutura, nas forças visuais elementares e puras e, por pertencer ao domínio da anatomia de uma mensagem visual, é de grande intensidade em termos de comunicação.

Disso tudo se poderia concluir que qualquer manifestação visual abstrata é profunda, e que a representacional não passa de uma mera imitação muito superficial, em termos de profundidade de comunicação. Mas o fato é que, mesmo quando estamos diante de um relato visual extremamente representacional e detalhado do meio ambiente, esse relato coexiste com outra mensagem visual que expõe as forças visuais elementares e é de natureza abstrata (fig. 4.20, 4.21, 4.22), mas que está impregnada de significado e exerce uma enorme influência sobre a resposta. A subestrutura abstrata é a

FIGURA 4.20

FIGURA 4.21

**FIGURA 4.22**

composição, o design. O potencial de criação de mensagens através da redução da informação visual realista a componentes abstratos está na reação do arranjo ao efeito pretendido. Pode haver um significado complexo na subestrutura abstrata? A música, afinal, é totalmente abstrata... Mesmo assim, definimos o conteúdo musical como alegre, triste, vivo, empolado, marcial, romântico. De que modo chegamos a tal identificação informativa, que é de natureza bastante universal? Alguns significados atribuídos à composição musical estão associados à realidade, e outros provêm da própria estrutura psicofísica do homem, de sua relação cinestésica com a música. Assim, dizemos que a música é totalmente abstrata, mas que alguns de seus aspectos podem ser interpretados com referência a um significado comum. O caráter abstrato pode realmente ampliar a possibilidade de obtenção de uma mensagem e de um determinado estado de espírito. Nas formas visuais é a composição que atua como a contraparte abstrata da música, quer se trate da manifestação visual em si, quer da subestrutura. O abstrato transmite o significado essencial ao longo de uma trajetória que vai do consciente ao inconsciente, da experiência da substância no campo sensório diretamente ao sistema nervoso, do fato à percepção.

## Interação entre os três níveis

Os níveis de todos os estímulos visuais contribuem para o processo de concepção, criação e refinamento de toda obra visual. Para ser visualmente alfabetizado, é extremamente necessário que o criador da obra visual tenha consciência de cada um desses três níveis individuais, mas também que o espectador ou sujeito tenha deles a mesma consciência. Cada nível, o *representacional*, o *abstrato* e o *simbólico*, tem características específicas que podem ser isoladas e definidas, mas que não são absolutamente antagônicas. Na verdade eles se sobrepõem, interagem e reforçam mutuamente suas respectivas qualidades.

A informação visual *representacional* é o nível mais eficaz a ser utilizado na comunicação forte e direta dos detalhes visuais do meio ambiente, sejam eles naturais ou artificiais. Até a invenção da câmera, só os membros mais talentosos e instruídos da comunidade eram capazes de produzir desenhos, pinturas e esculturas que pudessem representar de forma bem-sucedida a informação visual tal como ela se mostra ao olho. Essa habilidade foi sempre admirada, e o artista que a possuía sempre foi visto como uma pessoa muito especial. Há uma espécie de magia na obra visual muito minuciosa e realista, mesmo quando ela pode ser vista como superficial. Quando se diz, diante de um retrato, "Parece comigo", o comentário implica um reconhecimento muito especial do artista que o fez. Mas tudo isso mudou com o advento da câmera. Uma vez que a semelhança pode ser obtida através de um instantâneo ou de uma foto num estúdio meticulosamente iluminado, trata-se de uma questão que nem mesmo se leva em conta na avaliação de um retrato. A câmera compõe um relato visual de qualquer coisa que esteja à sua frente, e o faz com uma exatidão e um detalhamento extraordinários. Em seu relato do que vê, quase peca pelo excesso. Mas o comunicador visual dispõe de muitas maneiras de controlar os resultados, tanto em termos técnicos quanto estilísticos. Não obstante, a representacionalidade, o relato realista do que ela vê, é natural para a câmera e pode perfeitamente ser um dos fatores essenciais que determinam o interesse cada vez maior pelo segundo nível da informação visual: o nível *abstrato*.

Como já observamos aqui, a abstração tem sido o instrumento fundamental para o desenvolvimento de um projeto visual. É extremamente útil no processo de exploração descompromissada de um problema e no desenvolvimento de opções e soluções visíveis. A natureza da abstração libera o visualizador das exigências de representar a solução final e consumada, permitindo assim que aflorem à superfície as forças estruturais e subjacentes dos problemas compositivos, que apareçam os elementos visuais puros e que as técnicas sejam aplicadas através da experimentação direta. É um processo dinâmico, cheio de começos e falsos começos, mas livre e fácil por natureza. Não é de estranhar que muitos artistas se interessem pela pureza desse nível. Como já se observou anteriormente, o artista e o visualizador podem ter se sentido liberados para assumir uma abordagem mais livre da expressão visual, graças à competência mecânica natural da câmera para a reprodução de uma manifestação visual consumada e definitiva. Por que competir com ela? Sempre houve artistas com formação, talento e interesse suficientes para dar continuidade à tradição do realismo, de Salvador Dali e suas obras hiper-realistas, mas subjetivamente interpretadas como surrealistas, à sutileza das pinturas representacionais de Andrew Wyeth. Com toda certeza, os artistas desse tipo nunca deixarão de existir.

O interesse em encontrar soluções visuais através da livre experimentação constitui, contudo, um dever imprescindível de qualquer artista ou designer que parta da folha em branco com o objetivo de chegar à composição e à finalização de um projeto visual. O mesmo não se pode dizer do fotógrafo, do cineasta ou do câmera. Em todos esses casos, o trabalho visual básico é dominado pela informação realista detalhada, ficando inibida portanto, em todo aquele que pensa em termos de filme, a investigação de um pré-projeto visual. No cinema e na televisão há um componente linguístico inerente ao processo de planejamento, mas, é triste constatar, as palavras costumam ser muito mais usadas na pré-visualização de um filme do que os componentes visuais. Uma consciência mais aprofundada do nível abstrato das mensagens visuais de parte de todos aqueles que usam a câmera pode abrir novos caminhos para a expressão visual de suas ideias.

O último nível de informação visual, o simbólico, já foi objeto de extensos comentários aqui. O símbolo pode ser qualquer coisa, de uma imagem simplificada a um sistema extremamente complexo de significados atribuídos, a exemplo da linguagem ou dos números. Em todas as suas formulações, pode reforçar, de muitas maneiras, a mensagem e o significado na comunicação visual. Em termos de impressão, é um componente importante e substancial dos atributos totais de um livro, de uma revista ou de um pôster, e deve ser trabalhado na criação de um projeto em forma de dados visuais abstratos, a despeito do fato de constituir informação, com forma e integridade próprias. Para o designer, trata-se de uma força interativa que ele deve abordar em termos de significado e aspecto visual.

O processo de criação de uma mensagem visual pode ser descrito como uma série de passos que vão de alguns esboços iniciais em busca de uma solução até uma escolha e decisão definitivas, passando por versões cada vez mais sofisticadas. Há algo a ser acrescentado aqui: o termo definitivo descreve qualquer ponto que seja determinado pelo visualizador. A chave da percepção encontra-se no fato de que todo o processo criativo parece inverter-se para o receptor das mensagens visuais. Inicialmente, ele vê os fatos visuais, sejam eles informações extraídas do meio ambiente, que podem ser reconhecidas, ou símbolos passíveis de definição. No segundo nível de percepção, o sujeito vê o conteúdo compositivo, os elementos básicos e as técnicas. É um processo inconsciente, mas é através dele que se dá a experiência cumulativa de *input* informativo. Se as intenções compositivas originais do criador da mensagem visual forem bem-sucedidas, ou seja, se para elas foi encontrada uma boa solução, o resultado será coerente e claro, um todo que funciona. Se as soluções forem extremamente acertadas, a relação entre forma e conteúdo poderá ser descrita como elegante. Quando as soluções estratégicas não são boas, o efeito visual final será ambíguo. Os juízos estéticos que se valem de termos como *beleza* não precisam estar presentes nesse nível de interpretação, mas devem ficar restritos ao âmbito dos pontos de vista mais subjetivos. A interação entre propósito e composição, e entre estrutura sintática e substância visual, deve ser mutuamente reforçada para que se atinja uma maior eficácia em termos visuais. Constituem, em conjunto, a força mais importante de toda comunicação visual, a anatomia da mensagem visual.

## Exercícios

1. Fotografe ou encontre um exemplo de cada um dos três níveis do material visual: representacional, abstrato e simbólico.

2. Tire uma foto desfocada e outra com foco e estude a versão desfocada em termos da sensação compositiva que transmite. Avalie o modo como sente que a mensagem abstrata se relaciona com a manifestação representacional. Seria possível melhorá-la alterando--se o ponto de vista a partir do qual a foto foi tirada? Faça um croqui para ver como poderia modificá-la alterando a posição da câmera.

3. Encontre um símbolo que você seja capaz de desenhar, e compare a facilidade com que pode reproduzi-lo com as letras do alfabeto ou os números.

4. Divida uma foto em faixas da mesma largura, tanto horizontais quanto verticais, e reordene-as em função de um determinado plano. Qualquer reordenação romperá a ordem representacional e revelará a estrutura compositiva abstrata.

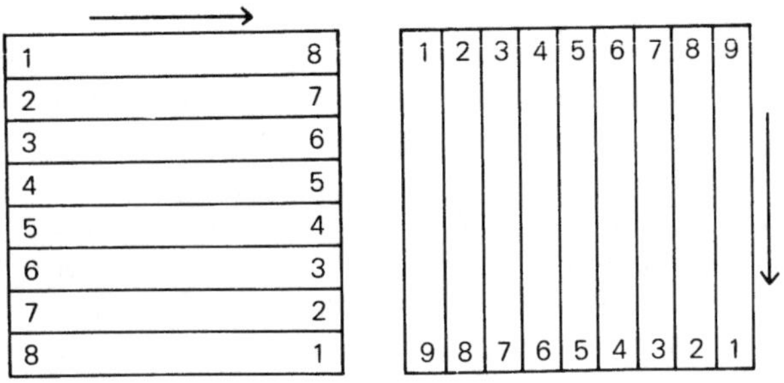

# 5. A DINÂMICA DO CONTRASTE

O controle mais eficaz do efeito visual encontra-se no entendimento de que existe uma ligação entre mensagem e significado, por um lado, e técnicas visuais, por outro. Os critérios sintáticos oferecidos pela psicologia da percepção e a familiaridade com o caráter e a pertinência dos elementos visuais essenciais proporcionam a todos os que buscam o alfabetismo visual uma base sólida para a tomada de decisões compositivas. Contudo, o controle crucial do significado visual encontra-se na função focalizadora das técnicas. E, dentre todas as técnicas visuais que estaremos abordando aqui, nenhuma é mais importante para o controle de uma mensagem visual do que o contraste.

## Contraste e harmonia

Como já observamos, as técnicas visuais foram ordenadas em polaridades, não só para demonstrar e acentuar a vasta gama de opções operativas possíveis na concepção e na interpretação de qualquer manifestação visual, mas também para expressar a enorme importância da técnica e do conceito de contraste em todos os meios de expressão visual.

Todo e qualquer significado existe no contexto dessas polaridades. Seria possível entender o calor sem o frio, o alto sem o baixo, o doce sem o amargo? O contraste de substâncias e a receptividade dos sentidos a esse mesmo contraste dramatiza o significado através de formulações opostas. "O princípio básico da 'forma' determina essa estreita relação entre unidade aperceptiva e distinções lógicas, que os antigos conheciam como 'unidade na diversidade'." É assim que, em seu ensaio "Abstraction in Science and Abstraction in Art"[1], Susanne Langer descreve a "articulação dos elementos estruturais de um todo dado". No processo de articulação visual, o contraste é uma força vital para a criação de um todo coerente. Em todas as artes, o contraste é um poderoso instrumento de expressão, o meio para intensificar o significado e, portanto, simplificar a comunicação.

Embora, no rol das técnicas, a harmonia seja colocada como polaridade de contraste, é preciso enfatizar muito que a importância de ambos tem um significado mais profundo na totalidade do processo visual. Representam um processo contínuo e extremamente ativo em nosso modo de ver os dados visuais e, portanto, de compreender aquilo que vemos. O organismo humano parece buscar a harmonia, um estado de tranquilidade e resolução que os zen-budistas chamam de "meditação em repouso absoluto". Há uma necessidade de organizar toda espécie de estímulos em totalidades racionais, como foi demonstrado pelos experimentos dos gestaltistas. Reduzir a tensão, racionalizar, explicar e resolver as confusões são coisas que parecem, todas, predominar entre as necessidades do homem. Só no contexto da conclusão lógica dessa indagação incessante e ativa é que o valor do contraste fica claro. Se a mente humana obtivesse tudo aquilo que busca tão avidamente em todos os seus processos de pensamento, o que seria dela? Chegaria a um estado de equilíbrio imponderável, estável e imóvel – ao repouso absoluto. O contraste é uma força de oposição a esse apetite humano. Desequilibra, choca, estimula, chama a atenção. Sem ele, a mente tenderia a erradicar todas as sensações, criando um clima de morte e de ausência de ser. Sintamos ou não um forte desejo de morrer, aquela voz insistente e insinuante que sussurra "É agora" no ouvido do trapezista, o fato é que esse estado de resolução e confinamento absolutos não nos satisfaz enquanto estado de sensação zero, consumada e definitiva. Como em qualquer ambiente em que predominasse a cor cinza, teríamos a sensação da visão sem ver, da vida sem viver. Seríamos como Palinuro, enterrado vivo e condena-

1. Em *Problems of Art*.

do a sentir todas as coisas em seu túmulo, um morto-vivo. Os psicólogos nos dizem que nossos sonhos são uma espécie de perspiração da mente, que expulsa os venenos da psique num processo constante de limpeza e clarificação que é de importância fundamental para nossa saúde mental. Assim, o processo mesmo da vida também parece exigir uma riqueza de experiências sensórias, especialmente através da visão. Vemos muito mais do que precisamos ver, mas nosso apetite visual nunca se dá por satisfeito. Estabelecemos contato com o mundo e suas complexidades através da visão, e recorremos àquilo que o poeta chama de "olho da mente" para pensar em termos visuais. Se, ao longo de seu movimento, o processo visual avança rumo à neutralidade absoluta, o que nos deve preocupar é o processo, e não o resultado final.

## O papel do contraste na visão

No alfabetismo visual, a importância do significado do contraste começa no nível básico da visão ou da ausência desta, através da presença ou da ausência de luz. Por melhor que funcione o aparato fisiológico da visão, os olhos, o sistema nervoso, o cérebro, ou por maior que seja o número de coisas que o meio ambiente nos ponha diante dos olhos, numa circunstância em que predomine o escuro absoluto somos todos cegos. O aparato da visão humana tem importância secundária; a luz é a chave de nossa força visual. Em seu estado visual elementar, a luz é tonal, e vai do brilho (ou luminosidade) à obscuridade, através de uma série de etapas que podem ser descritas como constituídas por gradações muito sutis. No processo de ver, dependemos da observação da justaposição interatuante dessas gradações de tom para ver os objetos. Não nos esqueçamos de que a presença ou a ausência de cor não afeta os valores tonais, que são constantes e têm uma importância infinitamente maior que a cor, tanto para ver quanto para conceber e realizar. No pigmento, a luminosidade é sintetizada ou sugerida pela brancura que tende ao branco absoluto, enquanto a obscuridade é sugerida pelo negror que tende ao negro absoluto. Assim, tudo o que vemos pode investir-se das duas propriedades dos valores tonais, a qualidade pigmentaria da brancura ou do negror relativos do tom, e a qualidade física da luminosidade ou da obscuridade. A luz física tem uma vasta gama de intensidade tonal, ao passo que o pigmento costuma ser utilizado num âmbito limitado de oito a catorze graus tonais. No pigmento, a mais vasta gama de tons de cinza claramente diferenciados gira em torno de trinta e cinco. Sem a incidência de luz sobre ele, nem mesmo o mais branco dos brancos poderá ser visto. Portanto, quer venha do Sol, da Lua, de uma vela ou luz elétrica, a luz é um elo fundamental de nossa capacidade fisiológica de ver.

Mas a ausência de luz não detém o potencial exclusivo de bloquear a visão. Se todo o nosso meio ambiente fosse composto por um valor homogêneo e invariável de uma tonalidade intermediária de cinza, a meio caminho entre o branco e o negro, seria possível ver, ou seja, não experimentaríamos a sensação de cegueira criada por um ambiente totalmente negro. No entanto, a capacidade de discernir o que estaríamos vendo seria totalmente eliminada de nossas percepções. Em outras palavras, no processo da visão, o contraste de tom é de importância tão vital quanto a presença da luz. Através do tom, percebemos padrões que simplificamos em objetos com forma, dimensão e outras propriedades visuais elementares. É um processo de decodificar a constante simplificação dos dados em estado bruto, até que, através dele, chegamos a reconhecer e a aprender as coisas do mundo em que vivemos, desde as formigas, que se movem apressadamente pelo chão, até as estrelas, que reluzem no céu em diferentes tamanhos e intensidades tonais. A luz cria padrões e, uma vez identificados esses padrões, a informação obtida é armazenada no cérebro para ser utilizada em reconhecimentos posteriores. É um processo complexo e enganador, magistralmente descrito por Bernard Berenson em seu ensaio "Seeing and Knowing": "Vejo massas de verde, opacas, translúcidas ou cintilantes. São pontiagudas ou suaves e, como se ali estivessem para mantê-las, coisas vagamente cilíndricas e pardacentas, esverdeadas e acinzentadas. Quando criança, aprendi que eram árvores, e doto-as de troncos, galhos, rebentos, ramagem e folhas, o que faço de acordo com suas presumíveis espécies, azevinho, castanheiro, pinheiro, oliveira, muito embora meus olhos só vejam diferentes tons de verde".

Assim, os olhos e o processo de visão estendem-se em muitas direções, extrapolando o ato de ver e atingindo os domínios e as funções da inteligência. Todo o sistema nervoso interage com a visão, intensificando nossa capacidade de discriminar. O tato, o paladar, a audição e o olfato contribuem para nossa compreensão do mundo que nos cerca, aumentando e, às vezes, entrando em contradição com o que nos dizem nossos olhos. Tocamos alguma coisa para determinar se é dura ou macia, cheiramos para descobrir se há ou não um determinado aroma, provamos para descobrir se um cheiro agradável indica que alguma coisa também é agradável ao paladar, e prestamos atenção para saber se algo está parado ou em movimento. Todos os nossos sentidos não cessam de discriminar e refinar nosso reconhecimento e nossa compreensão do meio ambiente. Dentre todos os nossos sentidos, porém, não há dúvida de que a visão é aquele do qual mais dependemos, e o que sobre nós exerce um poder superior. E a visão funciona com mais eficácia quando os padrões que observamos se tornam visualmente mais claros através do contraste. Tanto na natureza quanto na arte, o contraste é de importância fundamental para o visualizador, aquilo que, em seu livro *Elements of Design,* Donald Anderson chama de "manipulação de um conjunto de matérias-primas, como a argila, o arame, o pigmento, os dados, os sons, as palavras, os números... transformando-as em estruturas coesas em um nível superior de significado".

## O papel do contraste na composição

A visão está fortemente ligada à percepção de padrões, um processo que determina a necessidade de discernimento. Em seu livro *The Intelligent Eye,* R. L. Gregory diz: "Nesse sentido, 'padrões' são muito diferentes de 'objetos'. Por padrão entendemos um certo conjunto de *inputs* que atingem o receptor no espaço ou no tempo". Ver significa classificar os padrões, com o objetivo de compreendê-los ou reconhecê-los. A ambiguidade é seu inimigo natural, e deve ser evitada para que o processo de visão funcione adequadamente. Observemos uma árvore. Se ela é vertical e parece firme, sabemos que podemos nos apoiar nela. Se ela nos parecer perigosamente inclinada e frágil, não ousaremos confiar-lhe nosso peso. Mas se ela nos der a impressão de ser um misto dessas duas qualidades, ou seja, de não ser nem inteiramente frágil, nem forte o suficiente para sustentar nosso peso, estaremos diante de uma informação visual confusa. O padrão, o *input* visual será, nesse caso, inconclusivo. Seria preciso usar outros métodos que nos confirmassem a resistência e a solidez da árvore. Uma linha traçada em um quadrado, muito pró-

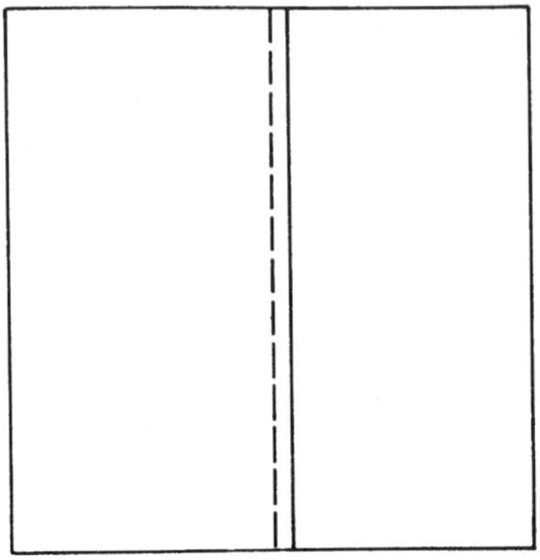

FIGURA 5.1

xima de seu centro geométrico, mas ao mesmo tempo distante dele, constitui um exemplo mais abstrato da mesma situação (fig. 5.1). A linha se encontra a uma distância suficiente do eixo sentido para perturbar o observador, mas não está suficientemente distante para fazer com que sua posição de desequilíbrio seja percebida com toda a clareza. A utilização mais eficaz dos mecanismos de percepção visual consiste em situar ou identificar pistas visuais como uma coisa ou outra, em equilíbrio ou não, forte ou ameaçadoramente frágil. Os gestaltistas trabalham com essa necessidade, e descrevem os dois estados visuais antagônicos como nivelação e aguçamento. Em *Principles of Gestalt Psychology,* Koffka define o aguçamento como "um incremento ou exagero", e o nivelamento como "um enfraquecimento ou abrandamento da peculiaridade de um padrão". Na terminologia das técnicas visuais, aguçamento pode equivaler a contraste (fig. 5.2), e nivelamento pode ser associado a harmonia (fig. 5.3).

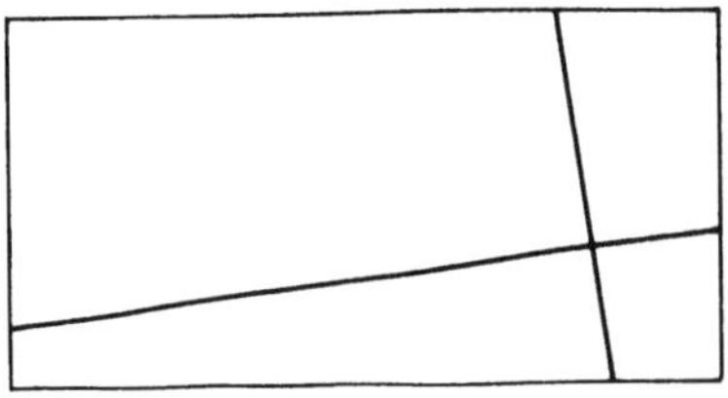

FIGURA 5.2

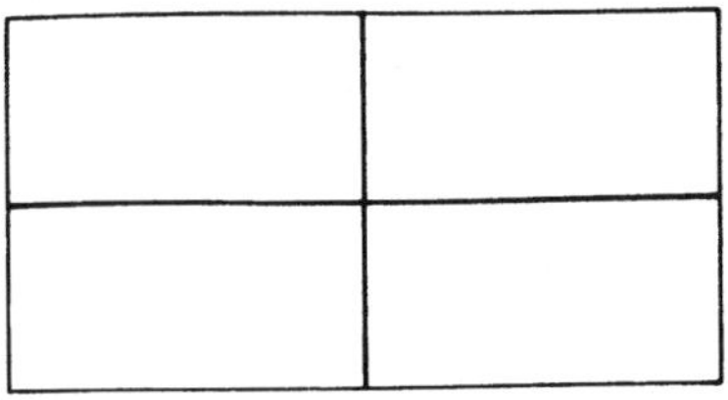

FIGURA 5.3

Porém, seja qual for a linguagem descritiva empregada para designar as duas polaridades da composição visual, a nivelada ou a aguçada, deve-se enfatizar que ambas constituem excelentes instrumentos para elaborar uma manifestação visual com clareza de ponto de vista. Sua utilização habilidosa ajuda muito a evitar confusão, tanto do designer quanto do observador.

O que os gestaltistas investigaram e determinaram através de seu reconhecimento do valor dessas duas técnicas visuais é que o olho (e com ele o cérebro humano) não será detido em sua eterna busca de resolução ou fechamento dos dados sensórios que percebe. Wertheimer introduziu o princípio que rege essa hipótese, e chamou-o de lei da pregnância, que define assim: "A organização psicológica será sempre tão 'boa' quanto o permitam as condições vigentes". O que se pretende dizer com "boa" não fica inteiramente claro. Sem dúvida, o que ele está sugerindo é a resolução em termos de regularidade, simetria e simplicidade. Forças como a necessidade de concluir ou ligar uma linha inacabada (fig. 5.4), como no fechamento, ou de contrapor formas semelhantes, como no "princípio da similaridade", são aplicáveis aqui (fig. 5.5). Concluir as linhas ou agrupar as formas semelhantes é um passo rumo à simplificação, um passo inevitável na mecânica da percepção do organismo humano. Seria, porém, tão desejável quanto o indicaria o impulso fisiológico que leva a ele? A regularidade absoluta pode ser apurada e regulada, tendo em vista um perfeito resultado final de uma manifestação visual. É fácil de determinar, e é simples reagir a ela. Em qualquer dos extremos do modelo de comunicação estímulo ↔ resposta, nada fica ao sabor do acaso, da emoção ou da interpretação subjetiva. Os gregos demonstram a busca absoluta e lógica de

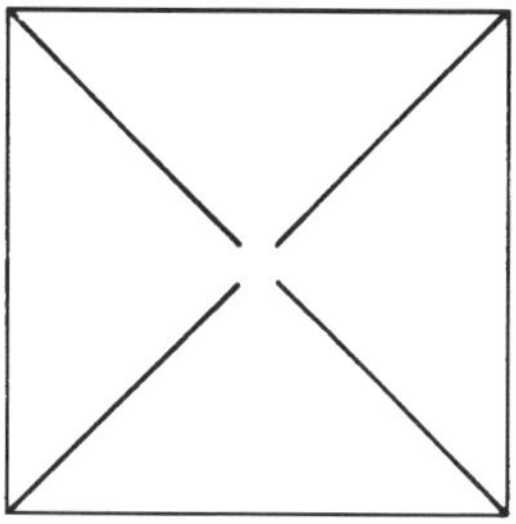

FIGURA 5.4

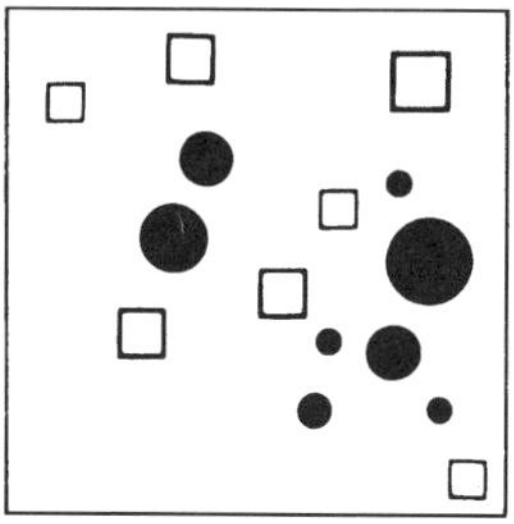

FIGURA 5.5

**FIGURA 5.6**

resultados harmoniosos na concepção de templos como o Partenon. Não só se utiliza ali a fórmula da seção áurea, a proporção matematicamente determinada, como há também o mais completo uso do equilíbrio axial ou simétrico (fig. 5.6). Os gregos se anteciparam inclusive nos truques perceptivos de concepção e construção, de tal modo que aquilo que se vê pareça o mais próximo possível da perfeição de que o homem é capaz. Como o olho transforma uma linha reta numa curva ligeiramente côncava (fig. 5.7a) quando contempla de longe, os arquitetos gregos projetaram as colunas da fachada do templo com uma convexidade ligeira, na verdade, imperceptível (fig. 5.7b), para compensar esse fenômeno e produzir uma linha reta aparentemente perfeita (fig. 5.7c). Em sua busca da perfeição,

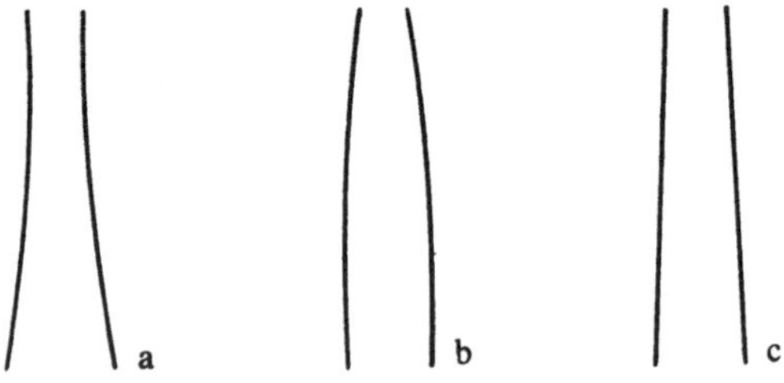


**FIGURA 5.7**

não se detinham diante de nada. O efeito final era o que realmente buscavam, um efeito de harmonia e equilíbrio completos em que nada ficava visualmente sem resolver. Chamamos o estilo grego de *clássico,* e a ele associamos uma estabilidade total, sem quaisquer equívocos por parte do designer e sem fatores que possam perturbar o observador. Sem dúvida, responde a todos os critérios capazes de produzir o *bom* descrito por Wertheimer em sua lei da pregnância, e se ajusta às exigências inconscientes da mente e à mecânica física do corpo. É uma qualidade da qual as instituições oficiais certamente se apropriaram no moderno mundo ocidental, e é muito comum se empregar o estilo clássico em edifícios públicos, em especial nos palácios de Justiça. A opção por esse estilo arquitetônico não só associa seus construtores ao amor pelo saber e aos ideais democráticos dos gregos, mas também à racionalidade de seu equilíbrio. A figura da Justiça com os olhos vendados, que nos remete a sua busca de equilíbrio e imparcialidade (simbolicamente mostrada pela balança que traz nas mãos), é visualmente consumada pela simetria da concepção de um templo grego.

Mas o *bom,* tal como o define a lei da pregnância, não precisa de simetria e equilíbrio como expressões únicas; nesse sentido, *bom* também descreve a clareza de uma manifestação visual, que pode ser obtida através do aguçamento ou, nos termos de uma outra definição possível, através da técnica do contraste. Ainda que a necessidade mais óbvia e aparente do ser humano seja equilíbrio e repouso, a necessidade de resolução é igualmente forte, e o aguçamento oferece grandes possibilidades de atingi-la, pois a resolução é uma extensão da ideia interior de harmonia e provém mais da organização da complexidade do que da pura simplicidade. Em *Art and Visual Perception,* Rudolf Arnheim se refere à aparente contradição desse fato como "uma dualidade ligada às atividades paralelas do processo de crescimento e do esforço para chegar aos objetivos vitais". O nivelamento (fig. 5.8), como na concepção da fachada de um templo grego, é harmonioso e simples, mas o aguçamento (fig. 5.9) tem intenções muito mais vitais em seu caráter visual. Contudo, não seria justo dizer que um é mais fácil de perceber que o outro. São simplesmente diferentes.

O ato de ver é um processo de discernimento e julgamento. Na figura 5.8, os dois processos podem ser ativados, e os resultados de seu funcionamento podem ser estabelecidos rápida e automatica-

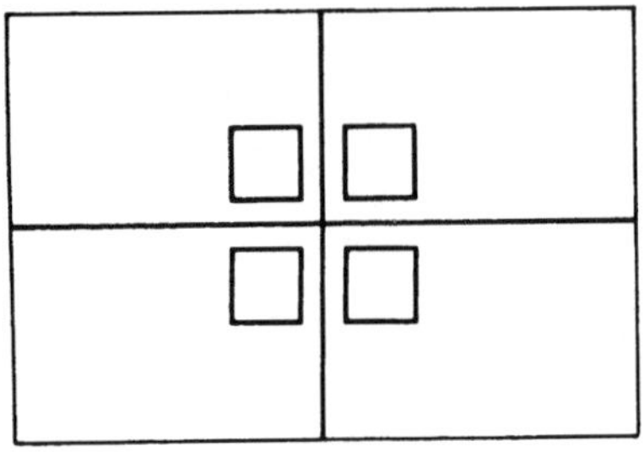

FIGURA 5.8

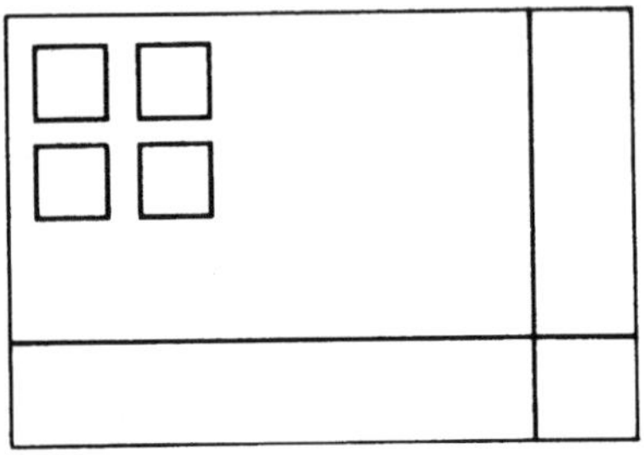

FIGURA 5.9

mente pelo observador. O exemplo demonstra um equilíbrio completo e inquestionável. Mas também podemos prever, com relação ao observador, a mesma resposta rápida e automática à figura 5.9. A definição da estrutura não é tão inequívoca, a não ser num sentido negativo; os elementos visuais não são simétricos. Não se equilibram no sentido óbvio que o fazem os elementos da figura 5.8. Mas o equilíbrio não precisa assumir a forma de simetria. O peso dos elementos do design pode ajustar-se assimetricamente. As forças adicionais afastam o design da simplicidade, mas o efeito final é um equilíbrio estruturado pelo peso e pelo contrapeso, pela ação e pela reação. O efeito final pode ser lido, e o observador pode responder a ele com grande clareza; trata-se apenas de um processo mais complexo e, portanto, mais lento (fig. 5.10). A mesma capacidade perceptiva da psicofisiologia humana que determina o equilíbrio simétrico pode, automaticamente, medir o equilíbrio assimétrico e responder a ele. Não é um processo fácil de demonstrar e definir, e, em decorrência disso, costuma parecer mais intuitivo que físico.

Uma coisa é certa no que diz respeito ao equilíbrio assimétrico da figura 5.10: quase não está equilibrada simetricamente. O observador não é provocado pela ausência de resolução, nem se vê incomodado pela ambiguidade visual. O desenho passa uma clara ideia de equilíbrio não axial e, devido à clareza desse fato, podemos dizer

FIGURA 5.10

que se trata de uma boa demonstração do estado de "aguçamento" visual. Para criar uma manifestação visual clara, é preciso optar decididamente por um ou outro caminho, o nivelado ou o aguçado, o contrastado ou o harmonioso. O designer deve seguir o dito popular: "É pegar ou largar". A área entre a nivelação e o aguçamento é confusa e obscura, e normalmente deve ser evitada, pois a comunicação que dela resulta não é apenas medíocre, mas também esteticamente feia. Quando as intenções visuais do designer não forem esboçadas e controladas com determinação, o resultado será ambíguo, e o efeito produzido será insatisfatório e decepcionante para o público (fig. 5.11). O equilíbrio não pode ser estabelecido claramente nem de um modo, nem de outro; em primeiro lugar, os elementos não podem organizar-se e relacionar-se entre si, assim como também não conseguem fazê-lo com o campo. A não ser que seja essa a expressão visual procurada pelo designer (uma possibilidade remota), a ambiguidade deve ser evitada como o mais indesejável dos efeitos visuais, não apenas por ser psicologicamente perturbadora, mas por sua natureza desleixada e inferior, em qualquer nível de critério da comunicação visual.

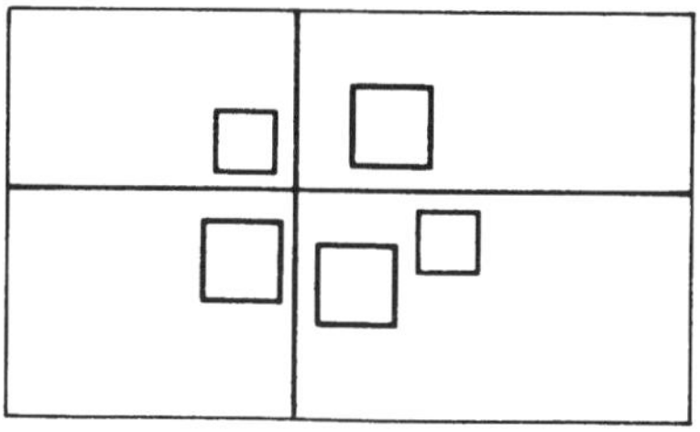

**FIGURA 5.11**

A harmonia, ou o estado nivelado do design visual, é um método útil e quase infalível para a solução dos problemas compositivos que afligem o criador de mensagens visuais inexperiente e pouco hábil. As regras a serem observadas são extremamente simples e claras, e, se forem seguidas com rigor, sem dúvida os resultados obtidos serão atraentes. Simplesmente não há como equivocar-se. Por razões de segurança, o equilíbrio axial enquanto estratégia de design tem sido um inestimável auxiliar para a criação de *designs* de linhas despojadas e concisas.

O design de livros tem sido dominado pelo aspecto clássico das páginas em equilíbrio absoluto (fig. 5.12), principalmente desde a invenção do tipo metálico móvel. A natureza mecânica e matemática da composição tipográfica presta-se perfeitamente aos cálculos que resultam em equilíbrio. Porém, por maior que seja a segurança e a confiabilidade que a técnica harmoniosa do design nivelado pode oferecer, propiciando, como no caso dos livros, uma configuração de composição visual que não interfere na mensagem, a mente e o olho exigem um estímulo. A monotonia representa para o design visual uma ameaça tão grande quanto em qualquer outra esfera da arte e da comunicação. A mente e o olho exigem estímulos e surpresas, e um design que resulte em êxito e audácia sugere a necessidade de aguçamento da estrutura e da mensagem.

A PRIMER OF VISUAL LITERACY

Donis A. Dondis

**FIGURA 5.12**

Como estratégia visual para aguçar o significado, o contraste não só é capaz de estimular e atrair a atenção do observador, mas pode também dramatizar esse significado, para torná-lo mais importante e mais dinâmico. Se, por exemplo, quisermos que alguma coisa pareça claramente grande, basta colocarmos outra coisa pequena perto dela. Isso é o contraste, uma organização dos estímulos visuais que tem por objetivo a obtenção de um efeito intenso. Mas a intensificação do significado vai ainda mais longe que a mera justaposição de elementos díspares. Consiste em uma supressão do superficial e desnecessário, que por sua vez leva ao enfoque natural do essencial. Rembrandt utilizou esse método no desenvolvimento de sua técnica do claro-escuro. O nome dessa técnica vem da combinação de duas palavras italianas: *chiaro* e *scuro*. São esses os elementos que ele usa, a claridade e a obscuridade. Em suas telas (fig. 5.13) e em suas águas-fortes, Rembrandt descartava os tons intermediários para acentuar e realçar seu tema com um aspecto majestoso e teatral. A incrível riqueza dos resultados é um argumento tão forte para o entendimento e a utilização do contraste quanto quaisquer outros que possam ser encontrados, em qualquer nível, no corpo da obra visual.

O contraste é um instrumento essencial da estratégia de controle dos efeitos visuais e, consequentemente, do significado. Mas o contraste é, ao mesmo tempo, um instrumento, uma técnica e um conceito. Em termos básicos, nossa compreensão do liso é mais profunda quando o contrapomos ao áspero. É um fenômeno físico o fato de que, quando tocamos em alguma coisa áspera e granulosa, e em seguida tocamos em uma superfície lisa, o liso parecerá ainda mais liso. Os opostos parecem ser ainda mais intensamente eles mesmos quando pensamos neles em termos de sua singularidade. Nessa observação encontra-se o significado essencial da palavra contraste: estar contra. Ao compararmos o dessemelhante, aguçamos o significado de ambos os opostos. O contraste é um caminho fundamental para a clareza do conteúdo em arte e comunicação. Em seu ensaio "The Dynamic Image"[2], Susanne Langer diz, com relação a esse fenômeno: "Uma obra de arte é uma composição de tensões e resoluções, equilíbrio e desequilíbrio, coerência rítmica: uma unidade precária, porém contínua. A vida é um processo natural composto por essas tensões, equilíbrios e ritmos; é isso o que sentimos, quando calmos ou emocionados, como o pulso de nossa própria vida". Mas o impulso demonstrado pelo contraste entre os opostos deve ser manipulado com tanta delicadeza quanto aquela exigida pelos temperos na culinária. O principal objetivo de uma manifestação visual é a expressão, a transmissão de ideias, informa-

2. Em *Problems of Art*.

FIGURA 5.13

FIGURA 5.14

ções e sentimentos; para entendê-lo melhor, é preciso vê-lo em termos da expressão. Rudolf Arnheim deu a interpretação mais criativa da interação entre pensamento e estímulos visuais. Em seu ensaio "Expression and Gestalt Theory", que faz parte de uma vasta compilação de textos entitulada *Psychology and the Visual Arts,* Arnheim define expressão como sendo a "contrapartida psicológica dos processos dinâmicos que resultam na organização dos estímulos perceptivos". Em outras palavras, os mesmos meios de que o organismo humano se vale para decodificar, organizar e dar sentido à informação visual, na verdade a toda informação, podem prestar-se, com grande eficácia, à composição de uma mensagem a ser colocada diante de um público. Em suas ramificações psicológicas e fisiológicas, o processo de *input* informativo humano pode servir de modelo para o *output* informativo.

Seja no nível da expressão que implica apenas o contraste de elementos visuais, ou no nível da expressão que envolve a transmissão de informações visuais complexas, o comunicador visual deve reconhecer o caráter de eficácia do contraste e sua importância enquanto instrumento de trabalho que pode e deve ser usado na composição visual. O contraste é o aguçador de todo significado; é o definidor básico das ideias. Entendemos muito mais a felicidade quando a contrapomos à tristeza, e o mesmo se pode dizer com relação aos opostos amor e ódio, afeição e hostilidade, motivação e passividade, participação e solidão. Cada polaridade puramente conceitual pode ser expressa e associada através de elementos e técnicas visuais, os quais, por sua vez, podem associar-se a seu significado. O amor, por exemplo, pode ser sugerido por curvas, formas circulares, cores

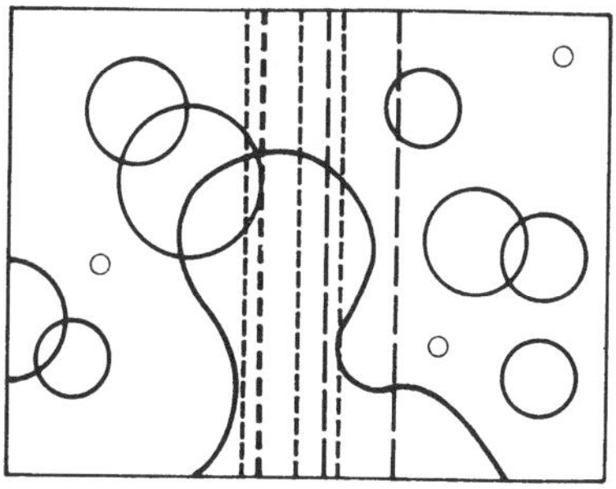

**FIGURA 5.15**

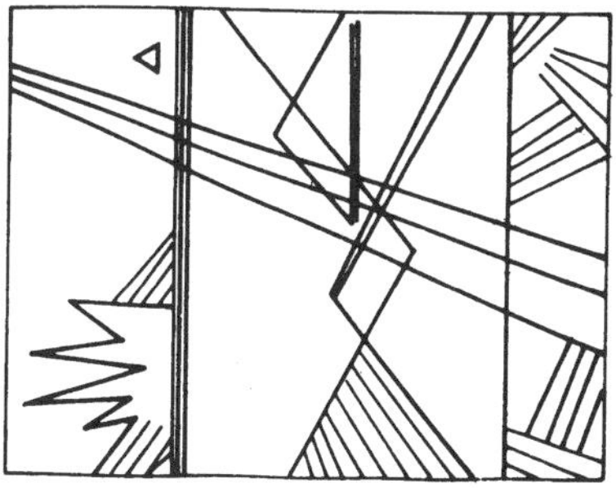

**FIGURA 5.16**

quentes, texturas macias e proporções semelhantes (fig. 5.15). O ódio, como seu oposto, poderia ser intensificado por ângulos, formas retas, cores agressivas, texturas ásperas e proporções dessemelhantes (fig. 5.16). Os elementos não são absolutamente opostos, mas pouco falta para que o sejam. Dentre todas as técnicas visuais, o contraste é onipresente nas manifestações visuais eficazes em todos os níveis da estrutura total da mensagem, seja ela conceitual ou elementar. Assim, é preciso dizer que, enquanto instrumento visual de um valor inestimável, o contraste deve sempre ser uma referência obrigatória, desde a etapa generalizada da composição visual até o caráter específico de cada um dos elementos visuais escolhidos para articular e expressar visualmente uma ideia.

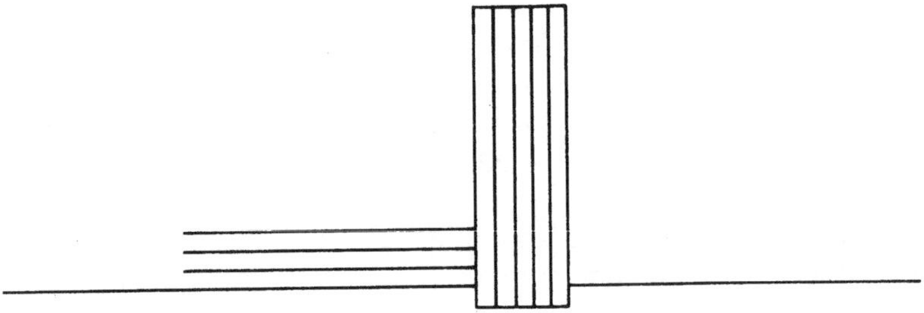

**FIGURA 5.17**

É óbvio que podemos explicar muito mais facilmente o alto se o compararmos com o baixo, sobretudo quando são usados estímulos visuais (fig. 5.17). A proporção é de importância fundamental na manipulação compositiva do campo. Assim, para expressar com precisão a ênfase na dessemelhança das pistas visuais, o ponto principal deve ocupar a maior proporção do espaço a ele dedicado (fig. 5.18), pelo menos um ou dois terços do mesmo. Essa divisão proporcional deve aumentar a precisão das intenções compositivas (fig. 5.19). Qualquer que seja o efeito pretendido, a informação básica deve ocupar uma superfície grande e desproporcional do campo a ela dedicado. A proporção e a escala dependem, no que diz respeito ao efeito visado, da manipulação do tamanho ou do espaço, mas, ainda que esta seja uma consideração básica relativamente à estrutura do contraste, não é de modo algum necessária. Outras forças elementares são de grande importância para o efeito final.

Cada elemento visual oferece múltiplas possibilidades de produção de informações visuais contrastantes. A linha, por exemplo, pode ser formal ou informal, e nos dois casos será portadora de fortes pistas informativas. A flexibilidade da linha informal resulta numa sensação de investigação e tentativa não resolvida (fig. 5.20), ao passo que o uso formal da linha conota precisão, planejamento, técnica (fig. 5.21). Somente através da justaposição dos dois opostos poderemos criar uma composição contrastante (fig. 5.22) em que se acentue o caráter básico do tratamento dispensado a cada linha.

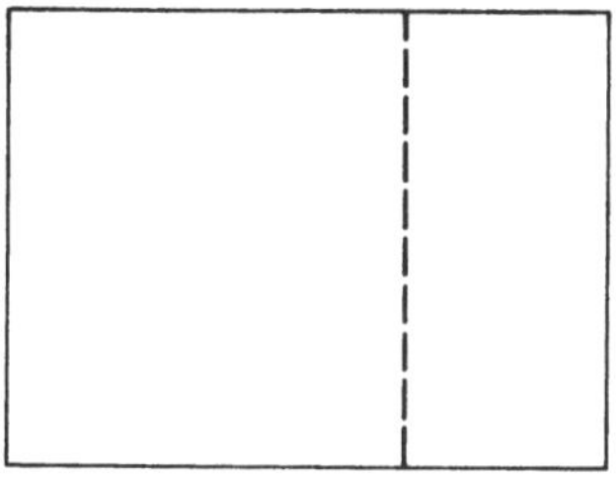

**FIGURA 5.18**

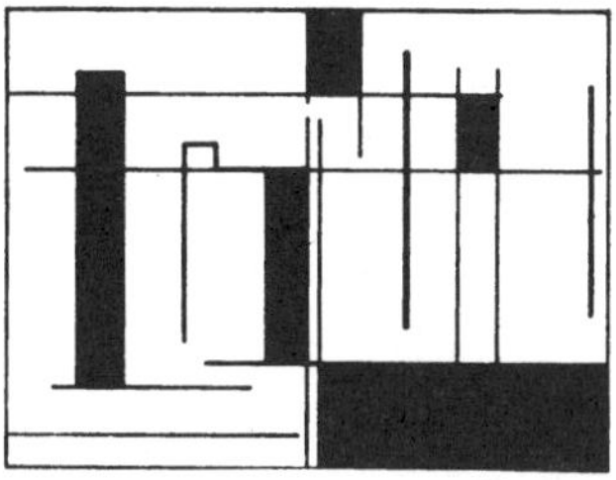

**FIGURA 5.19**

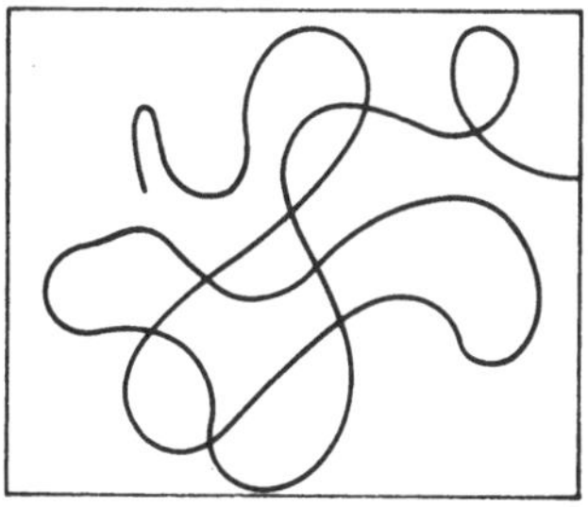

**FIGURA 5.20**

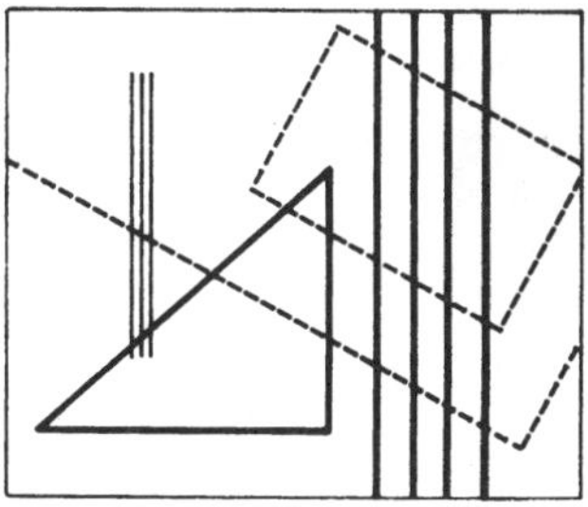

**FIGURA 5.21**

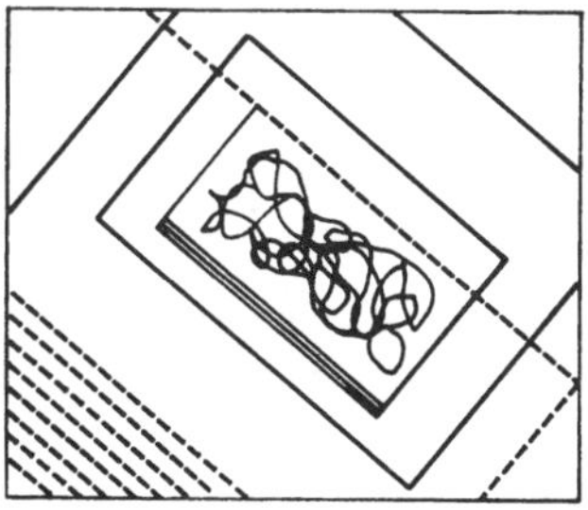

**FIGURA 5.22**

## Contraste de tom

Com o tom, a claridade ou a obscuridade relativas de um campo estabelecem a intensidade do contraste. O tamanho ou a proporção não é a única coisa a ser levada em conta. A divisão de um campo em partes iguais pode também demonstrar o contraste tonal (fig. 5.23), uma vez que o campo é dominado pelo peso maior do negro. Se um tom cada vez mais claro fosse usado em substituição ao negro, a proporção da área coberta pelo tom mais escuro precisaria ser aumentada para conservar o efeito da dominação e recessividade que dá reforço visual às mensagens conceituais (fig. 5.24). O tom certamente não costuma ser distribuído no campo de forma assim tão rígida e regular; no entanto, a análise de uma composição visual pode mostrar se há uma divisão dos extremos tonais substancial o suficiente para a expressão do contraste. Rembrandt chegou a ex-

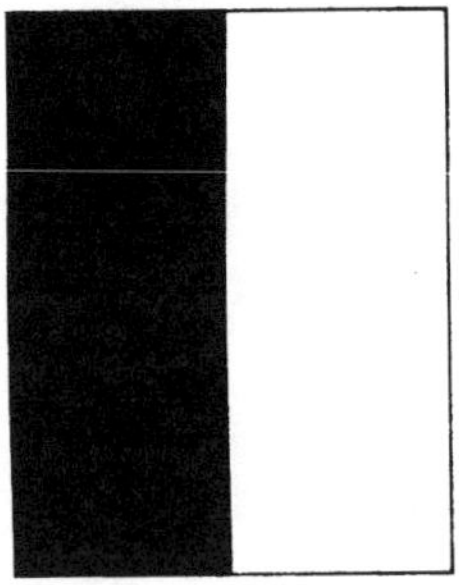

FIGURA 5.23

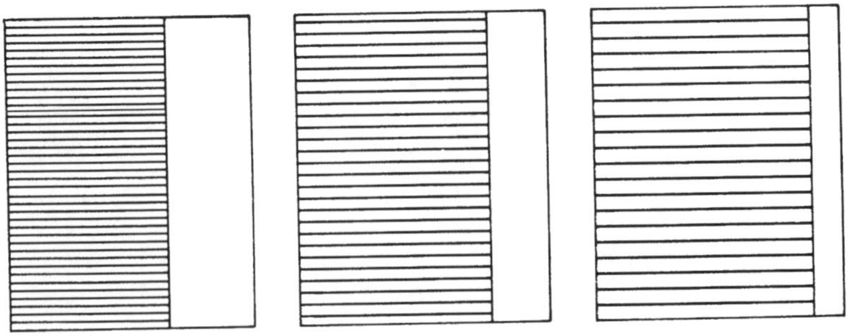

FIGURA 5.24

tremos no controle de suas composições e, ao utilizar contrastes intensos, claro contra escuro, escuro contra claro, obteve um dos mais extraordinários resultados visuais de toda a história.

## Contraste de cor

O tom supera a cor em nossa relação com o meio ambiente, sendo, portanto, muito mais importante que a cor na criação do contraste. Das três dimensões da cor (matiz, tom e croma), o tom é a que predomina. Johannes Itten fez uma abordagem estrutural do estudo e uso da cor com base em muitos contrastes, enfatizando basicamente a oposição claro-escuro. Depois do tonal, talvez o mais importante contraste de cor seja o quente-frio, que estabelece uma distinção entre as cores quentes, dominadas pelo vermelho e pelo amarelo, e as frias, dominadas pelo azul e pelo verde. A natureza recessiva da gama azul-verde sempre foi usada para indicar distância, enquanto a qualidade dominante da gama vermelho-amarelo tem sido usada para expressar expansão. Essas qualidades podem afetar a posição espacial, uma vez que a temperatura da cor pode sugerir proximidade ou distância. Itten cita alguns outros contrastes de cor, entre os quais o complementar e o simultâneo. Cada um deles tem a ver com a qualidade de cor que pode ser usada para aguçar uma manifestação visual. O contraste complementar é o equilíbrio relativo entre o quente e o frio. De acordo com a teoria da cor de Munsell, a cor complementar se situa no extremo oposto do círculo cromático. Em forma de pigmento, as complementares demonstram duas coisas: primeiro, quando misturadas, produzem um tom neutro e intermediário de cinza; segundo, ao serem justapostas, as complementares fazem com que cada uma delas chegue a uma intensidade máxima. Ambos os fenômenos estão associados à teoria de Munsell do contraste simultâneo. Munsell estabeleceu as cores opostas no círculo cromático com base no fenômeno fisiológico humano da imagem posterior, ou seja, a cor que vemos numa superfície branca e vazia depois de termos fixado o olhar em alguma outra cor por alguns segundos. O processo pode assumir ainda uma outra forma. Quando um quadrado cinza é colocado dentro da superfície de uma cor fria, será visto como quente, isto é, matizado pelo tom complementar da cor em que está situado. Em outras palavras, a cor oposta não é apenas uma coisa que se experimenta perceptivamente como uma imagem posterior; a experiência que dela temos é simultânea, através de um processo de neutralização associado ao impulso aparente de reduzir todos os estímulos visuais a sua forma mais neutra e simplificada possível. Inserimos a cor complementar em qualquer cor que estivermos vendo. Assim, parece que não só experimentamos um efeito de redução constante dos estímulos em nossa percepção dos padrões, mas também estamos fisiologicamente envolvidos em um processo de supressão cromática de nosso *input* informativo visual, numa busca incessante de um tom intermediário de cinza. O contraste é o antídoto principal contra essa tendência.

## Contraste de forma

A necessidade que todo o sistema perceptivo do ser humano tem de nivelar, de atingir um equilíbrio absoluto e o fechamento visual é a tendência contra a qual o contraste desencadeia uma ação neutralizante. Através da criação de uma força compositiva antagônica, a dinâmica do contraste poderá ser prontamente demonstrada em cada exemplo de elemento visual básico que dermos. Se o objetivo for atrair a atenção do observador, a forma regular, simples e resolvida é dominada pela forma irregular, imprevisível. Ao serem justapostas, as texturas desiguais intensificam o caráter único de cada uma (fig. 5.26).

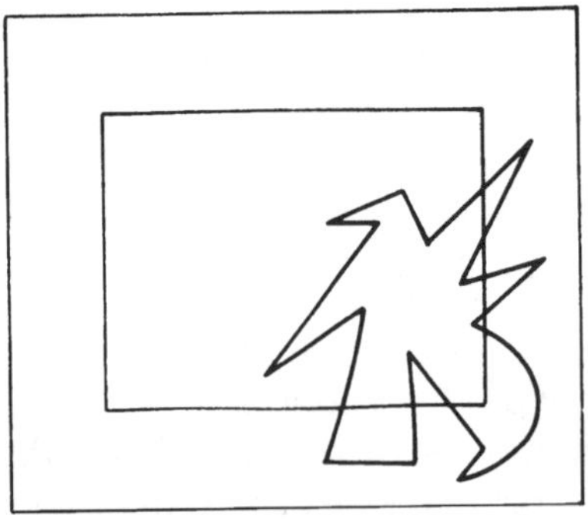

**FIGURA 5.25**

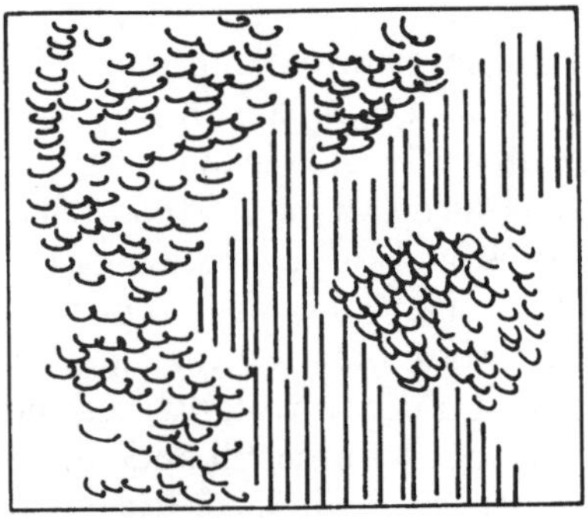

**FIGURA 5.26**

Os mesmos fatores de justaposição de qualidades desproporcionais e diferenciadas se fazem notar no emprego de todos os elementos visuais quando se tem por objetivo aproveitar o valor do contraste na definição do significado visual. A função principal da técnica é aguçar, através do efeito dramático, mas ela pode, ao mesmo tempo e com muito êxito, dar maior requinte à atmosfera e às sensações que envolvem uma manifestação visual. O contraste deve intensificar as intenções do designer.

## Contraste de escala

A distorção da escala, por exemplo, pode chocar o olho ao manipular à força a proporção dos objetos e contradizer tudo aquilo que, em função de nossa experiência, esperamos ver (fig. 5.27). A ideia ou mensagem subjacente ao uso do contraste através de uma escala distorcida deveria ser lógica; deveria haver um motivo racional para a manipulação de objetivos visuais conhecidos. No exemplo que demos, a relação entre o significado da grande bolota em primeiro plano e o carvalho menor ao fundo inverte visualmente a ideia de que "os grandes carvalhos nascem de pequenas bolotas", mas dramatiza a importância da bolota e, ao fazê-lo, articula o sig-

**FIGURA 5.27**

nificado básico que se procurava. Como técnica visual, o contraste pode ser ainda mais intensificado através da justaposição de meios diferentes. Se a bolota for representada em tons e a árvore por meio de linhas (fig. 5.28), ou se a representação tonal for uma foto e o desenho, a linha, mais interpretativo e flexível (fig. 5.29), o contraste será intensificado através de pistas visuais elementares a partir das quais perceberemos um significado.

FIGURA 5.28

FIGURA 5.29

No nível básico de construção e decodificação, o contraste pode ser utilizado com todos os elementos básicos: linha, tom, cor, direção, forma, movimento e, principalmente, proporção e escala. Todas essas forças são valiosas para a ordenação do *input* e do *output* visual, enfatizando a importância fundamental do contraste no controle do significado. Toda mensagem visual combina os elementos em uma interação complexa. Muitas coisas estão acontecendo ao mesmo tempo, e é difícil evitar a confusão e a ambiguidade. Se o que se procura é um efeito final coerente, o vago e o genérico devem ser modificados, através do contraste, em direção ao estado preciso e específico da realidade concreta, em um processo em que o design resulte de uma série de decisões. A visão inclina-se para a organização dos dados, e, através de uma complexidade cada vez maior, vai das sensações primárias (a expressão e a compreensão de ideias simples) até o nível abstrato. A informação visual tem esse mesmo caráter evolutivo, embora, em algum ponto da hierarquia, deva ser disciplinada pela intenção comunicativa do designer. Quer se trate de uma seta desenhada numa árvore para indicar o caminho numa floresta, ou de uma imponente catedral que ergue suas torres para o céu, a organização dos elementos visuais deve responder ao objetivo da manifestação visual, ou seja: a forma deve seguir a função. Nessa busca, o contraste é a ponte entre a definição e a compreensão das ideias visuais, não no sentido verbal da definição, mas no sentido visual de tornar mais visíveis as ideias, imagens e sensações.

## Exercícios

1. Tire uma foto ou encontre exemplos de uma manifestação visual que seja (1) equilibrada e harmoniosa, e (2) assimétrica e contrastante. Analise e compare o efeito de cada uma, e sua capacidade de transmitir informações ou criar uma determinada atmosfera.

2. Escolha duas ideias conceituais opostas (amor-ódio, guerra-paz, cidade-campo, organização-confusão). Num quadrado, faça uma colagem que represente o contraste de ideias, utilizando técnicas visuais que reforcem o significado através do material usado.

3. Faça uma colagem ou tire uma foto em que materiais visuais dessemelhantes estejam justapostos, tendo em vista uma intensificação ou aguçamento do efeito da mensagem.

4. Procure um exemplo de design ou arte gráfica em que a surpresa resultante da justaposição de informações visuais inesperadas dramatize a intenção subjacente do artista.

# 6. TÉCNICAS VISUAIS: ESTRATÉGIAS DE COMUNICAÇÃO

O conteúdo e a forma são os componentes básicos, irredutíveis, de todos os meios (a música, a poesia, a prosa, a dança), e, como é nossa principal preocupação aqui, das artes e ofícios visuais. O conteúdo é fundamentalmente o que está sendo direta ou indiretamente expresso; é o caráter da informação, a mensagem. Na comunicação visual, porém, o conteúdo nunca está dissociado da forma. Muda sutilmente de um meio a outro e de um formato a outro, adaptando-se às circunstâncias de cada um; vai desde o design de um pôster, jornal ou qualquer outro formato impresso, com sua dependência específica de palavras e símbolos, até uma foto, com suas típicas observações realistas dos dados ambientais, ou uma pintura abstrata, com sua utilização de elementos visuais puros no interior de uma estrutura. Em cada um desses exemplos, e em muitos, muitos outros, o conteúdo pode ser basicamente o mesmo, mas deve corresponder a sua configuração e, ao fazê-lo, proceder a modificações menores em seu caráter elementar e compositivo. Uma mensagem é composta tendo em vista um objetivo: contar, expressar, explicar, dirigir, inspirar, afetar. Na busca de qualquer objetivo fazem-se escolhas através das quais se pretende reforçar e intensificar as intenções expressivas, para que se possa deter o controle máximo das respostas. Isso exige uma enorme habilidade. A composição é o meio interpretativo de controlar a reinterpretação de uma mensagem visual por parte de quem a recebe. O significado se encontra tanto no olho do observador quanto no talento do criador. O resultado final de toda experiência visual, na natureza e, basicamente, no design, está na interação de polaridades duplas: primeiro, as forças do conteúdo (mensagem e significado) e da forma (design, meio e ordenação); em segundo lugar, o efeito recíproco do articulador (designer, artista ou artesão) e do receptor (público) (fig. 6.1). Em ambos os casos, um não pode se separar do outro. A forma é afetada pelo conteúdo; o conteúdo é afetado pela forma. A mensagem é emitida pelo criador e modificada pelo observador.

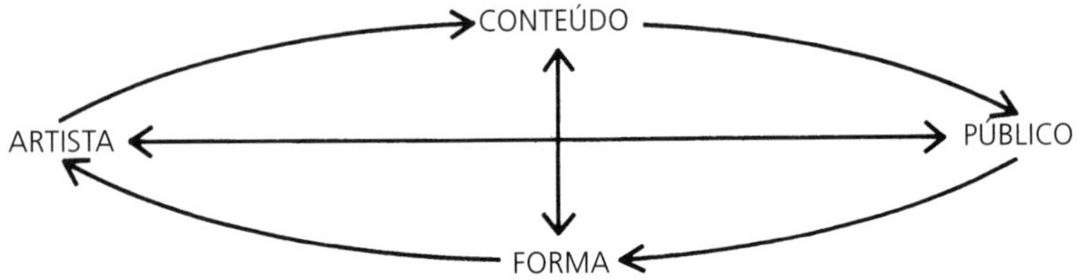


**FIGURA 6.1**

Os símbolos e a informação representacional giram em torno do conteúdo como transmissores característicos de informação. O design abstrato, a disposição dos elementos básicos, tendo em vista o efeito pretendido em uma manifestação visual, é a forma *revelada*. Os componentes da forma, isto é, a composição, são aspectos convergentes ou paralelos de cada imagem, seja a estrutura aparente, como numa formulação visual abstrata, seja ela substituída por detalhes representacionais, como no caso da informação visual realista, ou, ainda, informacionalmente dominada por palavras e símbolos. Seja qual for a substância visual básica, a composição é de importância fundamental em termos informacionais. Esse ponto de vista é defendido por Susanne Langer em *Problems of Art:*

> Faz-se um quadro distribuindo-se pigmentos sobre um pedaço de tela, mas a imagem criada não é a somatória do pigmento e da estrutura da tela. A imagem que emerge do processo é uma estrutura de espaço, e o próprio espaço é um todo emergente de formas, de volumes coloridos e visíveis.

A mensagem e o significado não se encontram na substância física, mas sim na composição. A forma expressa o conteúdo. "Artisticamente bom é tudo aquilo que articula e apresenta um sentimento a nossa compreensão."

## A mensagem e o método

A mensagem e o método de expressá-la dependem grandemente da compreensão e da capacidade de usar as técnicas visuais, os instrumentos da composição visual. Em *Elements of Design,* Donald Anderson observa:

> A técnica é às vezes a força fundamental da abstração, a redução e a simplificação de detalhes complexos e cambiáveis a relações gráficas que podem ser apreendidas – à forma da arte.

Dominadas pelo contraste, as técnicas de expressão visual são os meios essenciais de que dispõe o designer para testar as opções disponíveis para a expressão de uma ideia em termos compositivos. Trata-se de um processo de experimentação e opção seletiva que tem por objetivo encontrar a melhor solução possível para expressar o conteúdo. Em seu ensaio "The Eye is Part of the Mind"[1], Leo Steinberg descreve assim o que acontece:

> Para levar à plenitude seu poder de organização, o pintor tem de buscar suas percepções no limbo em que elas se encontram, e fazer com que elas participem do projeto que tem em mente.

Não só na pintura, mas em qualquer nível de expressão visual, o problema será sempre o mesmo. Basicamente, o pictórico ou visual é determinado pela informação visual observada, pela interpretação e percepção de dados e pistas visuais, pela totalidade da manifestação visual. O conteúdo e a forma determinados pelo designer representam apenas três dos quatro fatores presentes no modelo do processo de comunicação visual (fig. 6.1): artista, conteúdo, forma. Que dizer do quarto, o público? A percepção, a capacidade

---

1. Em *Reflections on Art,* Susanne K. Langer (ed.).

de organizar a informação visual que se percebe, depende de processos naturais, das necessidades e propensões do sistema nervoso humano. Embora todo o corpo da psicologia da *Gestalt* seja chamado pelos franceses de *la psychologie de la forme,* seria errado não atribuir a mesma importância à psicologia da percepção ao examinarmos a maneira como extraímos informações visuais daquilo que vemos. O conteúdo e a forma constituem a manifestação; o mecanismo perceptivo é o meio para sua interpretação. O *input* visual é fortemente afetado pelo tipo de necessidade que motiva a investigação visual, e também pelo estado mental ou humor do sujeito. Vemos aquilo que precisamos ver. A visão está ligada à sobrevivência como sua mais importante função. Mas vemos o que precisamos ver em outro sentido, ou seja, através da influência da disposição mental, das preferências e do estado de espírito em que eventualmente nos encontramos. Seja para compor, seja para ver, a informação contida nos dados visuais deve emergir da rede de interpretações subjetivas, ou ser por ela filtrada. "As palavras de um homem morto são modificadas nas entranhas dos vivos", reflete W. H. Auden, em seu poema "In Memory of W. B. Yeats". Para realmente exercer o máximo de controle possível, o compositor visual deve compreender os complexos procedimentos através dos quais o organismo humano vê e, graças a esse conhecimento, aprender a influenciar as respostas através de técnicas visuais.

A inteligência não atua sozinha nas abstrações verbais. Pensar, observar, entender, e tantas outras qualidades da inteligência estão associadas à compreensão visual. Mas o pensamento visual não é um sistema retardado; a informação é transmitida diretamente. A força maior da linguagem visual está em seu caráter imediato, em sua evidência espontânea. Em termos visuais, nossa percepção do conteúdo e da forma é simultânea. É preciso lidar com ambos como uma força única que transmite informação da mesma maneira. Escuro é escuro; alto é alto; o significado é observável. Quando adequadamente desenvolvida e composta, uma mensagem visual vai diretamente a nosso cérebro, para ser compreendida sem decodificação, tradução ou atraso conscientes. "Você vê aquilo que consegue ver" é o comentário que se tornou marca registrada do humorista Flip Wilson. E quão acertado é esse seu dito espirituoso, em termos de análise da comunicação visual. Na verdade, não entra absolutamente em conflito com a observação da grande filósofa da estética que é Susanne Langer:

> ... como escreveu um psicólogo que também é músico, "A música soa como os sentimentos sentem. E o mesmo acontece com a pintura, a escultura e a arquitetura de alto nível, onde as formas e as cores equilibradas, as linhas e as massas se assemelham, na imagem que nos transmitem, ao que experimentam as emoções, tensões vitais e resoluções que delas provêm"[2].

O que você vê, você vê. Na imediatez se encontra o incomparável poder da inteligência visual. O reconhecimento desse fato e desse potencial revela a importância fundamental, em termos de controle, dessa imediatez de expressão muito especial, que é específica da comunicação visual e se manifesta através do uso de técnicas que nos permitem controlar o significado dentro da estrutura. O design, a manipulação de elementos visuais, é uma coisa fluida, mas o método de pré-visualização e de planejamento ilustra o caráter da mensagem sintetizada. É um tipo especial de inteligência não verbal, e sua natureza está ligada à emissão de conteúdo em uma forma, através do controle exercido pela técnica. Para citarmos Susanne Langer mais uma vez, eis como, em *Problems of Art,* ela descreve com muita perspicácia o fato da expressão visual:

> A forma, no sentido em que os artistas falam de *forma significante* ou *expressiva,* não é uma estrutura abstrata, mas uma aparição; e os processos vitais da sensação e da emoção que uma boa obra de arte expressa dão ao observador a impressão de estarem diretamente contidos nela, não simbolizados, mas realmente representados. A congruência é tão assombrosa que símbolo e significado parecem constituir uma só realidade.

## Inteligência visual aplicada

A pré-visualização é um processo flexível. Idealmente, é a etapa do design em que o artista-compositor manipula o elemento visual pertinente com técnicas apropriadas ao conteúdo e à mensagem, ao

---

2. Em *Reflections on Art,* Susanne K. Langer (ed.).

longo de uma série de livres tentativas. Por serem considerados desnecessários, nessa fase do desenvolvimento de uma ideia visual são abandonados os detalhes, e talvez até mesmo as associações já identificáveis com o resultado final. Cada artista desenvolve uma *grafia* pessoal. Talvez devido à flexibilidade e à casualidade desse passo, na busca de uma solução compositiva que agrade ao designer, ajuste-se a sua função e expresse as ideias ou o caráter pretendidos, a elaboração de manifestações visuais costuma ser associada a atividades não cerebrais. Uma série de esboços rápidos e ostensivamente indisciplinados certamente não sugere nenhum tipo de rigor intelectual. Afinal, o artista é visto como se estivesse num estado hipnótico, "no mundo da Lua" enquanto toma suas decisões. O que é que realmente acontece? Na verdade, o artista, designer, artesão ou comunicador visual está envolvido num ponto crucial de sua tomada de decisões, num processo extremamente complexo de seleção e rejeição.

O talento, o controle artístico do meio de expressão e a intuição costumam ser vistos de um modo um tanto confuso. De fato, o que chamamos de intuição na arte é uma coisa extremamente ilusória. A raiz latina do termo, *intuitus,* significa "olhar ou contemplar", mas, em inglês, a palavra passou a indicar um tipo especial de conhecimento, "conhecimento ou cognição sem pensamento racional". A definição do dicionário também traz significados como "apreensão ou cognição imediatas" e "*insight* rápido e instantâneo". A combinação nada mais faz que aumentar a confusão. Nas questões visuais, a apreensão imediata de significado faz com que tudo pareça muito fácil para ser levado a sério intelectualmente. E comete-se com o artista a injustiça de privá-lo de seu gênio especial.

Qualquer aventura visual, por mais simples, básica ou despretensiosa, implica a criação de algo que ali não estava antes, e em tornar palpável o que ainda não existe. Mas qualquer um é capaz de conceber ou fazer alguma coisa, mesmo que seja uma torta de barro. Há critérios a serem aplicados ao processo e ao julgamento que dele fazemos. A inspiração súbita e irracional não é uma força aceitável no design. O planejamento cuidadoso, a indagação intelectual e o conhecimento técnico são necessários no design e no pré-planejamento visual. Através de suas estratégias compositivas, o artista deve procurar soluções para os problemas de beleza e funcionalidade, de equilíbrio e do reforço mútuo entre forma e conteúdo. Sua busca é extremamente intelectual; suas opções, através da escolha de técnicas, devem ser racionais e controladas. Em termos visuais, a criação em múltiplos níveis de função e expressão não pode dar-se num estado estético semicomatoso, por mais sublime que o mesmo supostamente seja. A inteligência visual não é diferente da inteligência geral, e o controle dos elementos dos meios visuais apresenta os mesmos problemas que o domínio de outra habilidade qualquer. Esse domínio pressupõe que se saiba com que se trabalha, e de que modo se deve proceder.

A composição visual parte dos elementos básicos: ponto, linha, forma, direção, textura, dimensão, escala e movimento. Na composição, o primeiro passo tem por base uma escolha dos elementos apropriados ao veículo de comunicação com que se vai trabalhar. Em outras palavras, a forma é a estrutura elementar. Mas o que se precisa fazer para criar a estrutura elementar? As opções que levam ao efeito expressivo dependem da manipulação dos elementos através de técnicas visuais. Entre os dois, elementos e técnicas, e os múltiplos meios que oferecem ao designer, há um número realmente ilimitado de opções para o controle do conteúdo. As opções de design, literalmente infinitas, tornam difícil a descrição das técnicas visuais segundo o procedimento rígido e definitivo com que estabelecemos o significado comum das palavras.

Ver é um fato natural do organismo humano; a percepção é um processo de capacitação. A prática do design tem um pouco a ver com as duas coisas. Ouvir não implica a capacidade de escrever música, e, pelo mesmo motivo, o fato de ver não garante a ninguém a capacidade de tornar compreensíveis e funcionais manifestações visuais. A intuição simplesmente não basta; não é uma força mística da expressão visual. O significado visual, tal como é transmitido pela composição, pela manipulação dos elementos e pelas técnicas visuais, implica uma enorme somatória de fatores e forças específicas. A técnica fundamental é, sem dúvida, o contraste. É a força que torna as estratégias compositivas mais visíveis. O significado, porém, emerge das ações psicofisiológicas dos estímulos exteriores sobre o organismo humano: a tendência a organizar todas as pistas visuais em formas o mais simples possível; a associação automática das pistas visuais que possuem semelhanças identificáveis; a incontornável necessidade de equilíbrio; a associação compulsiva de unidades visuais nascidas da proximidade; e o favorecimento, em qualquer campo visual, da esquerda sobre a direita; e do ângulo inferior sobre o superior. Todos esses fatores regem a percepção visual, e o reconhecimento de como operam pode fortalecer ou negar o uso da técnica. Mais além do conhecimento operativo desses e de outros fenômenos perceptivos humanos encontra-se a forma de todas as coisas visuais, na arte, na manufatura e na natureza. Seu caráter, e a percepção do mesmo, criam o todo, a forma. Paul Stern aborda sua definição no ensaio "On the Problems of Artistic Form"[3]:

> Somente quando todos os fatores de uma imagem e todos os seus efeitos individuais estão em completa sintonia com o sentimento vital, intrínseco e único que se expressa no todo – quando, por assim dizer, a clareza da imagem coincide com a clareza do conteúdo interior – é que se alcança uma *forma* verdadeiramente artística.

Em sua manifestação visual, a forma compõe-se dos elementos, do caráter e da disposição dos mesmos, e da energia que provocam no observador. A escolha de quais elementos básicos serão utilizados num determinado design, e de que modo isso será feito, tem a ver tanto com a forma quanto com a direção da energia liberada pela forma que resulta no conteúdo. O objetivo analisado e declarado do compositor visual, seja informativo, seja funcional, ou ainda de ambos os tipos, serve de critério para orientar a busca da forma que será assumida por uma manifestação visual. Se, como afirmou Louis Sullivan, "a forma segue a função", seria lógico ampliar seu pensamento e acrescentar "a forma segue o conteúdo". Um avião tem um aspecto que se ajusta àquilo que faz. Sua forma é regida e modelada por aquilo que ele faz. O mesmo aconteceria com um cartaz que anunciasse uma quermesse paroquial de verão. Sua forma não decorreria tanto de sua função em sentido mecânico, mas, muito mais, da função de seu conteúdo. O cartaz expressa o objetivo em função do qual foi criado? Deveria ser vivo, alegre, atraente, movimentado e divertido. É preciso que represente e revele o fim a que se destina. Não apenas através de palavras ou símbolos, mas da composição total. Compor um cartaz formal e ilegível para o objetivo em questão se ajustaria perfeitamente às opções criativas de um

3. Em *Reflections on Art*, Susanne K. Langer (ed.).

designer (fig. 6.2), mas os resultados teriam muito pouco a ver com as razões de sua criação. Podemos ver que, nesse caso, as escolhas de técnicas não são eficazes. Que técnicas visuais podem expressar a essência do acontecimento através de um cartaz? A luminosidade do tom e a fragmentação sugerem estímulo e arrebatamento; a espontaneidade indica participação e movimento. A clara formulação da mensagem verbal responde à função do cartaz, ou seja, solicitar a presença do público. Misturando todas essas coisas, chegaremos a uma solução (fig. 6.3) que parece adequada.

FIGURA 6.2

FIGURA 6.3

## Técnicas de comunicação visual

As técnicas visuais oferecem ao designer uma grande variedade de meios para a expressão visual do conteúdo. Existem como polaridades de um *continuum,* ou como abordagens desiguais e antagônicas do significado. A fragmentação, o oposto da técnica da unidade, é uma excelente opção para demonstrar movimento e variedade, como se vê na figura 6.3. Como funcionaria enquanto estratégia compositiva que refletisse a natureza de um hospital? A análise dessa natureza e um projeto que a representasse em termos compositivos deveria seguir o mesmo padrão, em busca de descrições verbais eficazes. Sem dúvida, a *fragmentação* enquanto técnica é uma péssima escolha para fazer uma associação com um centro médico, embora seja ótima para dar mais vida ao anúncio de uma quermesse paroquial. O significado interior de ambos os exemplos determina as opções de que dispõe o designer para representá-los. Essas opções constituem o controle do efeito, o que vai resultar numa composição forte.

As técnicas visuais não devem ser pensadas em termos de opções mutuamente excludentes para a construção ou a análise de tudo aquilo que vemos. Os extremos de significado podem ser transformados em graus menores de intensidade, a exemplo da gradação de tons de cinza entre o branco e o negro. Nessas variantes encontra-se uma vastíssima gama de possibilidades de expressão e compreensão. As sutilezas compositivas de que dispõe o designer devem-se em parte à multiplicidade de opções, mas as técnicas visuais também são combináveis e interatuantes em sua utilização compositiva. É preciso esclarecer um ponto: as polaridades técnicas nunca devem ser sutis a ponto de comprometer a clareza do resultado. Embora não seja necessário utilizá-las apenas em seus extremos de intensidade, devem seguir claramente um ou outro caminho. Se não forem definíveis, tornar-se-ão transmissores ambíguos e ineficientes de informação. O perigo é especialmente sério na comunicação visual, que opera com a velocidade e a imediatez de um canal de informação.

Seria impossível enumerar todas as técnicas disponíveis, ou, se o fizéssemos, dar-lhes definições consistentes. Aqui, como acontece a cada passo da estrutura dos meios de comunicação visual, a interpretação pessoal constitui um importante fator. Contudo, levando-se em conta essas limitações, cada técnica e seu oposto podem ser definidos em termos de uma polaridade.

## Equilíbrio

## Instabilidade

Depois do contraste, o equilíbrio (fig. 6.4) é o elemento mais importante das técnicas visuais. Sua importância fundamental baseia-se no funcionamento da percepção humana e na enorme necessidade de sua presença, tanto no design quanto na reação diante de uma manifestação visual. Num *continuum* polar, seu oposto é a instabilidade. O equilíbrio é uma estratégia de design em que existe um centro de suspensão a meio caminho entre dois pesos. A instabilidade (fig. 6.5) é a ausência de equilíbrio e uma formulação visual extremamente inquietante e provocadora.

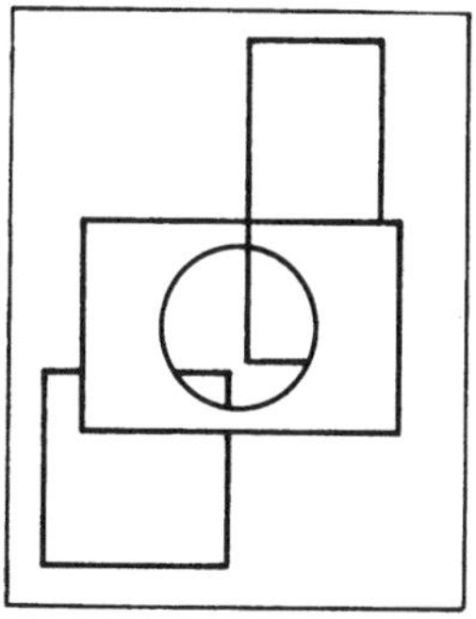

**FIGURA 6.4** Equilíbrio

**FIGURA 6.5** Instabilidade

## Simetria — Assimetria

O equilíbrio pode ser obtido numa manifestação visual de duas maneiras: simétrica (fig. 6.6) e assimetricamente (fig. 6.7). Simetria é equilíbrio axial. É uma formulação visual totalmente resolvida, em que cada unidade situada de um lado de uma linha central é rigorosamente repetida do outro lado. Trata-se de uma concepção visual caracterizada pela lógica e pela simplicidade absolutas, mas que pode tornar-se estática, e mesmo enfadonha. Os gregos veriam na assimetria um equilíbrio precário, mas, na verdade, o equilíbrio pode ser obtido através da variação de elementos e posições, que equivale a um equilíbrio de compensação. Nesse tipo de design, o equilíbrio é complicado, uma vez que requer um ajuste de muitas forças, embora seja interessante e fecundo em sua variedade.

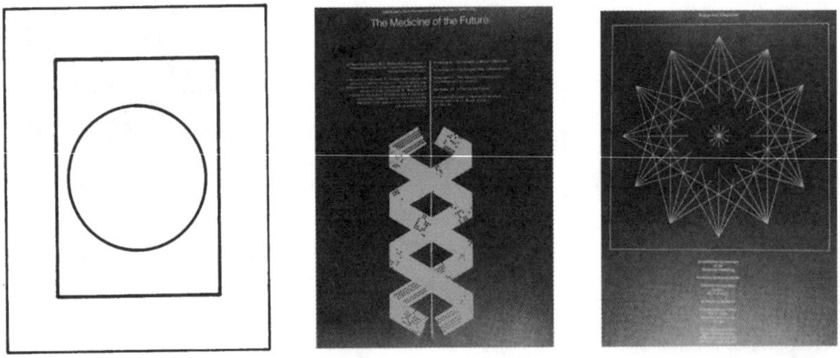


**FIGURA 6.6** Simetria

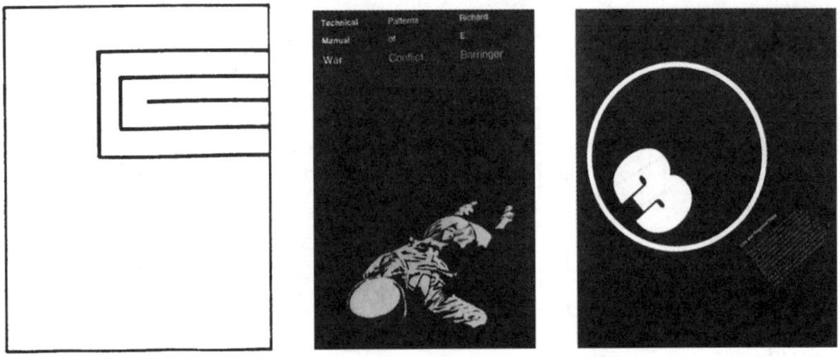


**FIGURA 6.7** Assimetria

## Regularidade

## Irregularidade

A regularidade (fig. 6.8) no design constitui o favorecimento da uniformidade dos elementos, e o desenvolvimento de uma ordem baseada em algum princípio ou método constante e invariável. Seu oposto é a irregularidade (fig. 6.9), que, enquanto estratégia de design, enfatiza o inesperado e o insólito, sem ajustar-se a nenhum plano decifrável.

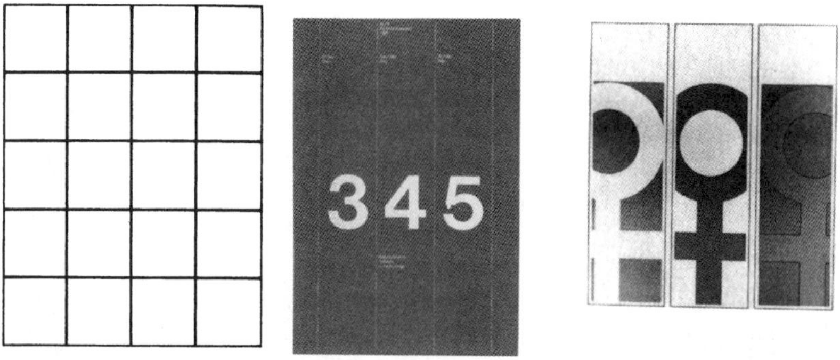


**FIGURA 6.8** Regularidade

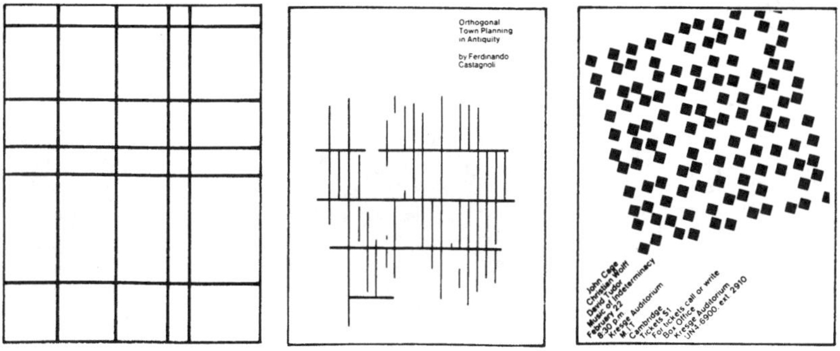


**FIGURA 6.9** Irregularidade

## Simplicidade | Complexidade

A ordem contribui enormemente para a síntese visual da simplicidade (fig. 6.10), uma técnica visual que envolve a imediatez e a uniformidade da forma elementar, livre de complicações ou elaborações secundárias. Sua formulação visual oposta, a complexidade (fig. 6.11), compreende uma complexidade visual constituída por inúmeras unidades e forças elementares, e resulta num difícil processo de organização do significado no âmbito de um determinado padrão.

**FIGURA 6.10** Simplicidade

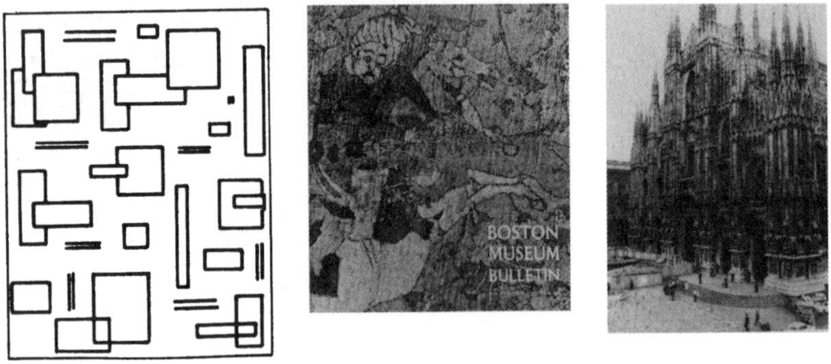


**FIGURA 6.11** Complexidade

## Unidade

## Fragmentação

As técnicas de unidade (fig. 6.12) e fragmentação (fig. 6.13) são parecidas com as da simplicidade-complexidade, e envolvem estratégias de design que conservam o mesmo parentesco. A unidade é um equilíbrio adequado de elementos diversos em uma totalidade que se percebe visualmente. A junção de muitas unidades deve harmonizar-se de modo tão completo que passe a ser vista e considerada como uma única coisa. A fragmentação é a decomposição dos elementos e unidades de um design em partes separadas, que se relacionam entre si mas conservam seu caráter individual.

**FIGURA 6.12** Unidade

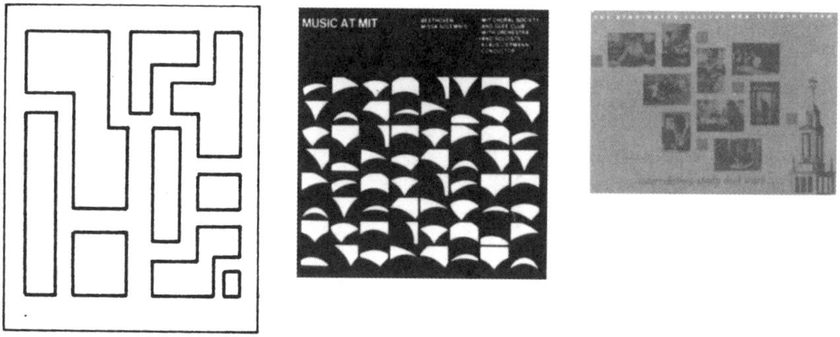


**FIGURA 6.13** Fragmentação

## Economia | Profusão

A presença de unidades mínimas de meios de comunicação visual é típica da técnica da economia (fig. 6.14), que contrasta de muitas maneiras com seu oposto, a técnica da profusão (fig. 6.15). A economia é uma organização visual parcimoniosa e sensata em sua utilização dos elementos. A profusão é carregada em direção a acréscimos discursivos infinitamente detalhados a um design básico, os quais, em termos ideais, atenuam e embelezam através da ornamentação. A profusão é uma técnica de enriquecimento visual associada ao poder e à riqueza, enquanto a economia é visualmente fundamental e enfatiza o conservadorismo e o abrandamento do pobre e do puro.

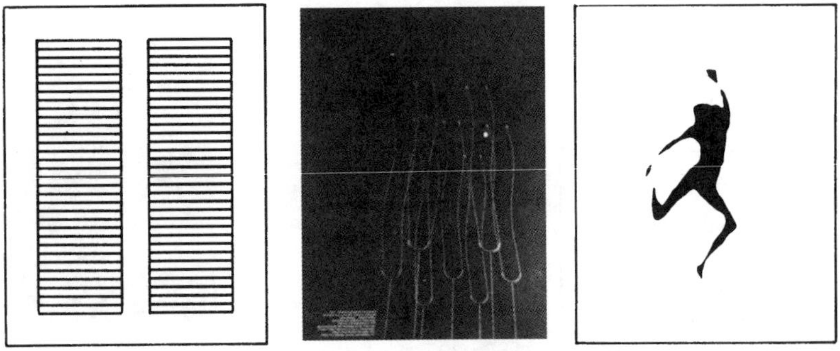

**FIGURA 6.14** Economia

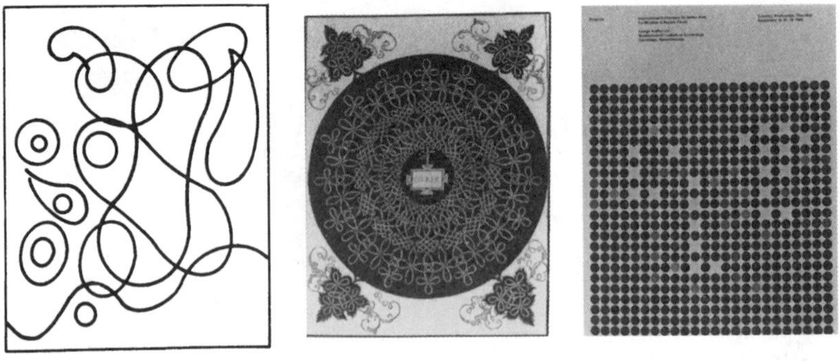

**FIGURA 6.15** Profusão

## Minimização

## Exagero

A minimização (fig. 6.16) e o exagero (fig. 6.17) são os equivalentes intelectuais da polaridade economia-profusão, e prestam-se a fins parecidos, ainda que num contexto diferente. A minimização é uma abordagem muito abrandada, que procura obter do observador a máxima resposta a partir de elementos mínimos. Na verdade, em sua estudada tentativa de criar grandes efeitos, a minimização é a perfeita imagem especular de sua polaridade visual, o exagero. A seu próprio modo, cada uma toma grandes liberdades com a manipulação dos detalhes visuais. Para ser visualmente eficaz, o exagero deve recorrer a um relato profuso e extravagante, ampliando sua expressividade para muito além da verdade, em sua tentativa de intensificar e amplificar.

**FIGURA 6.16** Minimização

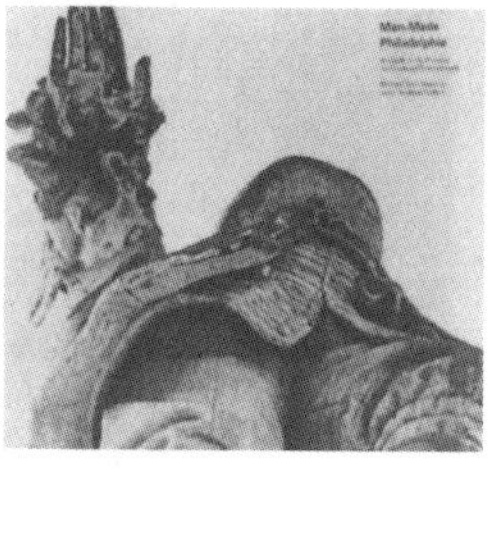

**FIGURA 6.17** Exagero

## Previsibilidade  Espontaneidade

A previsibilidade (fig. 6.18) sugere, enquanto técnica visual, alguma ordem ou plano extremamente convencional. Seja através da experiência, da observação ou da razão, é preciso ser capaz de prever de antemão como vai ser toda a mensagem visual, e fazê-lo com base num mínimo de informação. A espontaneidade (fig. 6.19), por outro lado, caracteriza-se por uma falta aparente de planejamento. É uma técnica saturada de emoção, impulsiva e livre.

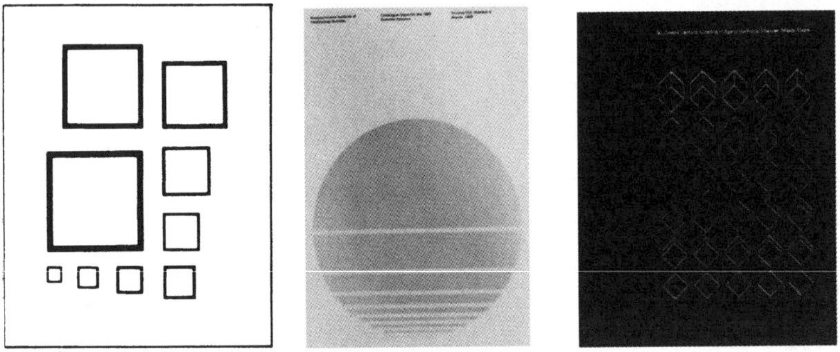

**FIGURA 6.18** Previsibilidade

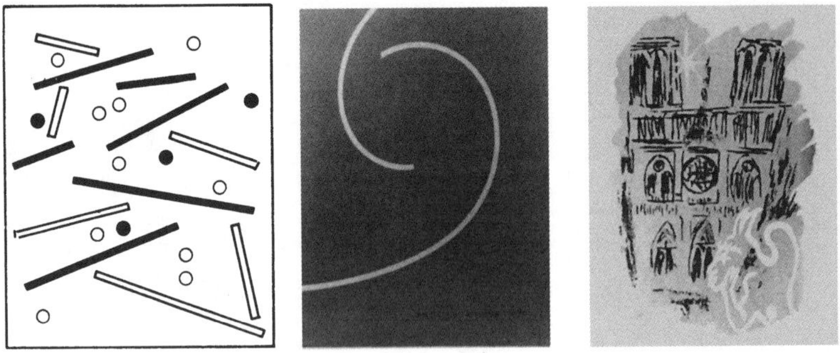

**FIGURA 6.19** Espontaneidade

## Atividade

## Estase

A atividade (fig. 6.20) como técnica visual deve refletir o movimento através da representação ou da sugestão. A postura enérgica e estimulante de uma técnica visual ativa vê-se profundamente modificada na força imóvel da técnica de representação estática (fig. 6.21), a qual, através do equilíbrio absoluto, apresenta um efeito de repouso e tranquilidade.

**FIGURA 6.20** Atividade

**FIGURA 6.21** Estase

## Sutileza / Ousadia

Numa mensagem visual, a sutileza é a técnica que escolheríamos para estabelecer uma distinção apurada, que fugisse a toda obviedade e firmeza de propósito. Embora a sutileza (fig. 6.22) sugira uma abordagem visual delicada e de extremo requinte, deve ser criteriosamente concebida para que as soluções encontradas sejam hábeis e inventivas. A ousadia (fig. 6.23) é, por sua própria natureza, uma técnica visual óbvia. Deve ser utilizada pelo designer com audácia, segurança e confiança, uma vez que seu objetivo é obter a máxima visibilidade.

FIGURA 6.22 Sutileza

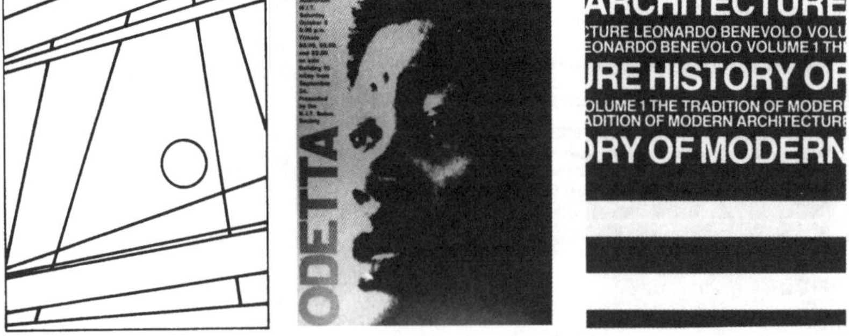


FIGURA 6.23 Ousadia

## Neutralidade

## Ênfase

Um design que parecesse neutro (fig. 6.24) seria, em termos, quase uma contradição, mas na verdade há ocasiões em que a configuração menos provocadora de uma manifestação visual pode ser o procedimento mais eficaz para vencer a resistência do observador, e mesmo sua beligerância. Muito pouco da atmosfera de neutralidade é perturbada pela técnica da ênfase (fig. 6.25), em que se realça apenas uma coisa contra um fundo em que predomina a uniformidade.

**FIGURA 6.24** Neutralidade

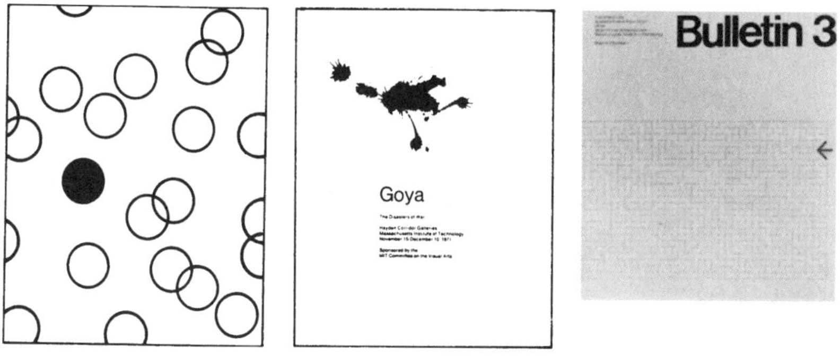


**FIGURA 6.25** Ênfase

## Transparência | Opacidade

As polaridades técnicas de transparência (fig. 6.26) e opacidade (fig. 6.27) definem-se mutuamente em termos físicos: a primeira envolve detalhes visuais através dos quais se pode ver, de tal modo que o que lhes fica atrás também nos é revelado aos olhos; a segunda é exatamente o contrário, ou seja, o bloqueio total, o ocultamento dos elementos que são visualmente substituídos.

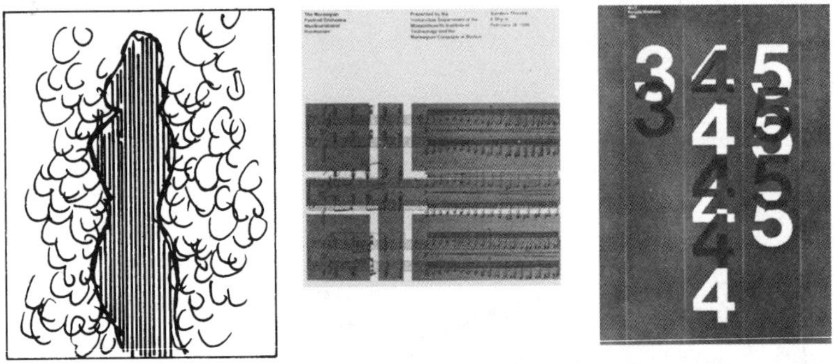

**FIGURA 6.26** Transparência

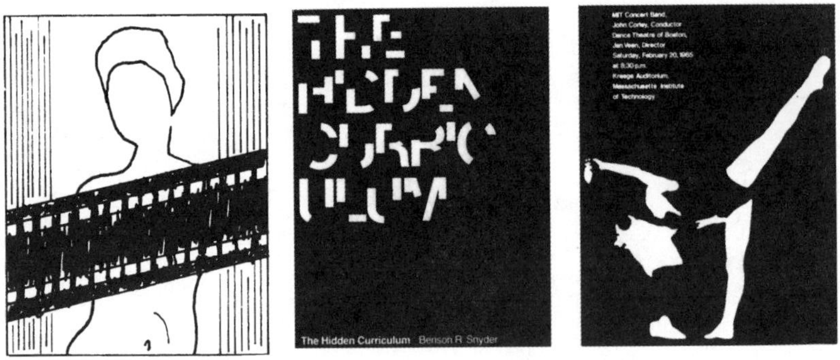


**FIGURA 6.27** Opacidade

## Estabilidade

## Variação

A estabilidade (fig. 6.28) é a técnica que expressa a compatibilidade visual e desenvolve uma composição dominada por uma abordagem temática uniforme e coerente. Se a estratégia da mensagem exige mudanças e elaborações, a técnica da variação (fig. 6.29) oferece diversidade e sortimento. Na composição visual, contudo, essa técnica reflete o uso da variação na composição musical, no sentido de que as mutações são controladas por um tema dominante.

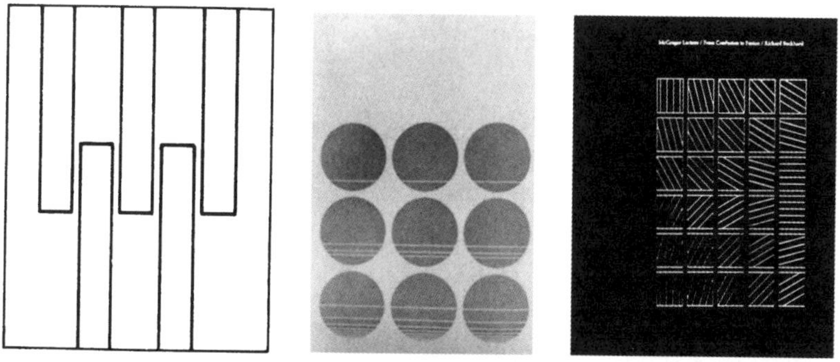

**FIGURA 6.28** Estabilidade

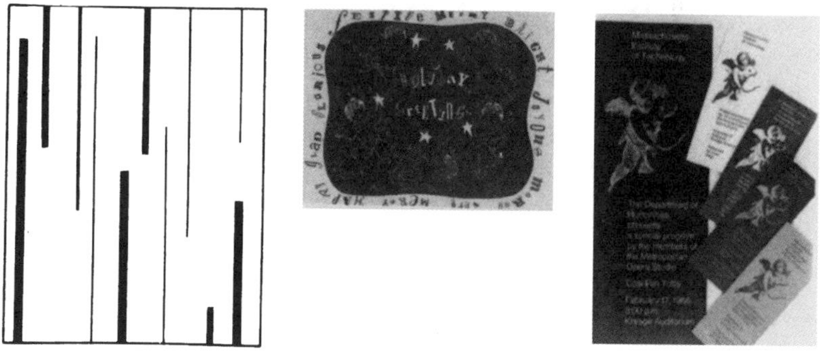

**FIGURA 6.29** Variação

## Exatidão Distorção

A exatidão (fig. 6.30) é a técnica natural da câmera, a opção do artista. Nossa experiência visual e natural das coisas é o modelo do realismo nas artes visuais, e sua utilização pode implicar muitos truques e convenções destinados a reproduzir as mesmas pistas visuais que o olho transmite ao cérebro. A câmera segue os padrões do olho, reproduzindo, consequentemente, muitos de seus efeitos. Para o artista, o uso da perspectiva reforçada pela técnica do claro-escuro pode sugerir o que vemos diretamente em nossa experiência. Mas são ilusões óticas. É exatamente esta a denominação que, em pintura, se dá à forma mais estudada e intencional de exatidão: *trompe l'oeil*. A distorção (fig. 6.31) adultera o realismo, procurando controlar seus efeitos através do desvio da forma regular e, em alguns outros casos, até mesmo da forma verdadeira. É uma técnica que responde bem à composição visual marcada por objetivos intensos, dando, nesse sentido, excelentes respostas quando bem manipulada.

**FIGURA 6.30** Exatidão

**FIGURA 6.31** Distorção

## Planura

## Profundidade

Essas duas técnicas são basicamente regidas pelo uso ou pela ausência de perspectiva, e são intensificadas pela reprodução da informação ambiental através da imitação dos efeitos de luz e sombra característicos do claro-escuro (fig. 6.32, 6.33), com o objetivo de sugerir ou de eliminar a aparência natural de dimensão.

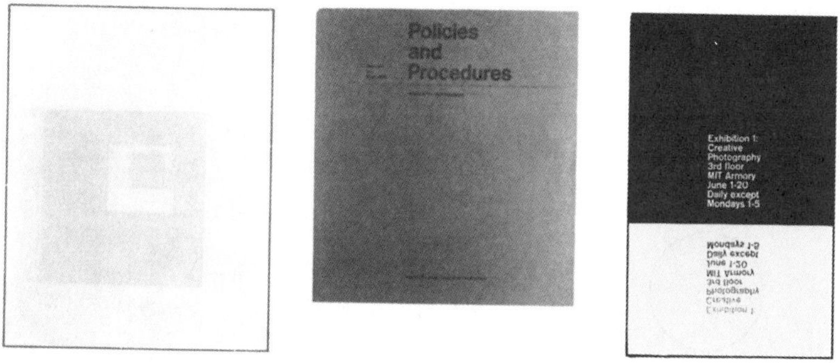


**FIGURA 6.32** Planura

**FIGURA 6.33** Profundidade

## Singularidade

## Justaposição

A singularidade (fig. 6.34) equivale a focalizar, numa composição, um tema isolado e independente, que não conta com o apoio de quaisquer outros estímulos visuais, tanto particulares quanto gerais. A mais forte característica dessa técnica é a transmissão de uma ênfase específica. A justaposição (fig. 6.35) exprime a interação de estímulos visuais, colocando, como faz, duas sugestões lado a lado e ativando a comparação das relações que se estabelecem entre elas.

**FIGURA 6.34** Singularidade

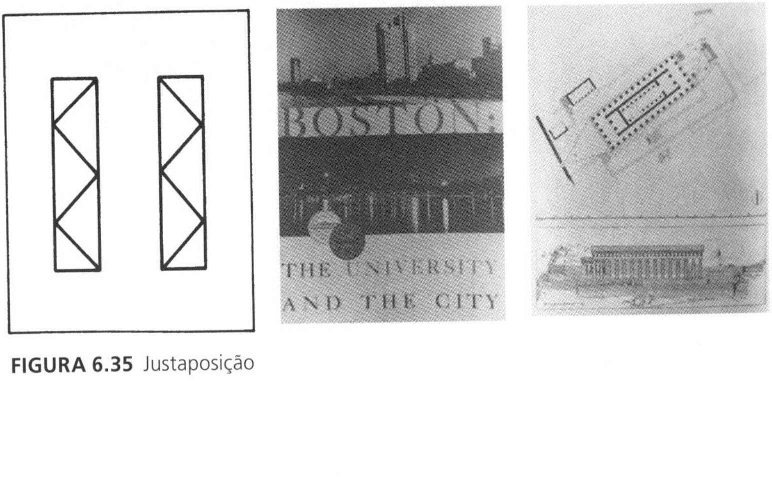


**FIGURA 6.35** Justaposição

## Sequencialidade

## Acaso

No design, uma ordenação sequencial (fig. 6.36) baseia-se na resposta compositiva a um projeto de representação que se dispõe numa ordem lógica. A ordenação pode seguir uma fórmula qualquer, mas em geral envolve uma série de coisas dispostas segundo um padrão rítmico. Uma técnica casual (fig. 6.37) deve sugerir uma ausência de planejamento, uma desorganização intencional ou a apresentação acidental da informação visual.

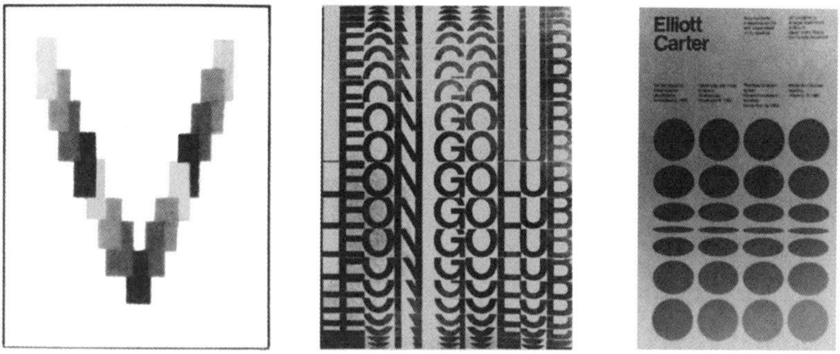


**FIGURA 6.36** Sequencialidade

**FIGURA 6.37** Acaso

## Agudeza

## Difusão

A agudeza (fig. 6.38) como técnica visual está estreitamente ligada à clareza do estado físico e à clareza de expressão. Através da precisão e do uso de contornos rígidos, o efeito final é claro e fácil de interpretar. A difusão (fig. 6.39) é suave, preocupa-se menos com a precisão e mais com a criação de uma atmosfera de sentimento e calor.

**FIGURA 6.38** Agudeza

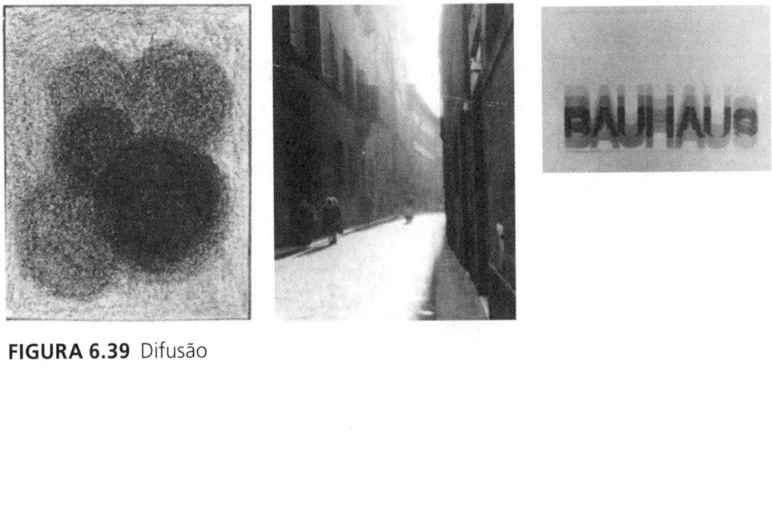


**FIGURA 6.39** Difusão

## Repetição

## Episodicidade

A repetição (fig. 6.40) corresponde às conexões visuais ininterruptas que têm importância especial em qualquer manifestação visual unificada. No cinema, na arquitetura e nas artes gráficas, a continuidade não se define apenas pelos passos ininterruptos que levam de um ponto a outro, mas também por ser a força coesiva que mantém unida uma composição de elementos díspares. As técnicas episódicas (fig. 6.41) indicam, na expressão visual, a desconexão, ou, pelo menos, apontam para a existência de conexões muito frágeis. É uma técnica que reforça a qualidade individual das partes do todo, sem abandonar por completo o significado maior.

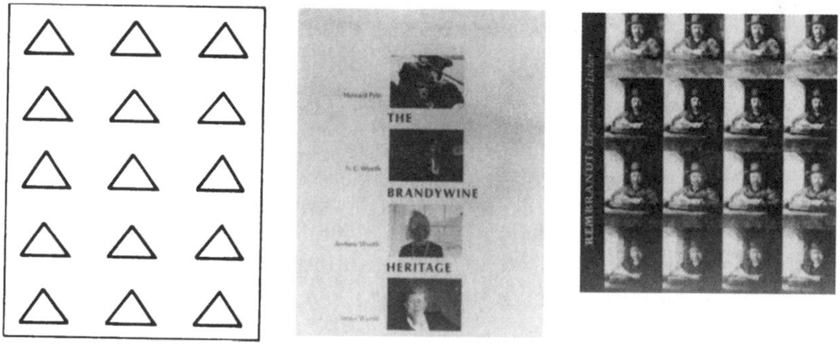


**FIGURA 6.40** Repetição

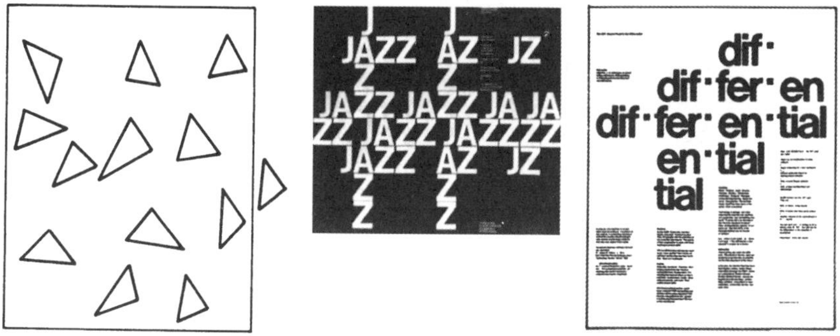


**FIGURA 6.41** Episodicidade

Essas técnicas são apenas alguns dos muitos possíveis modificadores de informação que se encontram à disposição do designer. Quase todo formulador visual tem sua contrapartida, e cada um está ligado ao controle dos elementos visuais que resultam na configuração do conteúdo e na elaboração da mensagem. Muitas outras técnicas visuais podem ser exploradas, descobertas e empregadas na composição, sempre no âmbito da polaridade ação-reação: luminosidade, embaçamento; cor, monocromatismo; angularidade, rotundidade; verticalidade, horizontalidade; delineamento, mecanicidade; interseção, paralelismo. Seus estados antagônicos de polaridade dão ao compositor visual uma grande oportunidade de aguçar, graças à utilização do contraste, a obra em que são aplicados.

Em todo esforço compositivo, as técnicas visuais se sobrepõem ao significado e o reforçam; em conjunto, oferecem ao artista e ao leigo os meios mais eficazes de criar e compreender a comunicação visual expressiva, na busca de uma linguagem visual universal.

## Exercícios

1. Escolha qualquer par de técnicas opostas (ênfase-neutralidade, exagero-minimização, profundidade-planura etc.), e encontre, para cada um, o maior número possível de exemplos. Ordene-os de uma polaridade a outra.
2. Escolha qualquer tema visual e fotografe-o para demonstrar tantas técnicas visuais quantas for capaz de expressar através de diferentes enfoques e posições, além de outras variações técnicas que incluam a luz.
3. Escolha uma das técnicas enumeradas e não ilustradas, e faça um esboço abstrato para ilustrá-la.
4. Selecione alguns anúncios, cartazes ou fotos e associe cada um às técnicas mais evidentes presentes em sua composição.

# 7. A SÍNTESE DO ESTILO VISUAL

Nos capítulos anteriores há uma diversidade de pontos de vista a respeito de quais fatores e forças devem ser conhecidos pelo artista e pelo comunicador visual, para construir, compor e pré-planejar qualquer material visual em termos de significado ou atmosfera. O conhecimento de princípios perceptivos compartilhados constitui um ponto de partida, uma base para o prognóstico de certas decisões visuais sobre a organização de um projeto. Os elementos oferecem ao comunicador visual a substância fundamental (e saturada de significado) para essa construção. A classificação dos diferentes níveis de *input* e *output* visuais indica o caminho para a definição inteligente da tarefa e de seu propósito subjacente. As técnicas são os capacitadores, as opções para uma tomada de decisão que controle os resultados. Em conjunto, esses meios visuais oferecem ao artista um outro nível de forma e conteúdo, que abrange a manifestação pessoal do criador individual e, além disso, a filosofia visual comum e o caráter de um grupo, uma cultura ou um período histórico.

## Estilo

O estilo é a síntese visual de elementos, técnicas, sintaxe, inspiração, expressão e finalidade básica. É complexo e difícil de descrever com clareza. Talvez a melhor maneira de estabelecer sua definição, em termos de alfabetismo visual, seja vê-lo como uma categoria ou classe de expressão visual modelada pela plenitude de um ambiente cultural.

Por exemplo, as diferenças entre a arte oriental e a ocidental são as convenções que as regem. Desses dois estilos culturais, o oriental é de longe o mais convencionalizado, isto é, governado por regras sólidas e princípios básicos que envolvem traços culturais de consenso. Na quase totalidade da arte japonesa, e também no estilo de vida do povo japonês, há uma nítida deferência para com o meio. Isso remete basicamente à maneira de fazer as coisas, quer se trate do desenho de uma imagem, da concepção de um jardim, da preparação do chá ou da composição de haicais. A abordagem de todas essas coisas pressupõe critérios elevados, amor ao belo e devoção por parte do indivíduo que se dedica a tais tarefas, mas o conceito de meio vai além dos critérios aqui mencionados. A melhor maneira de ilustrá-lo consiste em descrever as normas que regem a criação de haicais. A forma é rigidamente definida. Um haicai deve ter dezessete sílabas, nem mais, nem menos. As variações não são permitidas nem respeitadas. Toda e qualquer escolha de técnica e de expressão individual deve ajustar-se a um formato prescrito. Trata-se de uma convenção. Mas os japoneses não só aceitam as regras absolutas para a escrita desse tipo especial de poema, como também procuram a liberdade dentro da disciplina imposta e parecem sentir-se à vontade ao trabalhar no âmbito de uma determinada estrutura. Os resultados não parecem menos criativos do que os das formas poéticas mais livres, que oferecem a possibilidade de opções subjetivas. Ninguém, de fato, poderia ver o haicai como um clichê em potencial.

O estilo influencia a expressão artística quase tanto quanto a convenção. Mas as normas estilísticas são mais sutis que as convenções, e exercem sobre o ato de criação mais influência que controle. As convenções artísticas ocidentais são mais livres que a arte do Oriente, e, no entanto, o estilo pessoal cujo desenvolvimento favorecem é restringido pelo contexto superposto do estilo cultural. O arquiteto Louis Sullivan sentia a estrutura imposta deste modo:

> Você não pode expressar-se, a menos que tenha um sistema de expressão; não pode ter um sistema de expressão, a menos que tenha um sistema anterior de pensamento e percepção; não pode ter um sistema de pensamento e percepção, a menos que tenha um sistema básico de vida.

Para os artistas e as pessoas em geral, os sistemas de vida são culturalmente condicionados, e a definição gradual das categorias mais amplas de expressão visual ajudam a entender a relação entre o estilo individual e a precedência e o predomínio do estilo cultural.

Há muitos nomes de estilos artísticos que identificam não apenas uma metodologia expressiva, mas também um período histórico e uma posição geográfica distinta: bizantino, renascentista, barroco, impressionista, dadaísta, flamengo, gótico, Bauhaus, vitoriano. Cada nome evoca uma série de pistas visuais identificáveis que, em conjunto, abarcam a obra de muitos artistas, além de um período e um lugar. A semelhança entre a obra dos impressionistas leva-a a ser vista como um grupo estilístico único, coerente e correlacionado, que de modo algum compromete a individualidade reconhecível de cada artista identificável no conjunto. O período vitoriano pode não sugerir os nomes de um grupo de artistas que trabalham segundo um mesmo estilo, mas não há a menor dúvida de que existe uma riqueza de referentes visuais que se associam a essa designação. Como isso é possível? Em sua busca de novas formas, cada grupo individual estabelece suas próprias tradições. Ao nível estrutural, a busca de novas formas implica a realização de experimentos com uma orquestração compositiva dos elementos, e o estabelecimento de novas tradições e resultados dentro de uma metodologia baseada na escolha de técnicas visuais manipulativas. As preferências metodológicas são compartilhadas por artistas e artesãos que trabalham segundo um determinado estilo. É possível, então, escolher um exemplo de um período estilístico específico e analisá-lo sob o ponto de vista de sua estrutura elementar e das decisões compositivas às quais se chegou pela escolha das técnicas que possibilitaram sua existência. Os requintes e as variantes técnicas podem servir para identificar a individualidade estilística de um artista específico, mas uma análise a partir de um ponto de vista mais amplo irá efetivamente definir o estilo de toda uma escola ou de todo um período que abrange sua obra.

O impressionismo, por exemplo, é um período estilístico inteiramente associado à pintura. Foi uma escola francesa, cujos membros trabalhavam em Paris e arredores em meados do século XIX. A pintura de Monet é um exemplo dos elementos e técnicas que configuram a escola toda (fig. 7.1). O estilo gótico não aparece apenas na forma arquitetônica, mas também na escultura, nas artes gráficas e no artesanato. Difundiu-se pela Europa setentrional, da França à Alemanha e

FIGURA 7.1

Inglaterra, abrangendo um período de tempo que vai de fins do século XII ao século XIII e chega ao século XIV, numa fase de transição caracterizada por versões do estilo extremamente decorativas. Um exemplo puro do estilo gótico, e talvez o mais famoso, é a catedral de Chartres (fig. 7.2). Mais uma vez, o exemplo específico serve de espelho para toda uma classe, que vai buscar muitos elementos de sua forma e conteúdo na escolha das técnicas compositivas.

FIGURA 7.2

Dar nome a um estilo ou a uma escola de expressão visual é uma grande conveniência histórica para facilitar a identificação e a referência (fig. 7.3), embora, no período contemporâneo, a nomenclatura tenha se fragmentado de tal forma que se precipitou em uma situação absurda. Do *op* ao *pop* e ao *top*(ográfico), as mudanças de nomes acontecem quase todos os dias, a ponto de podermos dizer que constituem uma expressão em si mesmos. Certamente a individualidade de uma obra não só é desejável, mas também inevitável. Todo ser humano tem um rosto único, impressões digitais únicas e um padrão único de esquadrinhamento, e se pedíssemos a cada um que desenhasse um círculo, todos os círculos seriam únicos. No entanto, o agrupamento em estilos aparece na análise de um período histórico, tanto visual quanto filosoficamente. Não só a obra de artistas individuais se agrupa de modo natural com base nas relações entre meios, métodos e técnicas; os grupos estilísticos podem, da mesma maneira, relacionar-se entre si, graças às semelhanças de forma e conteúdo, ainda que estejam muito distantes no tempo e no espaço, tanto histórica quanto geograficamente.

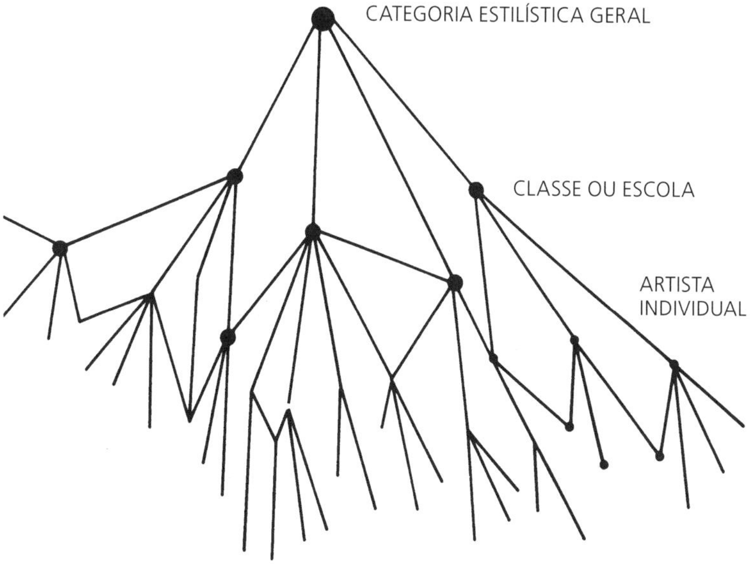


**FIGURA 7.3**

Nas artes visuais, o estilo é a síntese última de todas as forças e fatores, a unificação, a integração de inúmeras decisões e estágios distintos. No primeiro nível está a escolha do meio de comunicação, e a influência deste sobre a forma e o conteúdo. Depois vem o objetivo, a razão pela qual alguma coisa está sendo feita: sobrevivência, comunicação, expressão pessoal. O ato de fazer apresenta uma série de opções: a busca de decisões compositivas através da escolha de elementos e do reconhecimento do caráter elementar; a manipulação dos elementos através da escolha das técnicas apropriadas. O resultado final é uma expressão individual (às vezes grupal), regida por muitos dos fatores acima enumerados, mais influenciada, especial e profundamente, pelo que se passa no ambiente social, físico, político e psicológico, todos eles fundamentais para tudo aquilo que fazemos ou expressamos visualmente.

Qual é a influência perceptiva das forças exteriores sobre a criação de todas as classes de objetos visuais, e sobre a expressão de ideias? Acostumado a viver num espaço reduzido e com pouca luz, o habitante das grandes florestas tem uma enorme dificuldade para enxergar numa planície aberta e intensamente iluminada. A formulação oposta se aplica ao habitante dos desertos: acostumado às grandes distâncias, enxerga com dificuldade quando se encontra em ambiente fechado. Estas são condições puramente psicológicas, mas os padrões sociais e o comportamento dos grupos entre si e com relação a outros grupos exercem enorme influência sobre a percepção e a expressão. As percepções são formadas por crenças, religião e filosofia; aquilo em que acreditamos exerce um enorme controle sobre aquilo que vemos. As classes dominantes e as que são dominadas, ou seja, os fatores de ordem política e econômica, atuam em conjunto para influenciar a percepção e dar forma à expressão. Juntos, a política, a economia, o meio ambiente e os padrões sociais criam uma psique coletiva. Essas mesmas forças, que se desenvolvem em linguagens individuais no plano verbal, combinam-se no modo visual para criar um estilo comum de expressão.

Ao longo de toda a história do homem, quase todos os produtos das artes e dos ofícios visuais podem ser associados a cinco grandes categorias de estilo visual: primitivo, expressionista, clássico, ornamental e funcional. Os períodos estilísticos e as escolas menores se associam, por suas características, a uma ou algumas dessas categorias gerais e abrangentes. Para entender e executar essas categorizações, é preciso elevar-se acima dos rótulos estereotipados e ascender a um nível de definições arquetípicas. Por exemplo, as primeiras tentativas que o homem fez de registrar e transmitir informações nas pinturas rupestres do sul da França e do norte da Espanha costumam ser chamadas de primitivas. Em *The History of Art,* E. H. Gombrich diz:

> não por serem mais simples que nós – seus processos mentais são frequentemente mais complexos que os nossos – mas por estarem mais próximos do estado do qual toda a humanidade emergiu.

## Primitivismo

Já que a única coisa que resta das intenções do homem primitivo ao criar seus desenhos, trinta mil anos atrás, são os próprios desenhos, só podemos formular hipóteses sobre os objetivos que tinham em mente. Para esses homens, os animais em seu meio ambiente representavam tanto uma ameaça mortal quanto um meio de sobrevivência. Em quase todos os casos, esses animais constituíam o tema principal de suas obras. Por que eles os desenhavam nas profundezas das cavernas em que se abrigavam no inverno, e sempre na parte mais alta das paredes? Algumas hipóteses parecem mais prováveis que outras. Uma das qualidades das pinturas rupestres é seu realismo, uma característica incomum da arte primitiva, o que sugere que eram concebidas para ser uma ajuda visual, um manual de caça composto para recriar os problemas da caça e revigorar o conhecimento do caçador, além de instruir os que ainda eram inexperientes. Essa teoria encontra apoio em detalhes de desenhos com flechas que apontam para órgãos vitais e partes vulneráveis dos animais. Os desenhos têm linhas de um lirismo surpreendente, e são realmente encantadores, indicando ser provável que tenham sido feitos com grande amor e apreço pelos animais representados. É possível que nosso homem das cavernas de trinta séculos atrás realmente compartilhasse da nostalgia de seus predecessores arborícolas, bem como da lembrança de estações mais quentes, quando a caça era abundante, e havia, portanto, muito alimento. Pode ser que essas obras tenham saído das mãos dos primeiros pintores de domingo da sociedade, e deve-se enfatizar o fato de serem de grande beleza e extremamente sofisticadas, sejam quais forem os padrões artísticos pelos quais as julguemos. Mas o meio ambiente ameaçador colocava o homem primitivo diante de questões para as quais não havia respostas e, à semelhança daquilo que buscava a maioria dos homens, esses desenhos devem ter tido alguma relação com os mistérios que ele tentava compreender, e, portanto, devem ter-se prestado de alguma forma a um objetivo quase religioso.

Certamente o animal, junto com outros objetos da natureza comuns ao meio ambiente, aparece ocupando uma posição relevante nas religiões primitivas, expressando o poder místico que os homens lhes atribuíam. Os símbolos zoomórficos, chamados de totens, diferem em muitos aspectos dos animais desenhados nas cavernas. Antes de mais nada, sua finalidade social é mais complexa. Além de seu significado religioso, também estão ligados ao cumprimento de determinadas leis, proibindo o incesto nos sistemas sociais simples de homens pré-letrados, ao explicitar com mais clareza as ligações do grupo que compartilhava o mesmo totem. Os totens do clã assumiam uma finalidade científica quando eram usados para identificar a relação entre as constelações no céu e suas posições variáveis nas diferentes estações. Mais tarde, os totens do zodíaco serviram como primeiro calendário do homem. São esses os símbolos astrológicos sob os quais nascemos, e que muitos ainda hoje veem como indicações extremamente significativas de sua personalidade, e até mesmo de seu destino.

A única maneira válida de classificar esses desenhos pré-históricos é tentar definir o primitivo como um estilo, com base em uma finalidade e em algumas técnicas. A arte e o design primitivos são estilisticamente simples, ou seja, não desenvolveram técnicas de reprodução realista da informação visual natural. Na verdade, trata-se de um estilo muito rico em *símbolos* com forte carga de significado e, por essa razão, podem ter muito mais a ver com o desenvolvimento da escrita do que com a expressão visual. É possível esboçar uma sequência das variações de registro da informação visual, que talvez seja muito esclarecedora em termos da linguagem ambígua das artes visuais. A pintura das cavernas é uma tentativa humana de olhar para a natureza e representá-la com o máximo de realismo possível. É um desenho feito por algum membro da tribo dotado de uma capacidade especial de expressar graficamente aquilo que via. É uma capacidade que seus companheiros não tinham. Seu desenho se

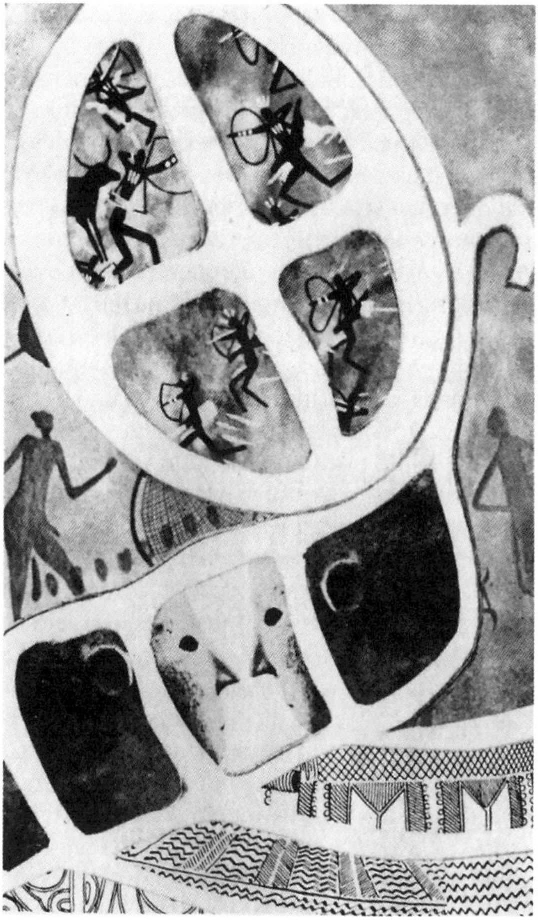

**FIGURA 7.4**

torna, então, uma linguagem que todos podem compreender, mas que nem todos são capazes de falar. O totem é em geral uma abstração da natureza, uma simplificação que corporifica a essência do objeto. Essa simbolização abstrata da natureza pode ser reproduzida por todos; é uma linguagem que todos são capazes de entender e falar. Mas um passo é dado quando surge o símbolo que não tem ligação com quaisquer objetos do meio ambiente, que contém informação codificada e pode ser manipulado por todos, como as letras e os números, mas que deve ser aprendido, uma vez que seu significado lhe foi arbitrariamente atribuído.

Considerando-se que qualquer forma de alfabetismo, ou seja, qualquer sistema de escrita, é muito improvável em um povo primitivo, não surpreende que haja uma riqueza tão grande de símbolos. O símbolo é, caracteristicamente, a estenografia da comunicação visual, e onde quer que seja usado, sobretudo na arte primitiva, canaliza uma grande energia informativa do criador a seu público. Outros aspectos da arte primitiva reforçam essas qualidades de intensificação do significado. A simplicidade das formas, na verdade, a simplicidade, é uma primitiva técnica visual de estilo. A representação plana é também uma das técnicas mais frequentemente detectáveis nas obras visuais primitivas, assim como as cores primárias. A somatória de todas essas técnicas constitui uma espécie de atributo infantil do estilo primitivo, que tem alguma importância na síntese desse mesmo estilo. Anton Ehrenzweig valoriza tanto essa abordagem que diz, em *The Hidden Order of Art:* "é preciso nada menos que a despreocupação da criança para com o pormenor estético, e sua impetuosa tendência para o todo sincrético". O que Ehrenzweig entende por *sincrético* é uma espécie de desprezo deliberado pelo detalhe, na busca da apreensão do significado do objeto total. Na arte primitiva, na obra visual das crianças e em muitas outras formas de arte, a visão sincrética é um intenso e poderoso meio de expressão. A caricatura é um bom exemplo da manipulação da realidade das partes de um rosto humano, que, em conjunto, se assemelha muito mais à pessoa retratada do que um retrato realista. Por quê? Porque os traços específicos da pessoa retratada são exagerados, e o resultado coloca em curto-circuito as informações mais importantes, levando-as diretamente à percepção do observador.

Consideramos incipiente a obra das crianças e dos povos primitivos, mas antes de aceitar esse julgamento deveríamos reavaliar a obra tendo em vista os objetivos que levam a sua criação. A adequação exerce um grande efeito sobre qualquer obra visual, e deveríamos dar o devido valor à intensidade e à pureza desse estilo.

Todo estilo visual extrai seu caráter e sua forma das técnicas visuais aplicadas, seja conscientemente, por parte do artesão ou artista que receberam uma sólida formação, seja inconscientemente, como no caso dos homens primitivos ou das crianças.

*Técnicas primitivas*
Exagero
Espontaneidade
Atividade
Simplicidade
Distorção
Planura
Irregularidade
Rotundidade
Colorismo

## Expressionismo

O expressionismo está estreitamente ligado ao estilo primitivo; a única diferença importante entre os dois é a intenção. É comum que o detalhe exagerado do primitivo seja parte de uma tendência para a representacionalidade, uma tentativa sincera de fazer com que as coisas pareçam mais reais, tentativa que fracassa pela falta de técnicas. O expressionismo usa o exagero propositalmente, com o objetivo de distorcer a realidade. É um estilo que busca provocar a emoção, seja religiosa ou intelectual. Parte de suas raízes encontram-se no primitivo conflito cristão entre a iconodulia e a iconoclastia. Em seus primórdios, o Cristianismo foi uma nova religião profundamente influenciada pela proibição hebraica da adoração de imagens, que eram associadas a falsos deuses. Chegou-se depois a um meio-termo: uma abstração da realidade, que era ainda reconhecível. A distorção e a ênfase na emoção fazem da arte bizantina um típico exemplo do estilo expressionista. Onde quer que exista, o estilo ultrapassa o racional e atinge o místico, uma visão interior da realidade, saturada de paixão e intensificada pelo sentimento.

O expressionismo sempre dominou a obra de artistas individuais ou de escolas inteiras, cuja produção pode ser caracterizada por sentimentos intensos e por grande espiritualidade. A Idade Média, por exemplo, produziu um dos maiores exemplos desse estilo: o gótico. Foi um período histórico cheio de erros, simbolizado pelas Cruzadas, um exercício de dois séculos de futilidade. Através de tudo isso, porém, num gesto contínuo de devoção a Deus e de procura da

FIGURA 7.5

salvação eterna no céu, as pessoas juntaram seus esforços para construir suas igrejas como uma oferenda de suas cidades. Sob a supervisão de mestres construtores e artesãos, cada cidadão trabalhava anonimamente para dar alguma contribuição duradoura a seu Deus. O resultado foi um lento mas apaixonante desenvolvimento da catedral gótica, cujos arcos agudos e abobadados, e cujos arcobotantes abriam espaço para que a luz entrasse através dos vitrais. O movimento para cima, atenuado pelo uso intenso das linhas verticais, dava a quem se encontrasse em seu interior uma sensação de estar levitando e sendo alçado aos céus.

A mesma intensidade de sentimentos está presente nas paisagens e retratos de El Greco e Kokoschka, cujas obras podem ser fortemente associadas aos mosaicos do Império Bizantino. Seja no gótico ou no bizantino, ou ainda na obra de artistas individuais, o estilo expressionista está presente sempre que o artista ou designer procura evocar a máxima resposta emocional no observador.

*Técnicas expressionistas*
Exagero
Espontaneidade
Atividade
Complexidade
Rotundidade
Ousadia
Variação
Distorção
Irregularidade
Justaposição
Verticalidade

## Classicismo

O caráter emocional do expressionismo cria um contraste direto com a racionalidade de design metodologicamente típica da arte grega e romana, que produziu o estilo visual prototípico do classicismo. Em sua forma mais pura, o estilo clássico extrai sua inspiração de duas fontes distintas. Primeiro, é influenciado pelo amor à natureza, idealizado pelos gregos de modo a tornar-se uma espécie de suprarrealidade. Em vez de verem a si próprios (como faziam os judeu-cristãos) como emissários de Deus na Terra, adoravam muitos deuses dotados de variáveis e específicos poderes de super-homens, deuses em geral em busca de prazeres extremamente mundanos. Os gregos buscavam a verdade pura em sua filosofia e ciência, e aqui se encontra a segunda fonte do estilo clássico. Formalizavam sua arte através da matemática, e criaram a seção áurea, uma fórmula para orientar as decisões no campo do design. A ele-

**FIGURA 7.6**

gância visual que buscavam estava ligada a esse sistema, mas a rigidez que dele decorria era engrandecida por uma execução perfeita e suavizada pelos cálidos efeitos da escultura decorativa, pela pintura e pelos artefatos que realçavam a subestrutura de sua fórmula. Os gregos procuravam a beleza na realidade. Glorificavam o homem e seu ambiente natural. Apreciavam o pensamento. Seus esforços produziram um estilo visual dotado de racionalidade e lógica, tanto na arte quanto no design.

Grécia e Roma foram a fonte do Renascimento, um período cujo nome significava exatamente isso, uma retomada da tradição clássica. Os eruditos e os artistas italianos do século XV estudaram todos os tesouros remanescentes dessas culturas, e, sob sua influência, voltaram sua atenção para o humanismo, afastando-se dos temas cristãos da Idade Média. Embora os artistas e artesãos se concentrassem na versão greco-romana de estilo clássico, o Renascimento foi, na verdade, uma expressão individual do mesmo tema. Como seus predecessores, admiravam a realidade e, através do desenvolvimento da perspectiva e de um tratamento único da luz na pintura, conseguiram reproduzir em seus quadros o meio ambiente quase como se ele estivesse sendo refletido num espelho. Não foi por mera coincidência que os primeiros vislumbres da futura invenção da fotografia tenham surgido no Renascimento, na forma da câmara escura, uma espécie de brinquedo para reproduzir o ambiente nas paredes de uma sala escura.

Tanto no século XV quanto no XVI, o artista visual se libertou de seu anonimato e passou a ser reconhecido, não só como indivíduo, mas também como um mestre cuja educação tinha de ser a mesma de um erudito clássico. Na época, e como nunca deixaria de ser, a perfeição era associada ao estilo clássico. A exemplo da cultura greco-romana, o Renascimento foi um grande marco divisório de ideias artísticas e filosóficas, e um período de grandes gênios.

*Técnicas clássicas*
Harmonia
Simplicidade
Exatidão
Simetria
Agudeza
Monocromatismo
Profundidade
Estabilidade
Estase
Unidade

## O estilo ornamental

O estilo ornamental enfatiza a atenuação dos ângulos agudos com técnicas visuais discursivas que resultam em efeitos cálidos e elegantes. Esse estilo não só é suntuoso em si mesmo, como também costuma ser associado à riqueza e ao poder. Os efeitos grandiosos que pode produzir constituem um abandono da realidade em favor da decoração teatral e do mundo da fantasia. Em outras palavras, a natureza desse estilo é frequentemente florida e exagerada, configurando um ambiente perfeito para um rei ou imperador

FIGURA 7.7

cujas preocupações não vão além da satisfação de seus próprios prazeres. São muitos os períodos e escolas de arte e design que podem ser agrupados sob essa designação geral de ornamentação: *Art Nouveau*, estilo vitoriano, romano tardio. Em todos os casos, o design é tipicamente grandioso, com uma decoração infinita de superfícies que o faz parecer regido pelo seguinte aforismo: a ligação mais desejável entre dois pontos é uma linha curva.

Nenhuma escola é mais representativa das qualidades desse estilo do que o Barroco. Esse período serviu de ponte entre o Renascimento e a era moderna, difundindo seu estilo desde suas origens italianas, ao norte dos Alpes, até Flandres, Alemanha, Inglaterra, França, Europa Central, Espanha e, levado pelos missionários católicos, América Latina e Extremo Oriente. O Renascimento tinha sido italiano e, em quase todos os seus aspectos, um estilo homogêneo. A arte barroca é uma categoria genérica e muito inadequada que agrupa um período vasto e diversificado de expressão criativa e se estende pelos séculos XVII e XVIII. Por mais inadequada que possa ser, contudo, reflete uma época de anacronismo e de grandes riquezas lado a lado com uma grande pobreza. É uma arte em que certamente não há espaço para a objetividade ou a realidade, não importa a que nível.

A exuberância do Barroco sem dúvida parece ter muito pouca relação com o período vitoriano, embora, na verdade, os dois estilos compartilhem a mesma categoria estilística. As fontes de inspiração de seu caráter ornamental diferem nitidamente. Para uma cultura, o decorativismo desenfreado era uma postura simbólica de glória e poder, ao passo que, para o período vitoriano, tratava-se mais do que de uma simples orgia de arabescos domésticos.

*Técnicas ornamentais*
Complexidade
Profusão
Exagero
Rotundidade
Ousadia
Fragmentação
Variação
Colorismo
Atividade
Brilho

## Funcionalidade

Embora a funcionalidade costume ser fundamentalmente associada ao design contemporâneo, ela é na verdade tão antiga quanto o primeiro recipiente para água criado pelo homem. É uma metodologia de design estreitamente ligada à regra da utilidade e a considerações de ordem econômica. O advento da Revolução Industrial e do desenvolvimento tecnológico uniu a filosofia de meios simples à capacidade natural da máquina, ainda que esses meios simples sempre tenham estado ao alcance da fabricação e da manufatura. A principal diferença entre outras abordagens estilísticas e visuais e o estilo funcional é a busca da beleza nas qualidades temáticas e expressivas da estrutura básica e subjacente, em qualquer obra visual.

Encontrar um valor estético nos produtos artesanais não constitui novidade. É um procedimento típico de qualquer artesão que se deleita com as imperfeições relacionadas à luta travada entre ele e seu meio. As mesmas pessoas que pela primeira vez desenvolveram uma filosofia moderna do artesanato, os pré-rafaelitas, fizeram-no com base na recusa total do conceito de fabricação pela máquina. Na Inglaterra, liderado por William Morris, o *Arts and Crafís Council* adotou uma filosofia para a qual "A verdade da fabricação é a fabricação manual, e a fabricação manual é a fabricação por prazer". Optaram por voltar as costas à desagradável realidade da produção em massa. Mas o fato de gostarem ou não carecia de importância – a máquina tinha vindo para ficar. O primeiro grupo que realmente tentou compreender as implicações da máquina e colocar-se à altura de seu potencial foi uma confederação independente de arquitetos, designers e artesãos, que viveram e trabalharam na Alemanha antes da Primeira Guerra Mundial. Davam a si mesmos o nome de *Deutscher Werkbund,* e tentaram chegar a uma consciência mais profunda do significado interior e da natureza das coisas que concebiam, através da busca da *Sachlichkeit,* ou objetividade de seus materiais. Suas tentativas de encontrar meios que reconciliassem o artista com a máquina inspiraram a criação da *Bauhaus,* uma escola de arte iniciada por Walter Gropius e um grupo de eminentes professores alemães, imediatamente após o término da guerra, em 1919. Seu objetivo era a criação de novas formas e o encontro de novas soluções para as necessidades básicas do homem, sem deixar de lado suas necessidades estéticas. O currículo da Bauhaus retomou os fundamentos, os materiais básicos e as regras básicas do design. As questões que ousaram formular levaram a novas definições do belo no âmbito dos aspectos práticos e não ornamentais do funcional.

**FIGURA 7.8**

*Técnicas funcionais*
Simplicidade
Simetria
Angularidade
Previsibilidade
Estabilidade
Sequencialidade
Unidade
Repetição
Economia
Sutileza
Planura
Regularidade
Agudeza
Monocromatismo
Mecanicidade

A estrutura e o significado do estilo têm muito mais aspectos do que podem ser abarcados exclusivamente em termos de categorias, ou de técnicas que têm participação intensa no desenvolvimento dessas categorias. Para efeito de definição estética ou aplicação prática, a simplificação dos conceitos estilísticos e as variações técnicas são de grande utilidade na compreensão e no controle dos meios visuais. A simplificação, porém, não afeta a complexidade do alfabetismo visual. O exercício de categorização é puramente arbitrário, e o número de técnicas é infinito em suas sutis variações. Da forma como são abordadas aqui, são apenas uma sugestão em meio aos imensos recursos de nosso vocabulário visual. Mas é preciso que a pessoa inexperiente e sem formação visual tenha um ponto de partida que funcione, e o conhecimento da natureza de todos os componentes da comunicação visual oferece um meio de buscar métodos de design que propiciem alguma certeza quanto ao acerto das soluções encontradas.

## Exercícios

1. Faça um desenho ou uma colagem abstrata que expresse uma categoria estilística básica, e combine as técnicas visuais que nela

mais sobressaem. Você pode empregar técnicas de colagem, mas evite a informação visual representacional.

2. Inspirando-se no exercício anterior, tire algumas fotos ou encontre reproduções de fotos que expressem o estilo que está sendo analisado.

3. Faça uma relação de exemplos específicos que identifiquem os cinco diferente estilos visuais em qualquer um dos seguintes casos: arquitetura, moda, design de interiores. Se possível, encontre exemplos que ilustrem seus pressupostos. Você poderia fazer o mesmo com espécies vivas da natureza, como árvores ou pássaros?

4. Faça um esboço de como poderia fotografar o mesmo tema em estilos diferentes. Anote as técnicas que você utilizaria.

# 8. AS ARTES VISUAIS: FUNÇÃO E MENSAGEM

Quais são as razões básicas e subjacentes para a criação (concepção, fabricação, construção, manufatura) de todas as inúmeras formas de materiais visuais? As circunstâncias são muitas, algumas vezes claras e diretas, outras, multilaterais e sobrepostas. O principal fator de motivação é a resposta a uma necessidade, mas a gama de necessidades humanas abrange uma área enorme. Podem ser imediatas e práticas, tendo a ver com questões triviais da vida cotidiana, ou podem estar voltadas para necessidades mais elevadas de autoexpressão de um estado de espírito ou de uma ideia. O amor ao belo, por exemplo, pode inspirar a decoração de um objeto de uma maneira modesta e pessoal, ou um grandioso plano para todo um ambiente, cuidadosamente concebido para a obtenção de um efeito estético conjunto. No modo visual, muitos objetos se destinam a glorificar ou a preservar a memória de um indivíduo ou grupo, às vezes com alcance monumental, mais frequentemente com finalidades mais modestas. Mas a maior parte do material visual produzido diz respeito unicamente à necessidade de registrar, preservar, reproduzir e identificar pessoas, lugares, objetos ou classes de dados visuais. Esses materiais são de grande utilidade para demonstrar e ensinar, tanto formal quanto informalmente. A última razão motivadora, e a de maior alcance, é a utilização de todos os níveis dos dados visuais para ampliar o processo da comunicação humana.

Os dados visuais podem transmitir informação: mensagens específicas ou sentimentos expressivos, tanto intencionalmente, com um objetivo definido, quanto obliquamente, como um subproduto da utilidade. Uma coisa é certa: no universo dos meios de comunicação visual, inclusive as formas mais causais e secundárias, algum tipo de informação está presente, tenha ela recebido uma configuração artística ou seja ela resultado de uma produção casual. Em qualquer nível de avaliação sempre inconstante do que constitui arte aplicada ou belas-artes, toda forma visual concebível tem uma capacidade incomparável de informar o observador sobre si mesma e seu próprio mundo, ou ainda sobre outros tempos e lugares, distantes e desconhecidos. Essa é a característica mais exclusiva e inestimável de uma vasta gama de formatos visuais aparentemente dissociados.

Um meio visual pode desempenhar muitos papéis ao mesmo tempo. Por exemplo, um pôster que se destina basicamente a anunciar um concerto de piano pode acabar servindo para decorar a parede de um estúdio, superando, assim, a finalidade comunicativa que motivou sua criação. Uma pintura abstrata, concebida pelo artista de forma inteiramente subjetiva e como expressão de seus sentimentos, pode ser usada como ilustração de contracapa de algum folheto editado por uma organização de caridade, com o objetivo de levantar fundos para suas atividades. Os objetivos dos meios visuais se misturam, interagem e se transformam com uma complexidade caleidoscópica. Para compreender os meios de comunicação visuais, é preciso que nosso conhecimento sobre eles se fundamente num critério de grande amplitude. As respostas às indagações sobre os motivos que os levam a serem concebidos e produzidos são fluidas, e as perguntas, portanto, também devem sê-lo. Devem interrogar a natureza de cada meio de comunicação, sua função ou níveis de função, sua adequação, a clientela a que se destina e, por último, sua história e sua maneira de servir às necessidades sociais.

## Alguns aspectos universais da comunicação visual

Há muitas razões para levar em consideração o potencial do alfabetismo visual. Algumas são provocadas pelas limitações do alfabetismo verbal. A leitura e a escrita, e sua relação com a educação, constituem ainda um luxo das nações mais ricas e tecnologicamente mais desenvolvidas do mundo. Para os analfabetos, a linguagem falada, a imagem e o símbolo continuam sendo os principais meios de comunicação e, dentre eles, só o visual pode ser mantido em qualquer circunstância prática. Isso é tão verdadeiro hoje quanto tem sido ao longo da história. Na Idade Média e no Renascimento, o artista servia à Igreja como propagandista. Nos vitrais, nas estátuas, nos entalhes e afrescos, nas pinturas e ilustrações de manuscritos, era ele quem transmitia visualmente "a Palavra" a um público que, graças a seus esforços, podia ver as histórias bíblicas de forma palpável. O comunicador visual tem, de fato, servido ao imperador e ao comissário do povo. O *realismo social* da Revolução Russa punha alguns fatos da comunicação visual diante de um público analfabeto e provavelmente destituído de qualquer sofisticação. Em filmes como *Os dez dias que abalaram o mundo* ou *O encouraçado Potemkin,* Eisenstein inseriu trechos de jornais cinematográficos reais, mas em seu material original seguia técnicas documentais que buscavam a autenticidade e se destinavam a convencer o público de que se tratava de um testemunho histórico. Na ilustração, na pintura e no design, os russos seguem a mesma técnica do hiper-realismo, e o fazem com o mesmo fim. Ambos os casos respondem ao fato de que a comunicação pictórica dirigida a grupos de baixo índice de alfabetização, se pretende ser eficaz, deve ser simples e realista. A sutileza e a sofisticação tendem a ser contraproducentes. Deve-se buscar um equilíbrio ideal: nem uma simplificação exagerada, que exclua detalhes importantes, nem a complexidade que introduza detalhes desnecessários. São esses os procedimentos capazes de ampliar e reforçar a compreensão. O realismo simplificado foi também a abordagem de um extraordinário grupo de pintores mexicanos – Siqueros, Orozco e Rivera – para transmitir as mensagens de revolução social de seus governos. Eles e muitos outros artistas ressuscitaram a técnica do afresco, e usaram-na para decorar os muros das cidades provincianas com imagens cujo objetivo fundamental era a propaganda política. Os meios visuais com finalidades educativas também foram utilizados na campanha de controle demográfico na Índia, na identificação de partidos políticos no mundo inteiro e na doutrinação política em Cuba. Entre as populações analfabetas, a eficácia da comunicação visual é inquestionável.

Mas as implicações da natureza universal da informação visual não se esgotam em seu uso como substitutivo da informação verbal. Não há nenhum conflito entre os dois tipos de informação. Cada uma tem suas especificidades, mas o modo visual ainda não foi utilizado em sua plenitude. A compreensão visual é um meio natural que não precisa ser aprendido, mas apenas refinado através do alfabetismo visual. O que vemos não é, como na linguagem, um substituto que precisa ser traduzido de um estado para outro. Em termos perceptivos, uma maçã é a mesma coisa tanto para um norte-americano quanto para um francês, ainda que o primeiro a chame de *apple*, e o segundo, de *pomme*. Mas, da mesma forma que na linguagem, a comunicação visual efetiva deve evitar a ambiguidade das pistas visuais e tentar expressar as ideias do modo mais simples e direto. É através da sofisticação excessiva e da escolha de um simbolismo complexo que as dificuldades interculturais podem surgir na comunicação visual.

Já houve muitas tentativas de desenvolver sistemas que pudessem reforçar o alfabetismo visual universal. Uma delas é o equivalente visual de um dicionário que usa, em vez de palavras, imagens diagramáticas extremamente simples, numa tentativa de estabelecer uma uniformidade de dados visuais. Esse sistema pictográfico é chamado de ISOTYPE, uma abreviação de seu nome completo: *International System of Typographic Picture Education.* A compilação consiste em uma grande série de desenhos em forma de cartum, nos quais se representam objetos conhecidos, que se destinam a serem identificados de imediato graças à ênfase das características mais importantes daquilo que representam. Até o momento, esse sistema, ou outros parecidos, ainda não foram amplamente utilizados. Não se atentou ainda em sua importância para os computadores visuais ou como forma adiantada de uma linguagem de signos internacionais.

O cartunista francês Jean Effel tentou desenvolver outro tipo de sistema de comunicação visual universal, uma espécie de "esperanto" visual, que concebeu para aproveitar os múltiplos sistemas de símbolos que já são de uso corrente no mundo. Um exemplo do que ele está tentando fazer pode demonstrar as possibilidades de tal sistema. O leitor pode tentar lê-lo visualmente.

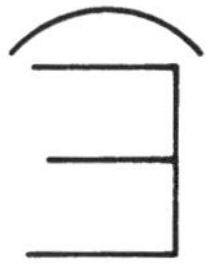

O símbolo matemático que significa *existe*. ( ⌒ ) denota um verbo.

O sinal internacional de trânsito simbolizado por uma bifurcação na estrada.

A faixa oblíqua é um sinal internacional de proibição.

A mão que aponta é uma forma identificável que significa *isso*.

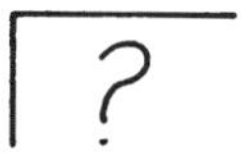

Símbolo marginal para denotar alguma coisa específica. Símbolo linguístico de pergunta.

A mensagem é extraída de *Hamlet,* de Shakespeare: "*To be or not to be, that is the question*".

O maior problema do sistema de Effel, quando comparado ao ISOTYPE, é que ele não passa de uma nova versão de qualquer linguagem baseada em símbolos pictográficos ou abstratos. Todas as suas pistas visuais são substitutos que precisam ser traduzidos para adquirir significado. Em outras palavras, Effel está realmente inventando outra linguagem que ignora aquela qualidade especial da informação visual, que é a evidência espontânea. É essa qualidade, a apreensão direta da informação visual, que acrescenta mais uma dimensão à conveniência dos dados visuais enquanto meios de comunicação: a extraordinária capacidade de expressar inúmeros segmentos de informação de uma só vez, instantaneamente.

Através da expressão visual, somos capazes de estruturar uma afirmação direta; através da percepção visual, vivenciamos uma interpretacão direta daquilo que estamos vendo. Todas as unidades individuais dos estímulos visuais interagem, criando um mosaico de forças saturadas de significado, mas de um tipo especial de significado, exclusivo do alfabetismo visual e passível de ser diretamente absorvido com muito pouco esforço, se comparado à lenta decodificação da linguagem. A inteligência visual transmite informação a uma extraordinária velocidade e, se os dados estiverem claramente organizados e formulados, essa informação não só é mais fácil de absorver como também de reter e utilizar referencialmente.

O mais direto, ainda que informal, de todos os meios visuais, é aquele de que todos participamos, conscientemente ou não, através da expressão facial e da gesticulação corporal. Um sabor amargo provocará, em qualquer parte do mundo, a mesma reação: uma distorção dos músculos do rosto. Acrescente-se o medo à mesma expressão, e ela passará a comunicar o sofrimento provocado pela dor. O riso de escárnio, o sorriso e o aceno de cabeça são variações expressivas de significado universal, que podem transcender fronteiras nacionais, culturas e línguas diferentes. Os italianos possuem um vasto arsenal linguístico de imprecações, todas elas acompanhadas por expressões faciais e gestos eloquentes. O mesmo é feito por outros grupos étnicos. Apesar de ser uma invenção norte-americana, em quase todas as partes do mundo um motorista identifica como um pedido de carona o punho cerrado com o polegar indicando uma determinada direção. O punho cerrado e o braço levantado é um símbolo da unidade comunista; a mão aberta com a palma para baixo e o braço formando um ângulo com o corpo é a saudação fascista tomada de empréstimo às antigas legiões romanas pelos fascistas italianos, e mais tarde adotada pelos nazistas da S.A. de Hitler. Todos esses exemplos estão relacionados a uma linguagem comunicativa simples e básica, empregada pelos homens e até mesmo pelos animais (todos sabemos muito bem o que um cachorro quer dizer quando abana sua cauda), para se comunicar visualmente. O movimento das mãos forma o alfabeto dos surdos, mas a maioria das expressões e dos gestos é muito menos formalizada, e só existe como uma espécie de linguagem popular. Na dança e no teatro, o gesto e a expressão recebem outros nomes – balé, representação – e, nesse contexto, são vistos como arte.

O gesto, a expressão, a linguagem escrita e a simbolização estão todos ao alcance do leigo. Mas as artes e os ofícios visuais, o desenho industrial, a fotografia, a pintura, a escultura e a arquitetura exigem dos que os praticam um talento específico e uma formação especial. Cada um dos meios de comunicação visual tem não apenas seus próprios elementos estruturais, mas também uma metodologia única para a aplicação das decisões compositivas e a utilização de técnicas em sua conceitualização e formulação. O entendimento dessas forças amplia o campo da experimentação e da interpretação tanto para o criador quanto para o observador, e os leva a um conjunto de critérios mais sofisticados de avaliação visual, capazes de unir mais estreitamente a realização e o significado.

## Escultura

A essência da escultura consiste no fato de ser construída com materiais sólidos e existir em três dimensões. A maioria das outras formas de arte visual – pintura, desenho, artes gráficas, fotografia, cinema – apenas sugere as três dimensões através de uma utilização extremamente sofisticada da perspectiva e da luz e sombra do claro-escuro. As pontas de nossos dedos colocadas sobre uma foto ou pintura não nos dariam nenhuma informação sobre a configuração física do tema representado, mas a evolução da representação bidimensional de objetos tridimensionais nos condicionou a aceitar a ilusão de uma forma que, na verdade, é apenas sugerida. Na escultura, porém, a forma ali está; pode ser tocada, lida ou compreendida pelos cegos. Lorenzo Giliberti, o escultor e pintor florentino, observava: "a perfeição de tais obras nos foge aos olhos, e só pode ser entendida se passarmos a mão pelos planos e curvas do mármore". Embora os avisos "Proibido tocar" tornem quase impossível a experiência tátil da escultura, seu caráter dimensional pode ser percebido pela visão.

Como o restante de nosso mundo natural, a escultura existe numa forma que, além de poder ser tocada, também pode ser vista a partir de um número infinito de ângulos, com cada plano correspondendo àquilo que, em duas dimensões, seria um desenho completo. Essa enorme complexidade deve fundir-se numa estrutura tão unificada que, como observou Michelangelo, deveria ser possível a uma escultura despencar de uma colina sem que se desprendesse um único segmento do todo. A pedra e o mármore, materiais nos quais a escultura é cinzelada, são bastante fortes, mas também quebradiços. A sutileza de detalhes é impossível, e a coesão do design é imprescindível. A consciência que Michelangelo tinha desse fato disciplinava sua concepção de uma obra. Ele pensava na escultura como já existente no interior da pedra, e via como problema fundamental do escultor sua liberação para a realidade. Em nenhum outro exemplo da arte escultórica essa filosofia está melhor demonstrada do que nas figuras, tão apropriadamente chamadas de "Escravos", que concebeu para o túmulo do papa Júlio (fig. 8.1). Em cada figura dessa série, Michelangelo demonstra o processo da escultura; o esboço rústico das formas gerais, a busca de uma informação mais descritiva na mesma forma, e, por último, o mármore extremamente detalhado e polido até resultar uma forma final quase viva, cujos tecidos dão a impressão de respirar. Esse efeito é intensificado pelo contraste, pois cada figura se encontra em diversos e múltiplos estados de acabamento: uma mão já concluída e minuciosa, que emerge de um braço toscamente esboçado, que por sua vez surge de um mármore intacto, numa justaposição que intensifica cada um dos estados. As figuras não só emergem da pedra graças à habilidade inquiridora de Michelangelo, mas também, quase como se tivessem vontade própria, parecem lutar contra o mármore em sua tentativa de libertar-se. Das seis figuras originalmente pro-

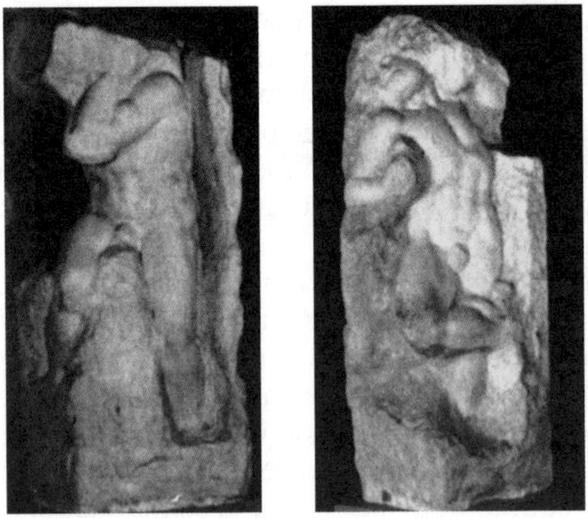

**FIGURA 8.1**

jetadas para o túmulo, somente duas foram concluídas. As outras quatro estão na Academia de Florença e, nesse estado único de obras em parte concluídas, em parte intactas, oferecem a possibilidade de um estudo completo e incomparável de como a escultura é concebida e executada.

A palavra escultura vem de *sculpere,* entalhar, embora o segundo método preferido em escultura não recorra ao entalhe, mas a um processo de construção que utiliza materiais maleáveis, como a argila ou a cera. Isso oferece maiores oportunidades de experimentação e alterações; durante o processo de construção, a obra nunca está definitivamente acabada, de tal forma que os erros podem ser corrigidos sem dificuldade. Quando a obra está concluída, há duas maneiras de fazer com que a argila macia chegue a seu estado definitivo: pode ser cozida a alta temperatura, até solidificar-se num material chamado terracota, ou vazada em moldes de plástico ou de um metal permanente, dos quais o mais comum é o bronze. Esse método permite uma delicadeza e uma fluidez expressiva impossíveis de obter na pedra quebradiça.

Com exceção do baixo-relevo, uma espécie de ponte "em braile" entre a forma bidimensional e a verdadeira forma tridimensional, a escultura deve ser controlada através da compacidade do design. Seja enfatizando a figura humana glorificada, como nos melhores momentos do período clássico grego, seja acentuando a espiritualidade do homem, através das figuras expressionistas que integravam a arquitetura da Idade Média, a simplicidade é o ingrediente mais necessário para a eficácia da escultura.

Projetar uma obra tridimensional requer dois esboços bidimensionais que permitam uma reflexão sobre os diferentes ângulos a partir dos quais a obra será vista (fig. 8.2). No caso da escultura que vai ser cinzelada (tanto em pedra quanto em madeira), o design deve concentrar-se na ampla moldagem das massas, mais que nos detalhes e nas sutilezas. Essas outras considerações serão sugeridas e trabalhadas numa etapa posterior do desenvolvimento. A principal preocupação deve ser imaginar o material desde uma forma geral até uma informação visual mais específica.

A mesma observação aplica-se à escultura em argila ou cera, enfatizando-se sempre que, nesse caso, é possível desenvolver um processo muito mais livre de exploração e busca de soluções. A argi-

**FIGURA 8.2**

la ou a cera podem ser facilmente acrescentadas ou retiradas, de tal maneira que, ainda que possam ser utilizados os esboços a linha, o processo de acrescentar ou retirar constitui, em si mesmo, um esboço que vai da interpretação tosca e livre a uma etapa de definição cada vez maior (fig. 8.3). Alguns escultores que trabalham em argila avançam, através dessa progressão, até um estado final extremamente realista e bem acabado, ao passo que outros, como Jacob Epstein, preferem deixar a riqueza textural do processo como parte integrante e visível da qualidade da obra.

Um modelo em argila pode ser usado para o entalhe de grandes obras em pedra ou mármore, usando-se compassos de calibre ou outros instrumentos de medida. Algumas vezes, o próprio artista faz o entalhe; em outros casos esse trabalho é entregue a especialis-

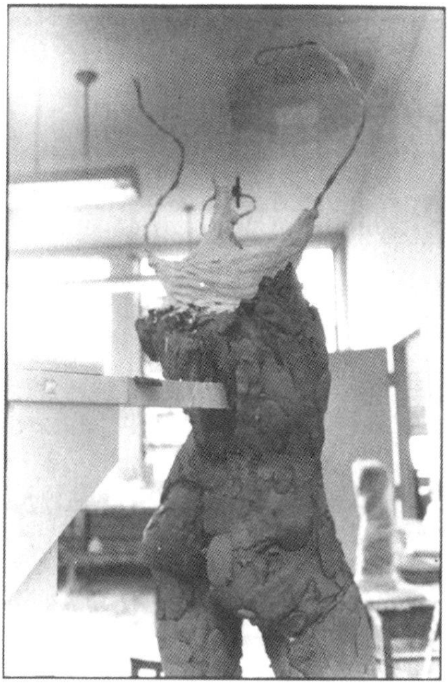

**FIGURA 8.3**

tas em reprodução a partir de um original. Isso acontece principalmente no caso da escultura de monumentos de grandes dimensões, nos quais a escala é o mais importante elemento de interpretação. Mas uma escultura que perde contato com a mão criadora do artista ou designer, ao longo de seu processo de criação, também perde muito em termos de integridade.

Os métodos modernos de produção de esculturas vão desde a informação realista extraída do meio ambiente, passando por uma informação cada vez menos natural, até uma abstração absoluta, que enfatiza a forma pura, dominada pelos elementos visuais da forma e da dimensão.

As conquistas mais características da escultura contemporânea são a abstração, a semiabstração, a mobilidade do design básico, novos materiais e velhos materiais usados de maneira nova. Mesmo nas tendências mais experimentais, as obras modernas conservam o caráter essencial dessa forma artística: a dimensão que pode ser vista e tocada. A escultura tem de existir no espaço.

## Arquitetura

A arquitetura partilha com a escultura a característica da dimensão. Na arquitetura, a dimensão encerra um espaço cuja finalidade básica é proteger o homem contra os caprichos do meio ambiente. Qualquer tipo de edifício é um problema compositivo envolvendo os elementos visuais puros de tom, forma, textura, escala e dimensão. A casa é a unidade social básica, um lugar onde o homem pode dormir, preparar seu alimento, comer, trabalhar e manter-se aquecido e em segurança. Variações na casa – habitações coletivas e apartamentos – foram desenvolvidas inicialmente pelos romanos, que precisavam acomodar uma população urbana de grande densidade, e essas variações têm origem nas cavernas e moradias que abrigavam grupos tribais nas escarpas das montanhas.

À medida que as culturas se tornaram mais desenvolvidas, a arte e a técnica da construção passaram a servir também às atividades e aos interesses do homem: a sua religião, com igrejas, santuários e monumentos; a seu governo, com edifícios administrativos, câmaras legislativas e palácios de justiça; a seu lazer, com teatros, auditórios, ginásios de esporte e museus; a seu bem-estar e sua educação, com hospitais, escolas, universidades e bibliotecas.

O estilo e a forma dos edifícios públicos e privados comunicam algo que ultrapassa suas funções sociais, expressando o gosto e as aspirações dos grupos sociais e das instituições que os conceberam e construíram. O estilos arquitetônicos não só variam segundo a finalidade de um edifício, mas também segundo as tradições de uma cultura, tradições que frequentemente são influenciadas por diferenças nacionais, geográficas, religiosas e intelectuais. Os padrões que derivam dessas influências se mantêm num estado de fluxo contínuo, que gera variações de design e às vezes resulta em inovações radicais. A disponibilidade dos materiais influencia o caráter do estilo arquitetônico de uma cultura, da mesma maneira que faz o conhecimento das técnicas de construção. Como um todo, e através da construção de casas, conjuntos residenciais e edifícios públicos, os métodos e materiais exprimem o espírito e a atitude de um povo e de uma época, o que lhes confere um enorme significado. Muitas das formas expressam um significado simbólico: o pináculo, buscando o céu; a cúpula, representando os céus e o firmamento; a torre, significando o poder; os postigos e as janelas em forma de nicho, sugerindo um retiro aconchegante e protegido.

As preferências e o gosto pessoal do arquiteto sobrepujam a técnica, os materiais e os estilos simbólicos. É ele o artista, o conceitualizador que cria a partir dos elementos básicos do design, dos estilos atuais ou históricos, dos materiais e técnicas de engenharia. Suas decisões arquitetônicas são modificadas pela força de sua disciplina, pela finalidade última do edifício e pela adequação de seus projetos. Basicamente, então, seus edifícios devem permanecer em pé para cumprir seu objetivo: ser permanentes. Essas exigências com relação à arte e ao ofício do arquiteto, aliadas às exigências de seus clientes, limitam sua expressão subjetiva. Quanto maiores as finalidades utilitárias de um edifício, mais intensas serão suas limitações. Apesar dessas limitações e dos problemas avassaladores de explosão urbana e reparo de edifícios, o arquiteto continua a criar projetos ambientais importantes, reinterpretando constantemente as necessidades práticas do homem e refletindo sua cultura através da expressão e do conteúdo de sua arquitetura.

O elemento fundamental do planejamento da expressão arquitetônica é a linha. Tanto na exploração preliminar, em busca de uma solução, quanto nas fases finais de produção, o caráter linear da preparação visual domina todos os procedimentos. Os primeiros esboços podem ser livres e indisciplinados, buscando formas espaciais ao longo do processo de pré-visualização (fig. 8.4).

As etapas mais rigorosas do planejamento arquitetônico exigem a elaboração de plantas baixas e elevações detalhadas e estruturalmente identificáveis (fig. 8.5). As plantas baixas determinam o espaço interior real, a posição das janelas, portas e outros detalhes estruturais. Além disso, a planta deve estar representada na escala e na proporção exatas, de tal modo que o construtor e o proprietário sejam capazes de interpretá-las e possam ter uma ideia clara dos resultados finais (fig. 8.6). Como se faz necessária uma certa formação para visualizar a planta em três dimensões, e nem todas as pessoas são capazes de imaginar o efeito a partir de desenhos esquemáticos

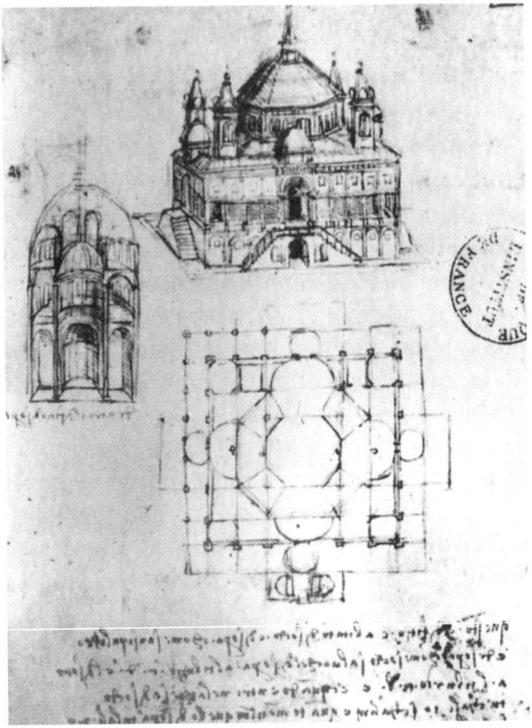

**FIGURA 8.4**

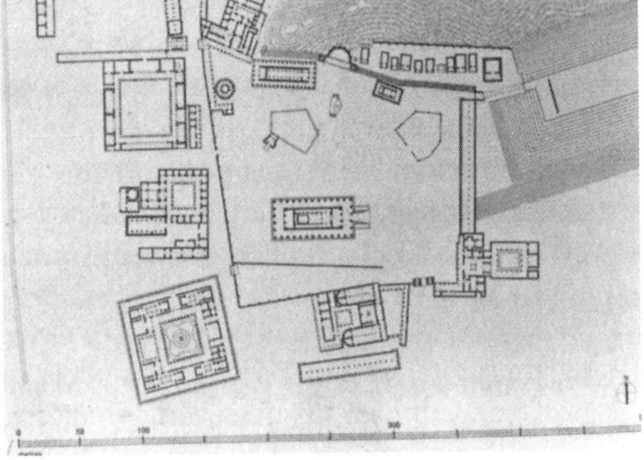

**FIGURA 8.5**

**FIGURA 8.6**

ou elevações bidimensionais, em geral os arquitetos preparam e apresentam a seus clientes representações tridimensionais, e, em alguns casos, também maquetes tridimensionais, o que vem a minimizar a necessidade de visualizar uma coisa que ainda não existe a não ser em forma de projeto.

O arquiteto deve ser um artesão e um engenheiro que conhece os métodos de construção e de manipulação de materiais. Deve ser um político capaz de lidar com seus clientes, que vão de indivíduos a indústrias, ou instituições governamentais. Deve ser um sociólogo capaz de compreender sua própria cultura e criar projetos que respondam às necessidades de seu tempo e se ajustem coerentemente ao meio ambiente. E, o que é mais difícil ainda, deve ser um artista que conheça os elementos, as técnicas e os estilos das artes visuais, e consiga combinar a forma e a função para atingir os efeitos pretendidos. Nesse campo, seu talento deve competir com o do escultor, uma vez que, em última instância, seus projetos ficarão como manifestações visuais abstratas a serem esteticamente avaliadas.

## Pintura

Quando usamos atualmente a denominação "belas-artes", em geral nos referimos à pintura e aos quadros transportáveis que pendem das paredes de casas, edifícios públicos e museus. Essa forma última das artes visuais derivou de muitas fontes, começando pelas primeiras tentativas feitas pelo homem pré-histórico para criar imagens, desenhadas ou pintadas, até chegar ao cenário da arte contemporânea, com seu *establishment* de críticos, museus e critérios para o reconhecimento e o sucesso. Os desenhos primitivos, com suas cores terrosas, sobreviveram nas cavernas do sul da França e norte da Espanha como exemplos das primeiras tentativas humanas de usar imagens como meio de registrar e compartilhar informações. Desde os primórdios da civilização, a criação de imagens tem sido parte integrante da vida do homem, e foi a partir dela que se desenvolveu a linguagem escrita. Os esboços, os objetos religiosos, a mobília decorada, os mosaicos, as cerâmicas e os azulejos pintados, os vitrais e as tapeçarias mantêm, todos, uma estreita relação com a pintura, e se equiparam à escrita em sua capacidade de contar histórias. Mas, em todas as suas formas, a criação de imagens compartilha outros atributos: a contemplação da natureza, uma forma de o homem enxergar e compreender a si próprio, a glorificação de grupos ou indivíduos, a expressão de sentimentos religiosos e a decoração, para tornar mais agradável o ambiente humano.

O artista e seu dom de criar imagens tem tradicionalmente inspirado admiração, mas o uso desse dom associado aos ritos religiosos acrescentou-lhe uma aura de magia que nunca desapareceu por completo. Cada cultura interpretou diferentemente o papel do artista na expressão religiosa. Algumas delas, como a muçulmana e a hebraica, proibiram a criação de imagens, considerando-a antirreligiosa e associando-a à adoração de falsos deuses. Esses exemplos constituem, sem dúvida, uma exceção. Quase todas as religiões, maiores ou menores, sempre recorreram ao artista para criar objetos de culto, deuses em forma de homens, animais, a lua, o sol, insetos, flores, e até mesmo configurações simbólicas abstratas. O estilo do desenho e da pintura tendia para o não realismo, o exagerado e misterioso, mas o surgimento da tradição clássica grega transformou esse panorama, enfatizando principalmente o homem e criando deuses como uma espécie de super-homens. Essa postura exigia o realismo na expressão artística, a compreensão das leis da perspectiva e o conhecimento da anatomia humana, o que por sua vez requeria um cuidadoso estudo da natureza. Inevitavelmente, as artes plásticas evoluíram, passando da primitiva arte cristã, centrada no expressionismo e nas distorções, para a essência do espírito grego, ou seja, para uma arte direta e racional. Roma herdou o estilo clássico e, juntamente com ele, a ênfase sobre o realismo, a proporção matemática e o monumento, restringindo a atividade do pintor aos murais dos edifícios públicos, às casas de campo dos ricos e a alguns retratos, uma esfera bastante reduzida para a aplicação de seu ofício.

O colapso do Império Romano trouxe consigo a ascensão do mundo cristão. Apesar de ainda presos à tradição hebraica, que proibia ídolos, os primeiros cristãos rejeitaram o realismo e se voltaram para o expressionismo no desenho e na pintura, em busca de um efeito de alto conteúdo emocional. Os mosaicos das igrejas bizantinas e os vitrais das catedrais góticas se entrelaçavam a um estilo pictórico plano e não dimensional, rico em misticismo, até que o Renascimento redescobriu a tradição clássica. Nesse ponto, os dois estilos se fundiram na busca de uma resposta tanto emocional quanto racional. A eclosão de um grande interesse pela anatomia e pela perspectiva veio a combinar-se com o incremento do patronato. A partir daí, a pintura passou a ser vista como uma forma de arte superior e uma das mais importantes formas de expressão do espírito humano. A pintura abandonou as paredes dos edifícios e seu papel de auxiliar da arquitetura, adquirindo identidade própria. Com suas origens nos altares móveis e na decoração religiosa, a pintura de cavalete assumiu a forma em que hoje a conhecemos. O artista ascendeu a uma nova posição na estrutura social, tornou-se solicitado, celebrado e rico, enquanto seu trabalho atingia um público cada vez maior, cumprindo todas as finalidades da criação de imagens, da narração de histórias, da objetivação do homem e de sua experiência, da glorificação da Igreja e do engrandecimento do meio ambiente. Inaugurou-se, assim, a idade de ouro de uma pintura em diferentes estilos.

Tendo chegado a esse nível de realização, o pintor se dissociou cada vez mais da participação e do envolvimento nas questões sociais e econômicas de seu tempo. Em países diferentes e por razões diferentes, as condições contribuíram para a dicotomia entre o pintor e a sociedade. Identificando-se com a Reforma e com a sublevação política do Iluminismo, o artista com frequência tornou-se o porta-voz de causas impopulares, perdendo o apoio que sempre lhe fora dado pelo *establishment*. Em seguida à revolução política veio a Revolução Industrial e a melhoria do padrão de vida da classe média, que trouxe consigo um decréscimo diretamente proporcional, em termos de gosto estético, e a qualidade questionável dos artefatos produzidos em série.

A Revolução Industrial provocou uma transformação dinâmica em todas as coisas feitas pela máquina, pelo artesão e pelo artista; elas não eram mais produzidas por encomenda, mas para fins especulativos. Aqui está o produto, criado e manufaturado; alguém vai querê-lo? Rompe-se, então, todo o intercâmbio entre o criador e o usuário, dando lugar a meios mais triviais de entendimento. O vazio é preenchido por todo tipo de abordagem artificial, que tem por objetivo estimular a demanda do consumidor, como a publicidade e as pesquisas de mercado, mas o teste definitivo será sempre a resposta do consumidor.

A câmera tirou do artista a exclusividade de seu talento. Mesmo os que buscavam o pintor e seus produtos reduziram sua demanda e ousadia, permitindo que o artista se encerrasse numa "torre de marfim" e compartilhando com ele a ideia, agora aceita por todos, de que as *belas-artes* não têm outra finalidade senão satisfazer os desejos criativos do próprio artista. Em seu livro *Pioneers of Modern Design*, Nikolaus Pevsner descreve assim essa corrosiva evolução:

> Schiller foi o primeiro a formular uma filosofia da arte que fez dele o sumo sacerdote de uma sociedade secularizada. Schelling adotou essa filosofia, no que foi seguido por Coleridge, Shelley e Keats; o artista não é mais um artesão nem um criado: ele agora é um sacerdote. Seu evangelho pode ser a humanidade ou a beleza, uma beleza "idêntica à verdade" (Keats), uma beleza que é "a mais completa unidade entre a vida e a forma" (Schiller). Ao criar, o artista torna consciente "o essencial, o universal, o aspecto e a expressão do espírito que habita o interior da Natureza" (Schelling). Schiller lhe assegura: "a dignidade da Humanidade está em tuas mãos", e o compara a um rei "que vive nos píncaros da Humanidade". A consequência inevitável de tal adulação torna-se cada vez mais visível à medida que avança o século XIX. O artista começa a desprezar a utilidade e o público. Distancia-se da vida real de seu tempo, encerra-se em seu círculo sagrado e cria a arte pela arte, a arte para a satisfação do artista.

A arte, qualquer arte, é a manifestação desse anseio humano pela realização espiritual. Para ser válida, a arte nunca deve deixar de comunicar-se com essas aspirações e agir em nome delas. Como destilação de vida, deve purificar a verdade até o mínimo irredutível, e então projetá-la, com uma afirmação poderosa e rica em significado universal, a todos os níveis da sociedade. Quando uma arte é exageradamente esotérica e perde a capacidade de comunicar seus objetivos, é preciso questionar até mesmo sua validade. É provável que os que interpretam com mais conhecimentos, os especialistas, estejam admirando as "roupas do rei", temerosos de parecerem loucos ao se deparar com a óbvia nudez dos objetivos da pintura contemporânea. O discernimento, o bom gosto e os juízos de valor podem falhar por completo na excitação da descoberta, mas, quando a ciência, através do experimento, rompe com velhos conceitos, os dados recém-descobertos ligam-se à esperança humana de progresso. Na pintura, isso apenas cria um novo e mais seleto grupo fechado, e a arte se afasta cada vez mais de nossa vida, uma arte que, como a descreveu André Gide, volta-se para "um público impaciente e *marchands* especuladores".

Como a sociedade e o artista podem reconciliar-se? No século XIX, William Morris imaginou uma solução que consistia em negar a máquina. Salvaremos o futuro, apregoava, voltando para trás, para o passado, onde a arte e o homem se serviam mutuamente. A filosofia da Bauhaus abordava com mais realismo a existência irremovível da máquina, pleiteando que a arte a considerasse em seus próprios termos, através da ênfase na utilidade e na economia de meios. Mas nenhuma dessas abordagens, nem quaisquer outras que porventura tenham sido feitas, foi capaz de solucionar o problema do abismo cada vez maior que separa o artista de seu envolvimento com sua própria época. A pintura continua cada vez mais esotérica. O público revela um interesse cada vez menor nas tentativas do artista para expressar a si mesmo seus próprios pensamentos, numa atitude de experimentação pela experimentação. O pintor e uma sociedade que precisa desesperadamente de sua intuição especial e de seu talento peculiar continuam irreconciliados no museu ou no subúrbio, enquanto a pintura e o pintor se afastam cada vez mais do significado e do conteúdo. "Deve ficar claro, então", diz Edgar Wind em *Art and Anarchy*, "que, ao colocar-se à margem, a arte não perde suas qualidades enquanto arte, mas perde apenas sua relevância direta para nossa existência: transforma-se numa esplêndida coisa supérflua."

Mas o artista, o pintor e o criador de imagens têm qualidades para o controle dos meios de comunicação que ainda fazem de seu produto uma parte desejável e necessária da experiência humana. Embora o produto pré-fotográfico que nos chegou através do pincel dos pintores nos ofereça relatos visuais de como eram as coisas, o tipo de roupa que as pessoas usavam e toda a informação visual que hoje só nos chega através da câmera, da qual, nesse aspecto, nos tornamos dependentes, os pintores fizeram muito mais que isso. Deram-nos *insight,* na exata medida de sua sensibilidade e talento. O método para o desenvolvimento de um desenho ou de uma pintura demonstra essa busca de controle dos meios de comunicação. Primeiro se faz uma série de esboços a partir do natural ou do imaginário, para investigar o material visual que vai fazer parte do quadro (fig. 8.7). Em seguida se desenvolve uma estrutura compositiva que adapte o material visual à intenção elementar e abstrata do artista (fig. 8.8). Quase todos os elementos visuais estão presentes numa pintura – linha, forma, tom, cor, textura, escala e, por sugestão e implicação, o movimento e a dimensão. A composição incorpora o processo de manipulação dos elementos através do uso de técnicas que

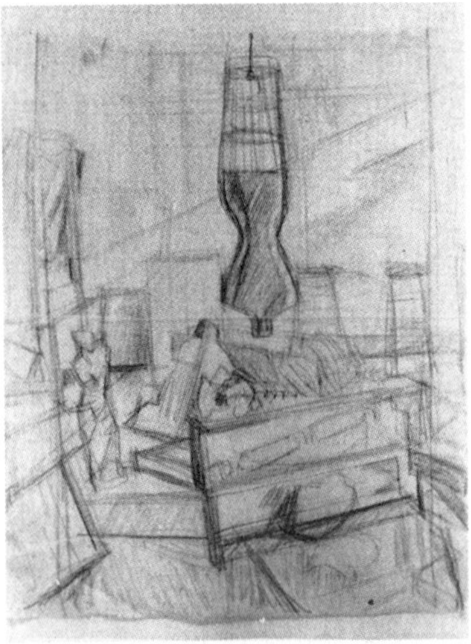

**FIGURA 8.7**

**FIGURA 8.8**

têm por objetivo obter um efeito específico. O controle de tudo isso se encontra na capacidade do pintor de projetar e pré-visualizar, tanto quanto de representar e realizar. O artista pode acrescentar o que ali não está, e eliminar o que está, uma possibilidade de que o fotógrafo não desfruta, ao menos com esse grau de liberdade. Ao contrário da exatidão informativa da câmera, indiscriminada ainda que admirável, o criador de imagens pode modificar as circunstâncias vigentes até o ponto de abstrair a informação de pormenores e atingir a mais pura terminologia visual do significado formal.

O grau de influência existente no processo e no produto da pintura contemporânea é uma questão em aberto, impossível de ser resolvida no momento. Uma coisa é certa: o animal humano é um criador de imagens; e, seja como for que esse fato se manifeste, sejam quais forem os meios de comunicação usados e as finalidades pretendidas, nunca deixará de sê-lo.

## Ilustração

A produção em massa de livros e periódicos, decorrente de uma maior perfeição técnica da reprodução impressa, abriu um novo campo de participação para os artistas – a ilustração. Como ilustrador, o pintor de cavalete servia frequentemente de visualizador para a indústria gráfica, até então incapaz de reproduzir e imprimir fotos. Embora fotógrafos extraordinários, como Brady e Sullivan, tenham trabalhado obstinadamente para documentar a Guerra Civil, todo o relato visual dessa guerra ficou a cargo dos ilustradores. Os esboços que fizeram no campo de batalha eram rapidamente gravados em metal ou madeira, para que pudessem ser usados por jornais e revistas.

Quando as técnicas de reprodução fotográfica foram desenvolvidas, os jornais passaram a usá-las com exclusividade, deixando o artista-ilustrador em completo abandono. Só os livros (livros técnicos e o florescente veio dos livros infantis), as revistas e a publicidade continuam dependendo bastante do ilustrador e de sua capacidade especial de controlar seu tema. O toque essencialmente luminoso do ilustrador e a maestria de seu trabalho constituem seu principal fascínio. Em livros ou revistas, a ficção e a fantasia são o território preferido de sua imaginação.

Embora os pintores de cavalete façam ilustrações (Winslow Homer foi um dos artistas que cobriram a Guerra Civil), os ilustradores propriamente ditos, assim como os designers gráficos, são especialistas que se dedicam a seu campo específico de atuação. Muitas vezes, um ilustrador é tão bem-sucedido e fica tão famoso que todo um período passa a identificar-se com ele: Beardsley e a *Art Nouveau* do *fin de siècle;* John Held Jr. e a juventude dos anos 1920 nos Estados Unidos; Norman Rockwell e toda uma geração ligada às capas do *Saturday Evening Post.* Tanto em seu desenho quanto em sua pintura, o ilustrador deve alcançar o mesmo nível de qualidade do pintor; na verdade, deve ser ainda mais ágil e rápido. Deve trabalhar por encomenda, e criar dentro dos prazos estabelecidos pela publicação para a qual trabalha. Muito se exige dele, mas as recompensas são grandes. Apesar de toda a sua habilidade, o ilustrador em geral não é pretensioso, e às vezes, como o caso de Norman Rockwell, não tem o menor interesse em ser chamado de artista. Há outra classe de ilustradores cujo trabalho tem sido muito importante para as conquistas tecnológicas de nossa época, em geral de natureza científica. Trata-se do ilustrador tecnológico, sobre o qual William Ivins diz, em seu livro *Prints and Visual Communication:*

> "No século XIX, os livros informativos, muito bem ilustrados com manifestações pictóricas passíveis de uma reprodução extremamente exata, tornaram-se disponíveis a uma grande parte da humanidade, tanto na Europa Ocidental quanto na América. O resultado foi a maior revolução no pensamento (e em sua consumação prática) de que jamais se teve conhecimento. Essa revolução foi de enorme importância não só do ponto de vista ético e político, mas também mecânico e econômico. As massas tinham começado a ter acesso ao grande instrumento de que necessitavam para capacitar-se a resolver seus problemas."

Essa compilação enciclopédica de informação visual começou com o desenvolvimento da linguagem escrita, e continua a expandir-se.

A câmera, e sua incomensurável capacidade de registrar o detalhe visual, tem feito contínuas incursões nos domínios do ilustrador. Em qualquer caso em que a credibilidade seja um fator importante, dá-se preferência à fotografia, muito embora seja extremamente fácil exagerar com uma câmera. Mas a televisão, o gosto e as reações do público têm contribuído muito para reduzir o campo de ação do ilustrador.

Mas o objetivo básico do ilustrador é referencial, seja no caso de uma fotografia, de um detalhado desenho a traço ou de uma foto-gravura em preto e branco ou em cores. Trata-se, basicamente, de levar uma informação visual a um determinado público, informação que em geral significa a expansão de uma mensagem verbal. Assim, a variedade de ilustrações abrange desde desenhos detalhados de máquinas desenvolvidos para explicar seu funcionamento até desenhos expressivos feitos por artistas talentosos e consumados, que acompanham um romance ou um poema.

## Design gráfico

Para o design gráfico, a industrialização e a produção em série começaram em meados do século XV, com o desenvolvimento do tipo móvel, e seu grande momento foi assinalado pela impressão da Bíblia de Gutenberg. Pela primeira vez no mundo ocidental, em vez da penosa cópia manual de livros, foi possível produzir simultaneamente muitos exemplares. Para a comunicação, as implicações são enormes. A alfabetização foi uma possibilidade prática estendida não apenas aos privilegiados; as ideias deixam de ser uma exclusividade dos poucos que até então controlavam a produção e a distribuição de livros.

É bem provável que os primeiros impressores não considerassem um grande problema o fato de também serem designers gráficos. Viviam atormentados por muitos outros problemas. Além de desenhar seu próprio tipo de impressão, precisavam aprender a fundi-lo em metal, a construir prensas, a comprar papel, a desenvolver tintas adequadas, a vender seus serviços, e frequentemente também a escrever o material que pretendiam imprimir. Ao longo dos séculos XVI e XVII, os impressores avançaram muito, aperfeiçoando constantemente seu ofício. Alguns deles tiveram seu trabalho imortalizado por seus designers de tipos, muitos dos quais ainda são usados hoje e continuam sendo identificados pelos nomes de seus criadores, embora poucos saibam que esses nomes se referem a pessoas reais – Bodoni, Garamond, Caslon –, todos eles impressores que exerceram modestamente seu trabalho muito tempo atrás. A impressão e o design dos materiais de impressão, enquanto atividade comercial, tenderam sempre ao anonimato.

De modo como o conhecemos hoje, o designer gráfico só surgiu durante a verdadeira Revolução Industrial do século XIX, quando a sofisticação das técnicas de impressão e de confecção de papéis permitiu a criação de efeitos decorativos mais criativos na manipulação do texto e das ilustrações. Foram os artistas gráficos e os pintores de cavalete que se interessaram pelos processos de impressão há pouco desenvolvidos, produzindo resultados extraordinariamente criativos. Toulouse-Lautrec sentiu-se atraído pela criação de pôsteres; William Morris, basicamente um desenhista industrial, fundou a Kelmscott Press; ambos, porém, constituem casos excepcionais. O precursor do design gráfico era um trabalhador especializado, a quem se costumava chamar *artista comercial*, denominação que contém uma certa carga pejorativa. Quando talentoso, esse tipo de profissional foi mais tarde resgatado da cidadania de segunda classe a que tinha sido condenado pelos pintores e críticos. Tendo à frente primeiro os empenhos de William Morris, e depois os da Bauhaus, surgiu um novo ponto de vista – uma retomada do interesse pelas técnicas básicas de impressão, e uma tentativa de compreender as possibilidades desses processos e a diversidade de sua maquinaria, o que acabou resultando em um novo perfil dos materiais impressos. Muitas vezes, o *artista comercial* realizava sua tarefa com uma ignorância total do processo mecânico, deixando o impressor com o nada invejável encargo de adaptar a obra de arte a uma forma que pudesse ser impressa. O entendimento entre ambos praticamente inexistia.

Com o renovado interesse pelas técnicas básicas do ofício de impressor, o designer aprendeu a trabalhar em harmonia com o impressor, e essa cooperação tem sido um dos mais importantes fatores da qualidade cada vez maior do design na impressão contemporânea. Em todos os campos das artes gráficas – design do olho de tipo, de folhetos, de cartazes, de embalagens, de cabeçalhos e livros –, a experimentação levou a resultados sólidos e dinâmicos, tanto em termos da eficácia da comunicação quanto da criação de um produto mais atraente. O governo dos Estados Unidos realizou, no exterior, inúmeras exposições do trabalho de seus artistas gráficos, demonstrando assim seu alto apreço pela qualidade das obras.

O anônimo *artista comercial* do passado foi substituído por um artista gráfico extremamente imaginativo, cujos nomes e estilos são honrados através de exposições nesses santificados bastiões da "Arte" pura – os museus.

Embora o esboço do design gráfico seja comparável ao esboço na pintura e na escultura, ele é mais literal. É muito útil para o designer em sua busca preliminar das possíveis soluções para um trabalho impresso, oferecendo-lhe a oportunidade de procurar, com grande liberdade, inúmeras variantes e modificações, ao longo de uma concepção visual única ou de uma série de alternativas temáticas. O esboço gráfico é autodescritivo; é uma representação em miniatura do produto final. As pequenas dimensões desse esboço oferecem ao designer muitas vantagens que os esboços em tamanho natural não lhe ofereceriam. Em primeiro lugar, podem ser feitos em grande número, sendo possível alterá-los ou descartá-los facilmente, uma vez que sua execução é muito rápida. Por outro lado, esses esboços são simples de controlar e manter limpos, e nos dão uma boa ideia do aspecto que a solução terá em sua forma final. Essa miniatura oferece ainda uma outra vantagem ao designer: num espaço muito pequeno não só é possível fazer um grande número de esboços, como também, no caso de um folheto ou de uma revista com um certo número de páginas, é possível ver toda a peça impressa como um todo, um efeito que o leitor só poderá obter cumulativamente, e através de uma experiência sequencial (fig. 8.9). O controle total do conjunto através desse método de pré-visualização significa que o designer mantém sob controle o efeito total.

A prática desse exercício de encontrar múltiplas soluções para um problema de design gráfico equivale a demonstrar a relação entre o uso de elementos e a natureza do meio de comunicação. Na impressão, por exemplo, o elemento visual dominante é a linha; outros elementos, como o tom, a cor, a textura ou a escala, são secundários. A mudança de um a outro grupo de esboços permite que o designer possa optar por diferentes técnicas visuais, num processo de decisões finais que mostra claramente a relação entre forma e conteúdo. Essa relação é especialmente importante nos meios de impressão em massa, já que eles envolvem uma combinação de palavras, imagens e formulações abstratas de design, e sua natureza básica se define por sua combinação do verbal e do visual, numa tentativa direta de transmitir informações.

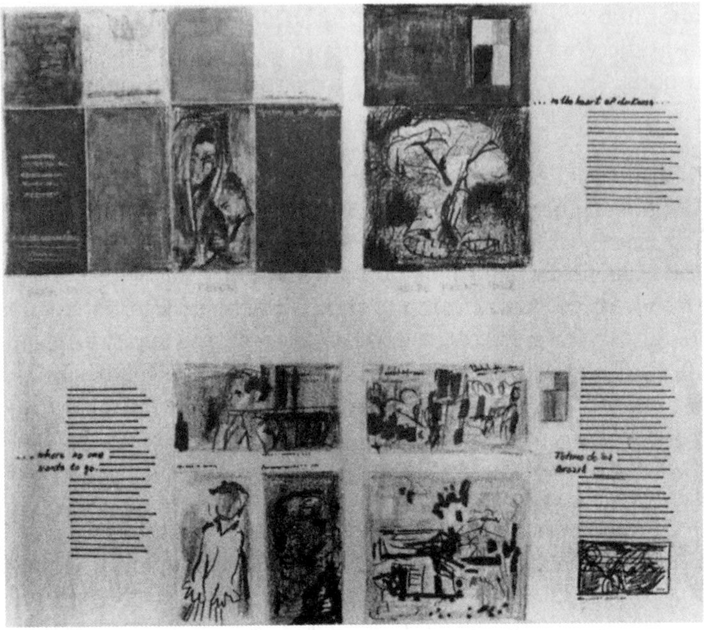

**FIGURA 8.9**

A partir dos esboços da fase inicial, a escolha das possíveis soluções de design em geral se reduzem a dois ou três dos melhores esboços, os quais, através da escala, são transferidos da versão em tamanho pequeno para as verdadeiras dimensões da impressão definitiva (fig. 8.10). O que temos então é o leiaute.

Cada passo da trajetória que vai do esboço à etapa final requer algum conhecimento dos aspectos técnicos da impressão, como a composição tipográfica, os diferentes tipos de impressão e sua conveniência para o projeto em andamento, e os processos de reprodução para a impressão de todo tipo de arte-final, desde os desenhos a traço até as fotogravuras em preto e branco e em cores. Porém, mesmo para o principiante com a responsabilidade de produzir um pôster ou um folheto, o problema fundamental será sempre a composição, um ordenamento das unidades de informação verbal e visual que resulte na ênfase pretendida e expresse claramente sua mensagem. Os impressores podem ser muito úteis com suas solu-

Messengers
of Hope
THE PALLOTTINE
MISSIONARIES
Messengers
of Hope

**FIGURA 8.10**

ções técnicas. Com algum conhecimento de alfabetismo visual, a abordagem do design e da produção de formatos impressos pode ser mais culta e sofisticada; além disso, e o que talvez seja ainda mais importante, esse mesmo tipo de abordagem pode nos levar a uma compreensão melhor do talento artístico ou de sua ausência nas mensagens impressas que chegam até nós.

## Artesanato

Hoje em dia, os artesãos comuns ocupam um lugar especial e esotérico em nossa sociedade. Tudo o que produzem provavelmente pode ser fabricado pela máquina de modo mais rápido e barato, mas se esta é capaz de fazê-lo de modo mais artístico é ainda uma questão em aberto. No passado, os produtos feitos à mão eram de absoluta necessidade; em nossa época, são produzidos para pessoas de gosto especial, que podem permitir-se pagar um preço muito maior que o dos produtos feitos em série. Os artesãos se transformaram em *petits artistes*, e suas obras são colecionadas como se fossem quadros. Ainda persistem ecos tardios das ideias de William Morris e seus acólitos, para os quais a beleza seria impossível sem o toque individual do artesão. Esse protesto contra a máquina e essa ênfase no indivíduo, do outro lado da questão, negam toda melhoria no padrão de vida que se tornou possível graças à Revolução Industrial. A produção em massa inviabilizou o produto manual, mas ainda há muito o que aprender com o artesão e seu conhecimento dos materiais e da maneira de utilizá-los com competência.

Cada tipo de artesanato tem suas especificidades, no que diz respeito aos elementos visuais básicos, mas todas elas tendem a ser dominadas pela dimensão e pela textura. Planejar a produção da trama de um tecido ou a forma de um vaso de cerâmica não implica um detalhamento tão rigoroso quanto o exigiriam outros meios visuais. As soluções podem estar na ponta dos dedos do artista, e pode-se chegar a elas através da elaboração de cada uma das peças, ou seja, através de uma incessante experimentação. A experiência também é um método fundamental para a evolução de um design, através de uma produção lenta e progressiva, que permite ao artista introduzir pequenas modificações em peças cuja forma está tentando modificar. Se algumas técnicas são predominantes na concepção e na produção do artesanto, são elas a economia, a simplicidade e a harmonia. Mas qualquer artesão, seja ele sério e de sólida formação, ou um simples diletante, deve compreender muito bem todos os aspectos do alfabetismo visual para ser capaz de crescer tanto técnica quanto esteticamente, além de adquirir um controle cada vez maior de seu meio e de sua técnica.

Os tipos de artesanato – cerâmica, tecelagem, muitas variedades de trabalho em metal ou madeira –, além de constituírem meios de suprir um mercado de consumidores específicos, exercem uma atração cada vez maior enquanto atividade de lazer. Muitas pessoas se voltam para o artesanato como um passatempo, o que ajuda a recuperar o interesse por essa atividade.

## Desenho industrial

Ao contrário dos sectários do movimento de artes e ofícios na Inglaterra e na Europa, que voltaram suas costas para os questionáveis padrões da produção em série, o grupo alemão da Bauhaus procurou compreender as possibilidades únicas da máquina, e buscou sua capacidade específica de produzir objetos que incorporassem uma nova concepção de beleza. O designer industrial se transformou no artesão dos tempos modernos, e a palavra design adquiriu um novo significado – *a adaptação de um produto à produção em série.* A filosofia da Bauhaus contribuiu em muito para resgatar o objeto produzido em série da cópia de mau gosto do objeto manual: inspirou produtos simples e funcionais, de estilo moderno. Em nenhuma outra esfera do movimento artístico verificou-se um interesse mais sincero pelo retorno ao básico. Em sua essência, o programa da escola conduzia seus alunos através de explorações *manuais* das qualidades essenciais dos materiais com que trabalhavam, e o fazia de uma forma que lembrava muito a pesquisa dos componentes visuais básicos, uma investigação importante quando o objetivo é o alfabetismo visual.

Há muitas tendências em desenho industrial para a produção em série de móveis, roupas, automóveis, equipamentos domésticos, ferramentas etc. A abordagem mais comum é a puramente funcionalista, que expõe os elementos da estrutura visual básica como o tema visual predominante, o que por sua vez resulta num aspecto impessoal, em neutralidade expressiva. Algumas tentativas do desenho industrial resultaram numa superestrutura que ignorava os mecanismos interiores do produto. Um desses erros, e o mais flagrante de todos, foi o design das primeiras locomotivas para a *Union Pacific Railroad.* Ao serem testadas, constatou-se que toda a sua estrutura teria de ser erguida cada vez que precisasse ser engraxada. Na verdade, a ideia toda do design aerodinâmico como estilo moderno difundiu-se a partir de produtos que tinham na velocidade sua característica fundamental – carros, aviões, barcos – para muitos outros que nunca precisariam mover-se.

Para desenvolver belos *designs* de máquinas e artefatos em série, é preciso desenvolver também um delicado equilíbrio entre a capacidade técnica e o amor à beleza. E isso não é fácil. Mas o mergulho na força dinâmica das considerações visuais puras é absolutamente necessário para o técnico, oferecendo-lhe, como de fato o faz, uma forma de ampliar sua compreensão do problema diante do qual se encontra. Quem, mais que o engenheiro, pode beneficiar-se da natureza abstrata e conceitual do componente visual, tal como ele é visto e definido no contexto do alfabetismo visual? A mente literal pode beneficiar-se unicamente de um ponto de vista que espera afastar a expressão visual da órbita da intuição e aproximá-la mais de um processo operacional de entendimento intelectual e de opções racionais.

O fator mais questionável do moderno desenho industrial é a obsolescência, a natureza perecível de sua aparência, que nele já se projeta tendo em vista uma constante renovação da produção. Contribua ou não para uma qualidade inferior dos produtos, essa prática realmente cria um clima favorável aos modismos passageiros no que diz respeito à aparência dos objetos criados, o que exige, por sua vez, um número cada vez maior de designers com ideias novas.

Essa incessante transformação sem dúvida põe à prova a força criativa do designer. Para ser bem-sucedida, sua obra não deve perder de vista a noção de lucro; deve conceber suas criações como um elemento a mais na produção econômica de um produto vendável. Nesse contexto fica difícil desenvolver essa integridade que se volta para a produção de produtos belos e funcionais, algo que não se questiona com relação ao trabalho dos artesãos, com seu íntimo conhecimento dos fins e materiais a partir dos quais suas obras são criadas. Os homens de negócios se conscientizam cada vez mais de quanto um design bem-sucedido é capaz de aumentar as vendas. O ideal seria que o designer e o homem de negócios chegassem a um equilíbrio. Walter Gropius expressou muito bem essa necessidade, em 1919, nos comentários que fez sobre os objetivos da Bauhaus:

> Nossa ambição era resgatar o artista criativo desse outro mundo em que ele está sempre situado, reintegrá-lo ao mundo das realidades cotidianas, ao mesmo tempo ampliando e humanizando a mentalidade rígida e quase exclusivamente material do homem de negócios.

## Fotografia

Para as artes visuais, o desenvolvimento da fotografia representou uma total revolução. O *status* do artista e sua relação com a sociedade passaram por uma drástica transformação; sua singularidade insubstituível viu-se para sempre alterada por esse novo método de obter imagens, que podia registrar mecanicamente uma infinidade de detalhes. O talento especial e os anos de aprendizado que modelavam e aprimoravam as habilidades artísticas passaram a ser desafiados por uma máquina que, depois de um breve período de aprendizado, podia ser utilizada por qualquer um. Em meados do século XX, cuja avassaladora revolução tecnológica produz intermináveis milagres eletrônicos, a fotografia também passou a ocupar uma posição inquestionável. O século XIX não era sofisticado o suficiente para deixar-se dominar inteiramente pela fotografia.

Primeiro como brinquedo, depois como necessidade social, a fotografia esteve a serviço da classe média, sua mais dedicada protetora. Foi só nos primórdios do século XX que o pleno impacto da fotografia sobre a comunicação se tornou uma realidade. Como disse muito bem Arthur Goldsmith, em seu artigo "The Photographer as a God", publicado na revista *Popular Photography:*

> Vivemos numa época dominada pela fotografia. No universo invisível do intelecto e das emoções do homem, a fotografia exerce hoje uma força comparável à da liberação da energia nuclear no universo físico. O que pensamos, sentimos, nossas impressões dos acontecimentos

contemporâneos e da história recente, nossas concepções do homem e do cosmo, as coisas que compramos (ou deixamos de comprar), o padrão de nossas percepções visuais, tudo isso é modelado, em certa medida e o mais das vezes decisivamente, pela fotografia.

Fazer um registro da família, dos amigos e de suas atividades ainda continua sendo a razão fundamental da popularidade da fotografia. O instantâneo conserva seu enorme poder de atração, que só fez aumentar, graças à invenção, por Edward Land, da câmera Polaroid, que prescinde do quarto escuro e produz imagens instantâneas. Desse grande exército de fotógrafos que utiliza a câmera com fins limitados, surge um grupo cada vez maior de diletantes sérios, que estuda em profundidade as possibilidades do meio, trabalha em seu próprio quarto escuro e pretende aperfeiçoar sua capacidade criativa. Alguns passam para o campo profissional; a maior parte continua desenvolvendo uma atividade amadora, consumindo enormes quantidades de dinheiro e tempo livre com o que constitui, sem dúvida, o mais popular dos passatempos contemporâneos.

Mas a fotografia também é uma profissão de importância fundamental para o universo da comunicação, e uma profissão que conta com inúmeras especializações.

O repórter fotográfico faz a cobertura dos acontecimentos atuais de uma maneira simples e direta. É seu trabalho conseguir fotos nítidas e audaciosas, que conservem sua mensagem apesar da má qualidade de reprodução dos jornais. As melhores possibilidades de reprodução das revistas dão ao fotógrafo a oportunidade de cobrir os mesmos acontecimentos com mais sutileza e profundidade. Os avanços técnicos dos anos 30 viabilizaram toda a concepção da história em imagens, em primeiro lugar graças ao advento de papéis de melhor qualidade e novos métodos de impressão, e mais tarde com a invenção da câmera de pequeno porte e lentes de alta velocidade, uma espécie de revolução dentro da revolução que libertou o fotógrafo do incômodo peso de seu equipamento anterior e, na falta de luz adequada, do aborrecimento representado pelas luzes ofuscantes do *flash*. Graças a uma lente e a uma película mais rápidas, foi-lhe dada a oportunidade de obter aquela imagem mais íntima, ousada e reveladora, que semanalmente traz a história para nossa sala de estar.

O fotógrafo retratista ainda é muito solicitado, e sua atividade não se viu comprometida pela abundância de amadores. As grandes câmeras de seu estúdio e as técnicas de retoque conferem a seu trabalho o atributo formal exigido pela demanda sempre inalterada de retratos personalizados, que desde os pintores e daguerreotipistas do passado continuam sendo muito solicitados. O fotógrafo documentarista, hoje mais frequentemente a serviço da indústria e do governo, ainda trabalha na mesma tradição do passado. Serve à experimentação científica, com seus microscópios, câmeras à prova d'água e películas especiais.

A fotografia é dominada pelo elemento visual em que interatuam o tom e a cor, ainda que dela também participem a forma, a textura e a escala. Mas a fotografia também põe diante do artista e do espectador o mais convincente simulacro da dimensão, pois a lente, como o olho humano, vê, e expressa aquilo que vê em uma perspectiva perfeita. Em conjunto, os elementos visuais essenciais da fotografia reproduzem o ambiente, e qualquer coisa, com enorme poder de persuasão. O problema do comunicador visual não é permitir que esse poder domine o resultado do design, mas controlá-lo e submetê-lo aos objetivos e à atitude do fotógrafo. De que modo? No processo de tomada de imagens combinam-se a imaginação, a capacidade de visualizar e o conhecimento de linguagem corporal, para colocar à disposição do fotógrafo as mesmas opções ilimitadas de que dispõe o *designer-arústa*-sintetizador. À primeira vista poderia parecer que o criador de imagens se vê limitado pelo que ali está diante da câmera, e que, com exceção de alguns controles informativos (sorria, volte-se um pouco para a esquerda), tem de se submeter às circunstâncias. Mas não é bem assim. Uma centena de fotógrafos com suas câmeras voltadas para o mesmo tema produzirão cem soluções visuais distintas, em mais uma demonstração previsível desse fator inevitável que é a interpretação subjetiva.

Há inúmeras variáveis à disposição do fotógrafo, e estas lhe permitem controlar a inexorável informação ambiental. Em primeiro lugar, e isso é o mais importante de tudo, está a expansão dos conceitos visuais através dos exercícios de alfabetismo visual. Os projetos para uma foto ou uma história em imagens podem ser elaborados sobre o papel – trata-se de uma boa forma de pré-planejamento. Mas é provável que o fotógrafo vá pensar em termos de imagens visuais, e vê-las projetadas numa espécie de tela mental. As opções compositivas exploradas em forma de esboço e projeto devem ser concretizadas de outras maneiras. Cerrar os olhos para reduzir a informação visual a formas simples e abstratas é algo que oferece uma informação compositiva à qual se pode responder, e que pode ser modificada através do ato de agachar-se, curvar-se, saltar sobre uma cadeira ou subir uma escada. Todos esses métodos e ginásticas constituem, para o fotógrafo, um equivalente dos esboços da fase de pré-visualização. As opções tornam-se ainda maiores graças à existência de diferentes tipos de câmera, longitude focal, filmes (colorido ou preto e branco) e horas do dia. Uma coisa é certa: dificilmente qualquer outro meio visual poderá ser colocado em prática com tamanha facilidade, oferecendo com isso oportunidades de experimentação tão rápidas e baratas. Desde os primórdios desse método visual, sempre existiram fotógrafos que o viram como uma forma de arte e a praticavam sem fins comerciais. Nos clubes de fotografia, nos salões e concursos internacionais, esse fotógrafo-artista sempre explorou as possibilidades da câmera de uma maneira inteiramente criativa. Nos últimos tempos, tais esforços vêm sendo reconhecidos através de exposições e comparações com a pintura.

A fotografia tem uma característica que não compartilha com nenhuma outra arte visual – a credibilidade. Costuma-se dizer que a câmera não pode mentir. Embora se trate de uma crença extremamente questionável, ela dá à fotografia um enorme poder de influenciar a mente dos homens. No artigo anteriormente citado, Arthur Goldsmith assim se manifesta sobre essa questão crucial:

> Uma compreensão mais profunda do próprio meio de comunicação e de como ele atua sobre o intelecto e as emoções humanas representa um passo adiante para uma ampliação mais útil e sensata do grande potencial da fotografia enquanto forma de arte e de comunicação. Como técnica, porém, a fotografia tende mais a um avanço rápido que a ter *insights* acerca das implicações estéticas e psicológicas dessas técnicas. Na longa perspectiva da história do homem, talvez isso não surpreenda. Se usássemos um sistema de medidas que nos desse o intervalo de tempo transcorrido desde as pinturas rupestres do Paleolítico até nossos dias, a escrita já estaria existindo há cerca de seis polegadas, mas a fotografia não passaria de um oitavo de polegada! Nessa minúscula fração de tempo, mal começamos a compreender a natureza da câmera e seu milagre.

## Cinema

Se a fotografia está representada por um oitavo de polegada no breve período de tempo da história visual, o cinema não vai além de um pequeno e insignificante ponto. Os experimentos de Edison e o triunfo mecânico de Lumière utilizaram o fenômeno da persistência da visão para obter fotografias que pudessem registrar o movimento. As ações e os acontecimentos dramáticos podiam ser registrados e reproduzidos quantas vezes se quisesse. As etapas experimentais desse novo meio contavam com limitações intrínsecas (ausência de cor, som e mobilidade da câmera), que ampliaram os conhecimentos básicos dos cineastas. Os gestos exagerados e a mímica compensavam a impossibilidade dos diálogos. A comédia-pastelão, exclusiva do cinema, foi levada à perfeição por Chaplin, o maior palhaço da tela. As técnicas de documentário ampliaram o contato em primeira mão com uma espécie de livro vivo da história, que anteriormente jamais teria sido possível. Em seu ensaio "Climate of Thought", incluído em *Gateway to the Twentieth Century,* Jean Cassou assim resume as imensas possibilidades do cinema:

> Assim, o último invento mecânico a serviço da realidade, destinado a desempenhar mais tarde seu papel científico com tal perfeição, demonstrou simultaneamente ser uma arte de potencialidades tão vastas e propriedades tão singulares que não só abarcava todas as outras artes, como também as superava. O cinema é ao mesmo tempo um instrumento de absoluta precisão e um grande criador de magia: um espelho da verdade, um sonhador de sonhos e um operador de milagres.

O cinema também precisou enfrentar o mesmo e velho dilema entre expressão artística e sucesso financeiro. Fazer um filme, mesmo os primitivos, em que se usava apenas um rolo, era algo que exigia capital e, portanto, um certo controle sobre o produto final. Mas os filmes se transformaram num sucesso financeiro instantâneo e total. O público os devorava, e o novo meio se viu diante de enormes oportunidades de expansão e experimentação. Mais tarde apareceram os longa-metragens com enredos muito semelhantes aos dos romances, e com eles essa incomparável figura dos tempos modernos: a estrela cinematográfica. Introduziu-se o som, mais tarde a cor, e ambos vêm passando até hoje por um processo de aperfeiçoamento contínuo. A realização de filmes converteu-se numa indústria de grande porte, em que os grandes e dispendiosos espetáculos eram associados a Hollywood, e os esforços criativos, de orçamentos mais modestos, ao cinema europeu. Existe, porém, uma forma de intercâmbio que hoje em dia constitui uma exceção a esse fato, quando um grande número de atores e produtores cruzam frequentemente o Atlântico em ambas as direções.

Tanto para o espectador quanto para o realizador, o elemento visual predominante no cinema é o movimento. Quando esse elemento vem somar-se às características realistas da fotografia, o resultado é uma experiência que se aproxima muitíssimo do que se passa no mundo tal como o observamos. O cinema certamente pode fazer muito mais do que apenas reproduzir com fidelidade a experiência visual humana. Pode transmitir informações, e fazê-lo com grande realismo. Também pode contar histórias, e encerrar o tempo em uma convenção que lhe é própria e exclusiva. A magnitude de seu poder nos dá a medida das dificuldades para compreendê-lo estruturalmente, planejá-lo e mantê-lo sob controle. Ainda que os roteiros verbais sejam os mais usados no planejamento e na elaboração dos filmes, a melhor forma de garantir a qualidade é utilizar o *story board,* um equivalente visual do esboço gráfico ou pictórico (fig. 8.11). A exemplo do esboço usado pelos artistas gráficos, o *story board* também é feito em dimensões reduzidas, o que dá ao cineasta a possibilidade de uma visão de um conjunto ou, pelo menos, de segmentos maiores que as simples tomadas individuais, o que permite uma maior possibilidade de *insight* dos efeitos cumulativos. Permite também ao planejador exercer um controle simultâneo das unidades visuais interatuantes que constituem as cenas, numa visão panorâmica de todo o design.

O *story board* também permite que o cineasta incorpore o material verbal a um design de maior continuidade, assim como a música e, no caso de serem usados, os efeitos sonoros. As forças segmentadas do filme podem ser previstas e controladas graças às soluções experimentais do *story board.*

O maior conhecimento técnico ampliou as áreas possíveis da realização cinematográfica. Foram inventadas câmeras mais baratas e películas mais adequadas aos amadores, e surgiu então o equivalente do instantâneo, o cinema feito em casa. Esse equipamento

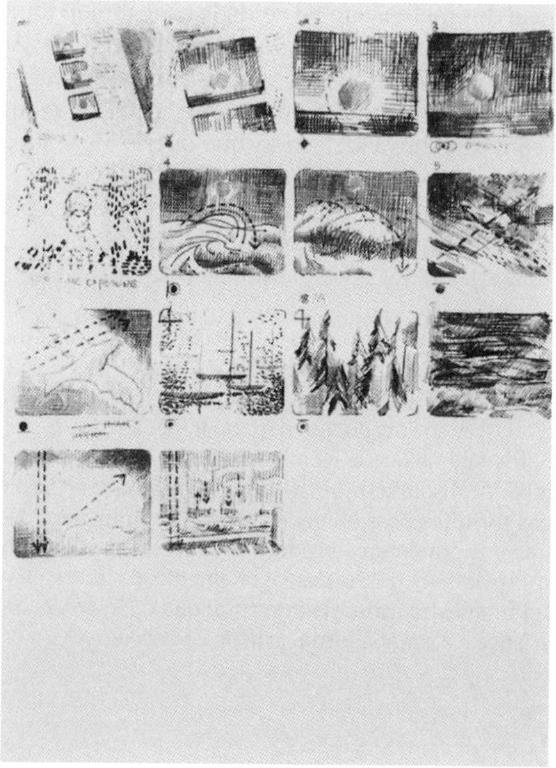

**FIGURA 8.11**

amador, ligeiramente aperfeiçoado, foi adotado por realizadores de filmes industriais e científicos, e também se encontra ao alcance de cineastas altamente criativos, que fazem filmes como afirmações pessoais de seu talento artístico. Tais obras, filmes de arte ou documentários, são em sua maior parte exibidas nos festivais de cinema destinados exatamente a esse tipo de filme, e nos programas das televisões educativas cujo número se torna cada vez maior. Até mesmo as redes comerciais já foram invadidas por essas obras expressivas e suas técnicas estimulantes e experimentais. De fato, a televisão, um meio eletrônico dividido entre a utilização da câmera ao vivo e os filmes, e que de início parecia representar uma grande ameaça à sobrevivência do cinema, tem na verdade contribuído muito para difundir junto ao público a consciência do que é o cinema. As frequentes reprises de velhos filmes e o uso de curtas-metragens experimentais têm feito aumentar o número de cinéfilos, os quais veem esse meio com uma nova seriedade, que os traz de volta às salas de projeção com um gosto mais apurado.

Embora ainda não passe de uma criança, o cinema promete tornar-se uma forma de arte extraordinária e incomparável. Em "Climate of Thought", Jean Cassou assim vê essa promessa:

> O cinema, e só o cinema, com sua gestualidade e seu ritmo, com suas restrições técnicas, com suas limitações específicas e sua indigência fantasticamente fértil, pôde engendrar esse tipo de gargalhada de que todas as classes sociais podem participar, desde os que riem por qualquer motivo até os que exigem a satisfação de necessidades estéticas mais sutis. A absoluta originalidade do cinema – a "Sétima Arte" –, com suas infinitas possibilidades, já ficava muito clara desde as suas primeiras e rudimentares produções. Deve-se, porém, admitir (e até mesmo proclamar) que o desenvolvimento da arte cinematográfica constitui uma extraordinária aventura; que o cinema é, na verdade, a característica e a grande forma artística do século XX.

## Televisão

Em sentido moderno, o conceito de meios de comunicação está inextricavelmente associado à ideia de audiência em massa. Em termos estritos, qualquer portador de mensagens – uma pintura mural, um discurso, uma carta pessoal – pode ser chamado de meio de comunicação. Essa referência seria válida por definição, mas hoje, quando falamos em meios de comunicação, a ideia implícita é um grande, e possivelmente impessoal, grupo de pessoas. É em termos de grupo, ou de muitos grupos, que as mensagens de massa são concebidas, com a intenção de obter uma resposta ou uma cooperação por parte do público.

Os modernos meios de comunicação, com sua audiência em massa e invisível, são os produtos colaterais da Revolução Industrial e de sua capacidade de produção em série. As iluminuras da Idade Média não seriam classificadas como meios de comunicação nesse sentido, nem os poemas épicos dos gregos, ou as baladas (e notícias e opiniões) dos menestréis errantes da Europa. Por quê? As variantes individuais não só poderiam infiltrar-se no conteúdo das mensagens, como muito provavelmente o fariam. O resultado final seria que nem todos os receptores das informações comunicadas poderiam ter certeza de estarem recebendo a mesma mensagem. Essa variação da mensagem básica terminou com a invenção e o uso cada vez maior do tipo móvel. Uma vez fixada em tipo, cada uma das cópias de uma peça impressa é absolutamente uniforme e idêntica. A ideia de uniformidade pode não ser atraente. Tem seus bons e seus maus aspectos, mas é a partir dela que se dá o inevitável advento da palavra *massa* nos *meios de comunicação de massa.*

O livro provocou e incentivou o alfabetismo, que rompeu com o monopólio da informação mantido por uma minoria culta e poderosa. A coleta, a compilação e a distribuição de informações insinuou-se por todos os níveis da sociedade durante o Século das Luzes. O fenômeno do livro ainda participa de nossas vidas. À medida que as tribos, os vilarejos e a família cederam lugar a identidades grupais e lealdades mais amplas, o livro e os demais formatos impressos vieram a substituir o mito e o símbolo, a fábula e a moralidade. O que fazer, o que pensar, o que saber e como comportar-se são questões que se tornaram mais públicas e uniformes. Ainda hoje, numa época dominada pelos meios eletrônicos de comunicação, o livro e os impressos em geral continuam sendo poderosos agentes de transformação. A principal diferença entre uns e outros está na *simultaneidade.* A uniformidade dos formatos impressos – livros, revistas, jornais, folhetos, pôsteres – torna possível a transmissão de uma mensagem para um grande público. Mas o advento do rádio e da televisão fez com que essa mesma informação e experiência se tornassem instantaneamente acessíveis a uma audiência em massa.

Os modernos meios de comunicação surgiram de duas conquistas paralelas que acabaram por unir-se. A primeira delas foi a câmera, o criador mecânico de imagens; a segunda foi a capacidade que as ondas de rádio têm de transmitir dados através de condutores ou da atmosfera. O milagre da câmera, que começou com a câmara escura, um brinquedo renascentista, não terminou nas fotografias fixas e preserváveis. A câmara escura era capaz de fazer algo que não estava ao alcance da câmera: mostrar movimento. Essa conquista aparentemente impossível concretizou-se graças aos esforços lentos e penosos de muitos homens, como Muybridge, Edison e os irmãos Lumière. Utilizando o fenômeno da persistência da visão, a ilusão de movimento foi reproduzida pela justaposição de imagens imperceptivelmente diferentes, mostradas em rápida sucessão e numa sequência regular. O olho se encarregava do resto.

Em conjunto, a fotografia fixa, e a série de fatos que constituem a película cinematográfica são apenas um caminho para o desenvolvimento dos modernos meios de comunicação de massa. O outro está ligado à busca de meios de enviar mensagens a longa distância. O primeiro método foi o telégrafo (do prefixo grego *tele*, que significa *distante*), que transmitia um código auditivo, por meio de pontos e traços, através de condutores elétricos que, no começo deste século, interligavam o mundo, passando sob o oceano. Mas logo essa invenção de Samuel F. B. Morse foi modificada e aperfeiçoada, dando lugar ao telefone, um aparelho capaz de transmitir sons mais complexos. Foi a possibilidade de transmitir sons através do espaço por meio de ondas eletromagnéticas, resultante das experiências de Scotchman Maxwell e German Hertz, que se transformaria no ponto de partida daquilo que mais tarde seria o rádio. Assim como o telégrafo de Morse, que transmitia sons por um fio, tinha sugerido o telefone, que podia transmitir uma conversa entre pessoas, a transmissão sem fio de Marconi, que enviava sinais elétricos pelo ar, logicamente sugeriu a possibilidade de enviar um discurso articulado ou outros sons mais apurados, como a música, através de ondas aéreas. Essa façanha foi realizada pela primeira vez por um norte-americano, Reginald Aubrey Fessenden, em 1900.

É aqui que os dois caminhos se unem. A criação de imagens e as ondas de rádio combinam-se para criar o mais poderoso e inovador de todos os modernos meios de comunicação – a televisão. Os passos finais do invento são complexos e enormemente dispendiosos: o selênio e o disco mecânico, a válvula de raios catódicos, o iconoscópio, o cinescópio. Cada um desses passos foi lento e vacilante, e todos envolveram contribuições de inúmeros indivíduos. Uma programação ainda muito limitada teve início no final dos anos 30 e primórdios dos anos 40, mas a verdadeira televisão, capaz de formar redes de transmissão, só veio a desenvolver-se depois da Segunda Guerra Mundial.

Em termos elementares, a principal diferença entre a televisão e o cinema é a escala. Todos os outros elementos visuais são os mesmos. O cinema foi concebido para reproduzir imagens maiores que as de tamanho natural, enquanto que na televisão acontece exatamente o contrário. Talvez seja esse o motivo principal da utilização mais frequente do *storyboard* no planejamento de uma apresentação televisiva. Outro fator importante é que na televisão predominam rígidas limitações de tempo. Planejar para ela significa saber não só o que está acontecendo e quando, mas, mais exatamente, quando e por quanto tempo.

As opções visuais da televisão são profundamente influenciadas pelas pequenas dimensões da tela e pelas perturbações do ambiente. Essas limitações tornam prioritária uma formulação visual clara e enfática. O criador de um programa deve ter um grande domínio das forças capazes de neutralizar as perturbações provocadas por crianças que choram, pessoas que andam pela casa e telefones que tocam, e para fazê-lo deve recorrer a técnicas visuais fortes e dominantes, que vão do contraste ao exagero, à ênfase, à ousadia, à agudeza e a outras que possam reforçar os efeitos obtidos.

A essa altura da história da comunicação, a televisão não só é capaz de atingir simultaneamente o maior público de todos os tempos como também, através dos satélites Telstar, de fazer com que esse público ultrapasse fronteiras, continentes e culturas. As implicações de tudo isso são assombrosas. Os momentos históricos da humanidade podem ser compartilhados por todos, em qualquer parte do mundo onde exista um televisor. E, pelo contrário, os fatos que poderiam ter sido eliminados da experiência direta, ou até mesmo silenciados, são minuciosamente examinados pelo olho penetrante e inexorável da câmera. É verdade que o conteúdo audiovisual da televisão pode ser controlado, e mesmo manipulado. Mas não são justas as queixas de que a televisão ou o cinema podem distorcer as informações mais que os outros meios. O responsável por essa atitude defensiva talvez seja o poder puro de imagens e palavras que a televisão é capaz de transmitir, com um caráter tão íntimo e privilegiado (fig. 8.12). As cabanas de papel alcatroado do sul rural puderam ver, graças à televisão, um mundo que jamais pensaram existir. O mesmo aconteceu com os moradores dos bairros pobres do norte.

FIGURA 8.12

Ninguém deve se surpreender com os resultados! Toda a nação norte-americana pôde acompanhar, noite após noite, as reportagens de uma guerra distante onde seus filhos lutavam. Da experiência surgiu toda uma nova postura diante da guerra. As convenções políticas, os heróis populares, os distúrbios e os espetáculos podem todos ser vistos, no exato momento em que se dá a ação, ou pouco depois. Já se tornou um lugar-comum imaginar alguém assistindo uma versão dublada de "I Love Lucy" ou do "Homem de Virgínia" diante de um solitário aparelho de televisão instalado numa cidadezinha do Brasil ou de Gana. Pode então elevar-se o cântico: "Todos estão vendo", vendo a si próprios, vendo-se uns aos outros, e o resultado é uma profunda influência sobre as transformações sociais.

Existem muitos formatos menores de artes visuais dos quais não poderemos nos ocupar aqui; muitos deles são pouco praticados ou conhecidos, como o design de iluminarias, a decoração de interiores e o design de tipos de impressão. Por mais natural e relevante que seja sua visibilidade, talvez não percebamos o quanto impregnam nosso estilo de vida: o vasto universo das charges políticas, os quadrinhos, e o incansável e em permanente transformação design de roupas. Em parte, são todos variantes e combinações do modo visual, que influenciam cada um dos aspectos de nosso meio ambiente. De fato, um dos formatos que ultimamente vem adquirindo importância cada vez maior é uma ramificação do planejamento urbano a que se dá o nome de design ambiental. Embora vivamos muito próximos deles, será que os percebemos? Mais uma vez, é preciso perguntar: "Quantos de nós veem?".

No futuro, porém, não mais existirão os artistas tal como hoje os conhecemos, e como foram definidos pelo mundo moderno. As mesmas forças que no início inspiraram ao homem a satisfação de suas necessidades e a expressão de suas ideias através dos meios visuais já não são propriedade exclusiva do artista. Graças à câmera, mesmo a mais sofisticada criação de imagens se encontra tecnicamente ao alcance de qualquer pessoa. Mas a técnica, a intuição artística ou o condicionamento cultural, isoladamente, não bastam. Para compreender os meios visuais e expressar ideias segundo uma terminologia visual, será preciso estudar os componentes da inteligência visual, os elementos básicos, as estruturas sintáticas, os mecanismos perceptivos, as técnicas, os estilos e os sistemas. Através de seu estudo, poderemos controlá-los, da mesma forma que o homem aprendeu a entender, a controlar e a usar a linguagem. Nesse momento, e só então, seremos visualmente alfabetizados.

# 9. ALFABETISMO VISUAL: COMO E POR QUÊ

O mundo não atingiu um alto grau de alfabetismo verbal com rapidez ou facilidade. Em muitos países, nem mesmo é uma realidade viável. No caso do alfabetismo visual, o problema não é diferente. No âmago do problema do analfabetismo visual existe um paradoxo. Grande parte do processo já constitui uma competência das pessoas inteligentes e dotadas de visão. Quantos de nós veem? Para dizê-lo de modo ostensivo, todos, menos os cegos. Como estudar o que já conhecemos? A resposta a essa pergunta encontra-se numa definição do alfabetismo visual como algo além do simples enxergar, como algo além da simples criação de mensagens visuais. O alfabetismo visual implica compreensão, e meios de ver e compartilhar o significado a um certo nível de universalidade. A realização disso exige que se ultrapassem os poderes visuais inatos do organismo humano, além das capacidades intuitivas em nós programadas para a tomada de decisões visuais numa base mais ou menos comum, e das preferências pessoais e dos gostos individuais.

Uma pessoa letrada pode ser definida como aquela capaz de ler e escrever, mas essa definição pode ampliar-se, passando a indicar uma pessoa instruída. No caso do alfabetismo visual também se pode fazer a mesma ampliação de significado. Além de oferecer um corpo de informações e experiências compartilhadas, o alfabetismo visual traz em si a promessa de uma compreensão culta dessas informações e experiências. Quando nos damos conta dos inúmeros conceitos necessários para a conquista do alfabetismo visual, a complexidade da tarefa se torna muito evidente. Infelizmente, não existe nenhum atalho que nos permita chegar, através da multiplicidade de definições e características do vocabulário visual, a um ponto que não ofereça quaisquer problemas de elucidação e controle. Há um grande número de fórmulas simples, e os manuais estão cheios delas. Em geral tendem a ser unidimensionais, frágeis e limitadas, e não representam a qualidade mais desejável dos meios visuais, ou seja, seu ilimitado poder descritivo e sua infinita variedade. Existem poucas razões para nos queixarmos da complexidade da expressão visual quando nos damos conta de seu grande potencial e somos capazes de valorizá-lo.

A questão de que a linguagem não é análoga ao alfabetismo visual já foi colocada inúmeras vezes, e por diferentes razões. Mas a linguagem é um meio de expressão e comunicação, sendo, portanto, um sistema paralelo ao da comunicação visual. Não podemos copiar servilmente os métodos usados para ensinar a ler e a escrever, mas podemos tomar conhecimento deles e aproveitá-los. Ao aprender a ler e a escrever, começamos sempre pelo nível elementar e básico, decorando o alfabeto. Esse método tem uma abordagem correspondente no ensino do alfabetismo visual. Cada uma das unidades mais simples da informação visual, os elementos, deve ser explorada e aprendida sob todos os pontos de vista de suas qualidades e de seu caráter e potencial expressivo. Não há por que pretender que esse processo seja mais rápido que o aprendizado do abecedário. Uma vez que a informação visual é mais complexa, mais ampla em suas definições e associativa em seus significados, é natural que demore mais a ser aprendida. Ao final de um longo período de envolvimento com os elementos visuais e exposição aos mesmos, os resultados deveriam refletir o que significa termos aprendido todo o alfabeto. É preciso que haja uma grande familiaridade com os elementos visuais. Precisamos conhecê-los *de cor*. Em outras palavras, seu reconhecimento ou sua utilização deve alçar-se a um nível mais alto de conhecimento que os incorpore tanto à mente consciente quanto à inconsciente, para que o acesso até eles seja praticamente automático. Devem estar ali, mas não de modo forçado; devem ser percebidos, mas não soletrados, como acontece com os leitores principiantes.

O mesmo método de exploração intensiva deve ser aplicado na fase compositiva de *input* ou *output* visual. A composição é basicamente influenciada pela diversidade de forças implícita nos fatores psicofisiológicos da percepção humana. São dados dos quais o comunicador visual pode depender. A consciência da substância visual é percebida não apenas através da visão, mas através de todos os sentidos, e não produz segmentos isolados e individuais de informação, mas sim unidades interativas integrais, totalidades que assimilamos diretamente, e com grande velocidade, através da visão e da percepção. O processo leva ao conhecimento de como se dá a organização de uma imagem mental e a estruturação de uma composição, e de como isso funciona, uma vez tendo ocorrido.

Todo esse processo pode ser aplicado a qualquer problema visual. Para se chegar à interpretação de uma ideia dentro de uma composição, os critérios formulados pela psicologia, sobretudo pela psicologia da *Gestalt,* complementam a utilização das técnicas visuais. Tanto no caso de um esboço quanto no de uma fotografia ou design de interiores, grande parte do controle dos resultados finais está na manipulação dos elementos por parte do complexo mecanismo de técnicas visuais. A familiaridade alcançada através do uso e da observação de cada técnica dá livre curso à ampla gama de efeitos possibilitados por sua sutil gradação de uma polaridade à outra. A gama de opções é enorme, e as escolhas são múltiplas.

Os conjuntos compositivos, em conjunto com as escolhas de técnicas e sua relativa importância, constituem um vocabulário expressivo que corresponde às disposições estruturais e às palavras, no caso do alfabetismo verbal. O aprofundamento das pesquisas e do conhecimento de ambos vai permitir que se abram novas portas à compreensão e ao controle dos meios visuais. Mas isso leva tempo. Precisamos examinar nossos métodos com o mesmo rigor que aplicamos à linguagem ou à matemática, ou a qualquer sistema universalmente compartilhado e portador de significado.

De alguma forma, por algum motivo ou vários deles, o modo visual é visto ou como inteiramente fora do alcance e controle das pessoas sem talento, ou, pelo contrário, como imediatamente – quando não instantaneamente – acessível. A suposta facilidade de expressão visual talvez esteja ligada à naturalidade do ato de ver, ou à natureza instantânea da câmera. Todo esse ponto de vista por certo se vê reforçado pela falta de uma metodologia que possibilite a conquista do alfabetismo visual. Sejam quais forem suas fontes exatas, ambos os pressupostos são falsos e provavelmente responsáveis pela baixa qualidade do produto visual em tantos meios de expressão visual. Os educadores devem corresponder às expectativas de todos aqueles que precisam aumentar sua competência em termos de alfabetismo visual. Eles próprios precisam compreender que a expressão visual não é nem um passatempo, nem uma forma esotérica e mística de magia. Haveria, então, uma excelente oportunidade de introduzir um programa de estudos que considerasse instruídas as pessoas que não apenas dominassem a linguagem verbal, mas também a linguagem visual.

Uma metodologia é importante; imersão profunda nos elementos e nas técnicas é vital; um processo lento e gradativo é uma necessidade iminente. Essa abordagem pode abrir portas ao entendimento e ao controle dos meios visuais. Mas o caminho a percorrer é longo e o processo, lento. De quantos anos precisa uma criança ou um adulto que fala perfeitamente para aprender a ler e a escrever? Além disso, de que maneira a familiaridade com o instrumento do alfabetismo verbal afeta o controle da linguagem escrita como meio de expressão? O tempo e o envolvimento, a análise e a prática, são todos necessários para unir intenção e resultados, tanto no modo visual quanto no verbal. Em ambos os casos, há uma escala cujos pontos podemos marcar diferentemente, mas o alfabetismo significa a capacidade de expressar-se e compreender, e tanto a capacidade verbal quanto a visual pode ser aprendida por todos. E deve sê-lo.

Essa participação e essa superação das limitações falsamente impostas à expressão visual são fundamentais para nossa busca do alfabetismo visual. Abrir o sistema educacional para que nele se introduza o alfabetismo visual e responder à curiosidade do indivíduo já constituem um primeiro passo firme e decidido. Isso também pode ser feito por qualquer um que sinta necessidade de expandir seu próprio potencial de fruição do visual, desde a expressão subjetiva até a aplicação prática. Como já dissemos, trata-se de algo complexo, mas não misterioso. É preciso que nossa reflexão abranja desde os dados individuais até uma visão mais ampla dos meios, e que também observemos em profundidade aquilo que experimentamos, verificando como os outros alcançam seus objetivos e fazendo nossas próprias tentativas.

Que vantagens traz para os que não são artistas o desenvolvimento de sua acuidade visual e de seu potencial de expressão? O primeiro e fundamental benefício está no desenvolvimento de critérios que ultrapassem a resposta natural e os gostos e preferências pessoais ou condicionados. Só os visualmente sofisticados podem elevar-se acima dos modismos e fazer seus próprios juízos de valor sobre o que consideram apropriado e esteticamente agradável. Como meio ligeiramente superior de participação, o alfabetismo visual permite domínio sobre o modismo e controle de seus efeitos. Alfabetismo significa participação, e transforma todos que o alcançaram em observadores menos passivos. Na verdade, o alfabetismo visual impede que se instaure a síndrome das "roupas do imperador", e eleva nossa capacidade de avaliar acima da aceitação (ou recusa) meramente intuitiva de uma manifestação visual qualquer. Alfabetismo visual significa uma inteligência visual.

Tudo isso faz do alfabetismo visual uma preocupação prática do educador. Maior inteligência visual significa compreensão mais fácil de todos os significados assumidos pelas formas visuais. As decisões visuais dominam grande parte das coisas que examinamos e identificamos, inclusive na leitura. A importância desse fato tão simples vem sendo negligenciada por tempo longo demais. A inteligência visual aumenta o efeito da inteligência humana, amplia o espírito criativo. Não se trata apenas de uma necessidade, mas, felizmente, de uma promessa de enriquecimento humano para o futuro.

# BIBLIOGRAFIA


ANDERSON, Donald M. *Elements of Design.* Nova York: Holt, Rinehart, Winston, 1961.

ARNHEIM, Rudolf. *Art and Visual Perception.* Berkeley, Calif.: University Of California Press, 1954.

BERENSON, Bernard. *Seeing is Knowing.* Greenwich, Conn.: New York Graphic Society, 1969.

CASSOU, Jean; LANGUI, Emil, e PEVSNER, Nikolaus. *Gateway to the Twentieth Century.* Nova York: McGraw-Hill, 1962.

COLLINGWOOD, R. G. *The Principles of Art.* Nova York: Galaxy Books, Oxford University Press, 1958.

De SAUSMAREZ, Maurice. *Basic Design: The Dynamics of Visual Form.* Nova York: Reinhold, 1969.

EHRENZWEIG, Anton. *The Hidden Order of Art.* Berkeley, Calif.: University of California Press, 1967.

GATTEGNO, Caleb. *Towards a Visual Culture: Educating through Television.* Nova York: Outerbridge & Dienstfrey, 1969.

GOMBRICH, E. H. *The Story of Art,* 11. ed. Nova York: Phaedon, 1966.

GREGORY, Richard L. *The Intelligent Eye.* Nova York: McGraw-Hill, 1970.

HOGG, James, ed. *Psychology and the Visual Arts.* Baltimore, Md.: Penguin, 1970.

IVINS, William M., Jr. *Prints and Visual Communication.* Londres: Routledge & Kegan Paul, Ltd., 1953; Cambridge, Mass.: The MIT Press, 1969.

KOESTLER, Arthur. *The Act of Creation.* Nova York: Macmillan, 1964.

KOFFKA, K. *Principles of Gestalt Psychology.* Nova York: Harbinger Book, Harcourt, Brace & World, 1935.

LANGER, Susanne K. *Philosophy in a New Key.* Nova York: Mentor, New American Library, 1957.

*Problems of Art.* Nova York: Scribner's, 1957, ed. *Reflections on Art.* Nova York: Galaxy Books, Oxford University Press, 1961.

PEVSNER, Nikolaus. *Pioneers of Modern Design.* Baltimore, Md.: Pelican, Penguin, 1964.

READ, Herbert. *The Grass Roots of Art.* Nova York: Meridian Books, World Publishing, 1961.

READ, Herbert. *The Meaning of Art.* Baltimore, Md.: Pelican, Penguin, 1961.

ROSS, Ralph. *Symbols and Civilization.* Nova York: Harbinger Book, Harcourt, Brace & Johanovich, 1963.

VERNON, M. D., ed. *Experiments in Visual Perception.* Baltimore, Md.: Penguin, 1962.

WHITE, Lancelot Law, ed. *Aspects of Form.* Bloomington, Ind.: Indiana University Press, 1961.

WIND, Edgar. *Art and Anarchy.* Nova York: Vintage Books, Random House, 1969.

# FONTES DAS ILUSTRAÇÕES

Os números entre parênteses que se seguem aos números das figuras indicam as páginas em que aparecem as figuras. Todas as figuras foram reproduzidas com permissão.

Jacqueline Casey, do MIT Publications Office, criou os pôsteres e os anúncios reproduzidos nas figuras 6.8c (143), 6.12b (145), 6.13b (145), 6.14b,c (146), 6.15c (146), 6.19b (148), 6.22b, c (150), 6.25b (151), 6.26b (152), 6.27c (152), 6.29c (153), 6.30c (154), 6.36b,c (157) e 6.38c (158).

Ralph Coburn, do MIT Publications Office, criou os pôsteres e os anúncios reproduzidos nas figuras 6.4b,c (141), 6.6b,c (142), 6.8b (143), 6.9c (143), 6.17c (147), 6.18b,c (148), 6.23b (150), 6.24c (151), 6.25c (151), 6.26c (152), 6.28b,c (153), 6.32b,c (155) e 6.41b,c (159).

A foto da figura 8.3 (193) é de Waldo.

Carl Zahn, do Museum of Fine Arts de Boston, criou o material gráfico reproduzido nas figuras 6.11b (144), 6.15b (146), 6.16b (147), 6.31c (154), 6.33c (155) e 6.40b,c (159).

O desenho e a foto da maquete do Boston City Hall, figuras 3.12 (56) e 3.47 (79), são reproduzidas por cortesia dos arquitetos Kallman, Knowles e Mckinnell.

As figuras 4.2 (90), 4.3 (91), 4.12a (95), 4.12b,c (96), 4.13 a, b, c (97), 5.13 (120) 5.14 (120), e 7.1 (164) são reproduzidas por cortesia do Museum of Fine Arts de Boston.

A autora forneceu o material das figuras 3.11 (56), prancha 3.1 (67), figuras 3.45 (78), 3.46 (79), 4.1 (89), 5.27 (127), 5.28 (129), 5.29 (129), 6.10c (144), 6.11c (144), 6.12c (145), 6.13c (145), 6.19c (149), 6.20c (149), 6.21b (149), 6.24b (151), 6.29b (153), 6.30a (154), 6.33b (155), 6.34b,c (156), 6.35b (156), 6.37b (157), 6.38b (158), 6.39b (158), 7.2 (164), 7.4 (169), 7.5 (172), 7.6 (174), 7.7 (176), 7.8 (179), 8.1 (190), 8.7 (202), 8.8 (202), 8.9(208), 8.10(209), 8.11 (219) e 8.12 (224). A escultura representada nas figuras 3.45 (78) e 3.46 (79) é de autoria de Emory Goff, e faz parte da coleção da autora.

As figuras 8.2 (192) e 8.4 (196) foram tiradas dos *Livros de Esboços* de Leonardo da Vinci.

As figuras 6.5b (141), 6.7c (142), 6.9b (143), 6.10b (144), 6.17b (147), 6.20b (149), 6.23c (150), 6.27 (152), 6.30b (154), 6.31b (154), 6.35c (156), 6.37c (157), 6.39c (158), 8.5 (196) e 8.6 (197) são reproduzidas de livros e anúncios publicados pela MIT Press. A capa e a figura 6.7b (142) foram criadas para a MIT Press por Bernie LaCasse.

As figuras 4.20 (101), 4.21 (101), 4.22 (102) e 6.31a (154) são exercícios de estudantes.

**3ª edição** 2015 | **2ª reimpressão** novembro de 2024 | **Fonte** Palatino
**Papel** Offset 75 g/m² | **Impressão e acabamento** Corprint